行走中国丛书
主编◎张昌山　耿昇

云南十八拍

汤世杰◎著

云南出版集团
云南人民出版社

图书在版编目（CIP）数据

云南十八拍 / 汤世杰著. -- 昆明：云南人民出版社, 2020.12

（行走中国丛书）

ISBN 978-7-222-19520-2

Ⅰ. ①云… Ⅱ. ①汤… Ⅲ. ①随笔—作品集—中国—当代 Ⅳ. ①I267.1

中国版本图书馆CIP数据核字(2020)第151044号

出 品 人：赵石定
责任编辑：刘 焰
装帧设计：白 雪
责任校对：姚实名
责任印制：窦雪松

行走中国丛书
云南十八拍
汤世杰 著

出版	云南出版集团 云南人民出版社
发行	云南人民出版社
社址	昆明市环城西路609号
邮编	650034
网址	www.ynpph.com.cn
E-mail	ynrms@sina.com
开本	720mm×1010mm 1/16
印张	18
字数	260千
版次	2020年12月第1版第1次印刷
印刷	云南出版印刷集团有限责任公司 云南新华印刷一厂
书号	ISBN 978-7-222-19520-2
定价	49.00元

如需购买图书、反馈意见，请与我社联系

总编室：0871-64109126 发行部：0871-64108507

审校部：0871-64164626 印制部：0871-64191534

云南人民出版社微信公众号

总 序

张昌山

从黑格尔以来，传统中国长期被欧洲中心主义者视为一个“停滞的帝国”。这一观念出现几十年之后，国人终于认识到，中国正面临着前所未有的深刻变革。清同治十一年（1872 年)，李鸿章在《复议制造轮船未可裁撤折》中说：“臣窃惟欧洲诸国，百十年来，由印度而南洋，由南洋而中国，闯入边界腹地，凡前史所未载，亘古所未通，无不款关而求互市。我皇上如天之度，概与立约通商，以牢笼之，合地球东西南朔九万里之遥，胥聚于中国，此三千余年一大变局也。”光绪元年（1875 年)，李氏又在《因台湾事变筹画海防折》中说：“历代备边，多在西北。其强弱之势，主客之形，皆适相埒，且犹有中外界限。今则东南海疆万余里，各国通商传教，来往自如，麇集京师及各省腹地，阳托和好之名，阴怀吞噬之计，一国生事，数国构煽，实为数千年未有之变局。”李鸿章对世界和中国的这种认识还在多个场合说过。当时的中国，一下子从“普天之下，莫非王土；率土之滨，莫非王臣”的天下，迅速跌进五大洋、四大洲之中的世界，甚至只是亚洲东部一个落后的大国。

这数千年未有的大变局，就是以工业革命为主导的近代化及现代化，而中国从传统社会向现代社会转型的这一近代化及现代化过程，至今仍在进行之中。

百年间，一些中外人士行走在中国这片古老而又在变动的土地上。行走者中，既有外国的传教士、外交官、探险家，更有中国的文人、学者、科学家、商人、军人，甚至有家庭妇女。他们的游记、札记、考察报告、探险实录等，见证并记录了其自身行走的经历和中国近代化及现代化的过程。当时写下这些文字的人虽身份各异、目的不同，但每一部作品记录的都是作者个人的观察与体验，也记载了他们的所思所想和个性特征。

而不同的作品拼合起来，则在横向空间上似画卷一般展现了中国各地的风土人情和社会面貌，而在纵向的时间上则有如电影一样显示了中国在不同历史时期社会变迁的细节与大势。在他们笔下，中国不再是故纸堆中的陈旧记忆，而是活生生展开的现实景象。

把历史还原到现场和实际生活，这大概是每一个想了解历史的人的最大愿望。我们从这些作者在中国的行走、体验之中看到了一种活态的中国历史，它们明显区别于以往的正史和官方档案之类的文献资料所记录的静态中国历史，而且，人生的丰富性、视角的差异性及社会的多元性，也尽在其中了。

德国学者赫尔德所倡导的“同情之理解”，作为一种历史研究方法，在中国学者中以陈寅恪等用得最深也最好。如今，我们把这些中外作者的各类作品作为历史文本来阅读、感受和研究，通过这些文本去体验他们在这片土地上的行走、见闻与思考，这也是一种“同情之理解”的实践。今天的人们可以从中感受这些作者所体验的中国社会，从而更具体、更深刻地观察了解中国近代化及现代化进程的艰辛与经验。

将中国放在整个世界大格局中来看，这一百多年的历史，大致就是摇摇晃晃、步履蹒跚地走向世界和走向现代的过程。鉴往才能识今和知来，但由于过去的观念、方法、习惯和经验等因素，有意无意地遮蔽和塑造了我们对于这段历史的认识与解释，因此，云南人民出版社推出的这套“行走中国”大型丛书，是在回头观看百年中国之动静，是在体会“我看人看我”的经验，其实质则是向前进，走向永恒的未来。

青山遮不住，毕竟东流去。历史的洪流和时代的浪潮虽然可能会被拖延，却不可能永远被遮挡。司马相如曾说：“盖世必有非常之人，然后有非常之事；有非常之事，然后有非常之功。非常者，固常人之所异也。”李鸿章有言：“处数千年未有之奇局，自应建数千年未有之奇业。”这两句话的时间相差2000年，表达的却是同一种心声，谨抄录于此，作为我们对国家和时代的期许。

是为序。

2015年5月

欲神游于浩气，

法天隐于遗编。

——唐·陆龟蒙《幽居赋》

有走就有停、有归。该是离开的时候了。想想，或可自叹无愧于云南。

至于云南待我如何，不说也罢。

独自一人，直走到一颗孤星灼灼，自语道：回去吧！

风，若有若无，一棵草愣怔了许久之后，轻轻摇晃了一下。

春行已远……

目　录

悬壶之地

一

古有医者，悬壶于肆，药治世人。云南却“倒提悬壶”，让“九地黄流乱注”，赈济天下。这“是否意味着它是源而不是流，是本而不是末”呢？

——说此话者，西北汉子雷达也。对“云南实有倒掣天下之势”一说，他叹道：“好一个‘倒掣天下’！所谓‘倒掣天下’，是否有点反弹琵琶、倒提悬壶的架势，是否有种‘底事昆仑倾砥柱，九地黄流乱注’的景观，是否意味着它是源而不是流，是本而不是末呢？”雷达从20世纪80年代起几番到云南，我还记得他第一次到云南，邀了几个人在一间小屋里谈文学谈小说，何等畅快，没想他心里还装着一个他没读懂的云南。90年代初他又来云南，刚到芒市，半路上因另有公务，被叫了回去。他说，直到近年他再到云南，才颇得了些云南的真谛，算是读懂了云南——历时已十多年。

感叹云南难读的自然不止雷达一人。同是西北人的贾平凹，1986年夏天来云南时，曾往昆明西山一游。在《游西山》那篇千字文里，说到昆明西山石崖上“疑心是文神所作”的“象形文字”时，他也深感“我亦没读懂”。那天在西山龙门极顶参悟了文曲星后，我们一起去了龙门背后的“小石林”，凝望着石崖上酷似象形文字的石纹，他曾久久伫立不语。四野无声，白云自行。他的模样颇像佛家人的入定。我问他怎么了，他说没什么。不久他才在那篇短文里回答了我的问题“我亦没读懂”——他说的是云南的山。其实，云南的江河也莫不如此——金沙江的浪，澜沧江的水，哪一处不是深奥莫测，流淌着无尽的玄机！

初，以为文化人也，“云南难懂”之说，不过行文中故作惊人之语罢了——云南阳光明媚，山河坦荡，并无隐藏，也绝无晦涩，有何难读，竟有读不懂之事？细细一想，我在云南多年，就读懂了么？三十年前我初来云南，当然没读懂；三十年过去，也难说就读懂了。这片孤悬于唐诗宋词之外的山地，其难读并不在于晦涩，而在于它的深奥。

——比如云南的大山大岭，还有它的大江大河。

二

江河永远是神秘的。

从小在长江边长大，我对长江大河总有一种天然的依恋。

长江的河滩上，我放过风筝；长江的波浪里，我泅过水；长江边的码头上，我用一副箩筐扁担，挑起过生活的重担。我爱它，也恨它；我靠近它，也疏远它。每年一度的水涨水落，也如同那个不更事的少年心绪的起伏。那时我问浩浩江流从何而来，到了云南，我又问江河向何而去。

日月经天，江河行地。相对说来，宇宙是“不动”的，如果没有行走的星体，我们所崇仰的天空，不知要少去多少魅力。而在我们这个地球上，一切自然之物，再没有像江河这样，以一种世代不衰的伟力昼夜奔腾的了。一动不动的、屹立千古的山岳固然让人崇高，如果没有奔流不息的江河，人类恐怕就要少去许多智慧。偶临大江大河，常顿生一派豪情，也平添几许灵气。凝望片刻，明明是在大地上奔流而去的江河，转眼间会如同从我的身体和灵魂间穿越而过，源源不断的江水——浑浊的或是清澈的，冰凉的或是滚烫的——带着雪山、森林、大地和阳光的气息，訇然流进我的身体，浸湿我的每一片思绪。大地的血管与我的血管在霎时间连通了，我的血管成了江河最细小的支流。那一刻，我会突然为人的血脉与大地的血脉如此相像而震惊！

神秘啊，每条江河都神秘得不可思议！往往，还没等我们掬一捧江水洗去满身的愚顽，江流就在顷刻间浇开了我们瘦弱的慧根，发芽的心情转眼就铺展开一片新绿，尽管最后生长出的是花是草，是低矮的灌木还是参天大树，还很难确定。“滚滚长江东逝水，浪花淘尽英雄”，作为人类面对江河时惯常心态的写照，我们从那样的诗句里感受到的，当然是时间，而“大漠孤烟直，长河落日圆”那恢宏博大的气象，那绝非经年蜗居书斋的人所能想象和描摹的壮阔，着意的无疑就是空间了。江边往往风景奇特，哪怕只是一道山中小溪，也包容了天地之灵气，日月之精华。沿大江大河而行，眼前有山、有水、有云；山里有峡谷，峡谷里有森林丛莽，有四时花木；江上有风有浪，有舟船帆楫，有放排人，有纤夫，也有拉纤人回肠荡气的声声号子……石头在呼吸。草木在生长。云彩在飘动。它们氤氲蒸腾，汇聚成一股浩然之气；江水奔腾，滔滔不息，从春到夏，从夏到秋，从古到今，又从今天流向未来。人世沧桑几千载，时光漂白了世间最美丽的颜色，岁月淘洗尽最壮丽的人生，但江河还是江河，很少改变自己的模样。它从不因人世的喜怒哀乐而有丝毫变化。它看上去冷酷无情，事实上却是人类心灵最大也最慷慨的施主。在这个意义上，世界上最长的就是江河——不管是大江大河，还是小溪小河——因为，江河的流淌最接近于时间的流逝。恰如日本作家德富芦花所说：“站在大河之畔，要比站在大海之滨更能感受到‘永远’二字的含义。”

德富芦花的慨叹，是在读了孔夫子之后。两千多年前，孔夫子面对一条不知名的江水慨然叹道：“逝者如斯夫，不舍昼夜。”那声慨叹穿越漫漫历史时空，如今依然响彻于耳，让我们感到某种水晶灯笼般的通透、睿智和哲思。那条“逝者如斯夫”的江水从何而来？

传说中的三闾大夫屈原，正是从长江三峡里的秭归走出来，开始他的“上下求索”的，那正是我母亲的家乡。而生于贵族之家的屈原对

长江及湘、资、沅、澧的感同身受，无疑与他的流放生涯紧密相关。一首《涉江》，道尽了他放逐生涯中的愁苦、孤独和凄惨。那条浩浩长江又从何而来？

历史上几乎每个诗人、名人都与江河有缘，却并非每条江河都有这种幸运。浔阳江之于白居易，多瑙河之于约翰·斯特劳斯，密西西比河之于马克·吐温，哥萨克的顿河之于肖洛霍夫，都是一种永恒的象征。即便桨声灯影、仕女如云的秦淮河，也被朱自清悄没声儿地盖上了一方钤印。云南没有孔子，当然就没有孔子到过的江流；没有屈原，也就没有屈原涉江而过的河段。对云南的大江大河追根溯源，找不到名人文化的脉流与光辉。云南大大小小有一百多条江，翻开滇地的历史，却不见大江大河的波浪在历史的长河中波翻浪滚，有的只是南诏大理国的洱海帆影和滇池渔火。这多少有些蹊跷，也未免让人失望。

不知情者总道滇地乃山地，岂不知云南正也是江河之源，流水之乡。这里山大谷深，有山便有谷，有谷便有水，大江大河总与大山大岭相伴而生。有了滇西北的横断山，便有了金沙江、澜沧江、怒江“三江并流”之奇观；金沙江浩浩荡荡一路东行，汇入太平洋时已有了一个大号名曰长江；怒江接纳了恩梅开江、伊洛瓦底江和数不尽的亚热带溪流，一往情深地奔向印度洋；澜沧江流入东南亚，成为号称“东方多瑙河”的湄公河，最后汇入南海。而有了滇东北的乌蒙山，便有了滇东山谷中那毫不起眼的珠江之源，那里涓涓水滴如珠，一方水泽似镜，倒与珠江的美名暗暗相合。有了滇南的哀牢山，便有了一直南下经老街到河内最终注入东京湾（今北部湾）的红河。至于大江大河的支流，更是遍布云南的山山岭岭，密如蛛网。造物虽然严峻，有时却又聪慧而公正。在云南，它竟把雄起与跌落、静止与流淌、无声与韵律、贫穷与富庶安排得妥妥帖帖，相得益彰。它让大山封堵了高原，让这片山地孤悬于唐诗宋词的磅礴与艳丽之外，却又对这片高原宠幸有加，让它凭借一条条大江大河与整个世界相连相通——不知那是不是造化有意为之的另一部诗篇？

于是，大度的云南，无私的云南，那古老而又生生不息的流水，那旺盛而又浓酽的精血，便东出三峡，流溢在湘楚大地的笙歌琴韵和江南水乡的丝竹管弦中；又西越国门，挺立在缅甸、老挝遮天蔽日的原始森林间；一脉往南，凝就了泰国、越南沉甸甸的谷穗和海岸线上一片又一片美丽的沙滩；而当它逶迤东斜，便摇曳成了五岭以南的蕉风椰雨和渔歌晚唱。就像蓝色的多瑙河浇灌出了欧洲几乎所有的大都市一样，由云南出发的江河也滋润着重庆、武汉、南京、上海、南宁、广州，甚至金边、仰光、河内。可以毫不夸张地说，作为“亚洲水塔”的云南水系浇灌了几乎整个南中国甚至东南亚的大江大河，孕育了长江以南甚至整个东南亚的文明昌盛，甚至东渡扶桑，滋润了日本列岛的稻谷文明——近年来，一批又一批日本学者来到云南，探寻他们民族的源头。

三

在云南江河的家族中，固然有名门大家，更多的却是数不清的无名之辈。走在云南那些偏僻的、至今也没人命名的山地里，我常常会碰到一条又一条小溪小河。我在云南最早认识的一条河叫马过河，那不过是金沙江的支流牛栏江的一条支流的支流。它是那么土气，那么不为人知，又是那么荒芜和贫穷。可就在它的两岸，在不断改变着的道路上，却演出了无尽的人生故事——从秦开“五尺道”到20世纪之初的小火车路，从60年代的铁路到90年代的高速公路。在60年代末那些日子里，它挟带着风雨雷电也挟带着万般柔情，无声地在我胸中、在我枕畔流淌，至今我仍能感到它对我心灵的润泽、冲刷和淘洗。

普通的地图上当然找不到马过河的名字，认识它，必须走进云南的大山。头一次，我是在一列火车上看到它的，那时它正轰然穿行于1968年那个夏天，就像一张犁，翻开了两行时间的垡块。马过河悄然悬挂在我眼前那不足一平方米的车窗里，闪闪发光。透过肮脏的玻璃，我看见的是一条自在自为的小河沟，就像我在别的地方看见的某条小河沟一样。它的水流很浅，却很急，在满布于河中的大大小小的森黑嶙峋的怪石上激起惨白的浪花，显得野性十足。还在很远的地方，我就听见了它的水声，湍急，杂乱，仓促，仿佛一个没有经过调弦定音，就开始合乐的三流乐队的蹩脚的演奏。岸边的回流里，漂着五颜六色的烂菜叶、腐烂的树枝、凋零的花瓣以及一些来历不明的灰白泡沫，河岸却一片金黄，臭菊花开得铺天盖地，叫人想起那些失去了主人精心照料，却还没有完全荒芜的花圃。车沿着那条河走了好几分钟，我的车窗里便一直被那种灿烂占据。那种疯狂的美丽显然是世俗的，但河边超然的宁静，以及它与四周的山峰、村庄极度的和谐，让它显出了某种超凡脱俗。那种气质深深打动了我。半个月后，我决定就在那里开始我漂泊异乡的生活。即使按照当时的标准，我也完全没有理由一定要把我的青春岁月交给它。在随后的两年里，清晨黄昏，我曾无数次地在马过河的岸边，沿着铁路走向远方，没有目的，也谈不上诗情画意，只是出于最起码的生存需要。我有时高兴，有时忧伤，但那并不能改变马过河存在着且一年四季都在汩汩流淌这一巨大的事实。我进入了那个事实，那个事实也进入了我。那种日复一日的进入，让我渐渐读懂了它。世俗与高贵，浅薄与深邃，在很多时候并不像我想象的那样容易区分。读来读去，我读到的只有两个字：生命。生命的艰难和苟且，生命的崇高和卑污。整整一部马过河的历史，就在马过河寻常的流淌中被创造着，也被改写着。一些人悄悄地生下，一些人悄悄地死去，更多的人在有限的欢乐和无边的忧伤中，一代又一代地繁衍着，艰难而又无可阻挡地活了下来。那条小河似乎在说，历史并不是我从前所知道的那种模样，并不是教科书、广播和标语告诉我的那种模样，不是由某些自以为如何了得的人创造的。历史的辉煌，常常包含着某些叫人深恶痛绝的肮脏、丑恶和卑鄙。凡在当时被命名为辉煌的，不定后来就是龌龊。而当时被命名为龌龊的，弄不好后来就是辉煌。生活的逻辑就是如此奥妙。

滇东北马雄山下，有一个毫不起眼的岩洞。头一眼看到它时，我无论如何都不敢相信，那就是珠江之源——在云南，那样的岩洞几乎到处可见。黑黝黝的岩洞顶部，无数的钟乳石下方，一滴滴水珠在缓慢地滴落，像是大地的乳汁。它们已滴淌了亿万年之久。它们从漆黑的岩缝里流淌出来，在一个个钟乳石的乳尖汇集，膨胀，终于——滴落，滴落得奋不顾身。起初，水滴只发出细微如鸣磬般的金属之声，可转眼就因岩洞巨大的回响，被放大成了天崩地裂般的轰鸣。听着那声音，人将灵魂出窍，仿佛亲临创世之初的时光。那是历史的解说：大地的乳汁在变成一条江河时，都要经历几次痛苦的分解与聚合——岩石里的潜流先被分解成无数弱小无助的小水珠，每滴水珠都要在一次惊心动魄的跌落中，被粉碎，被解构，被遗忘，完完全全地失去自己。日复一日，年复一年，一滴又一滴，细弱无助的小水珠在洞的下方聚成了一汪水潭，暗绿，清澈，没有涟漪，更无浪花——那无疑是一次重组。然后它们从那里流出去，一路吸纳，终于成了一条贯穿南中国的大河。那就是珠江之源。那个岩洞是幸运的——因为成了珠江之源的母体，它才被人们记住。

都是那样，江河的源头都是那样，很清澈，却都很不起眼，毫无张扬之意，要被人认识，就总不那么容易。甚至你面对它时，根本就想不到要对它歌唱，也找不到恰当的词语。生活的源头也一样。

我后来又见过无数云南的小河。在云南南部的亚热带丛林里，我曾在南溪河冰清玉洁的溪流里长久地浸泡，直到在气温高达四十摄氏度的炎炎夏日，感到一片让人周身舒爽的沁凉。在哀牢山里的哈尼山寨，我亲近过一条名为藤条江的小河——它像藤条一样细小，像藤条一样飘逸，也像藤条一样弯弯扭扭；在一些地段它眼看就要断流，却从乱石群峰中再度迸涌而出，对命运做着恰切详尽的解说。夕阳下的瑞丽江，一江河水如同一江融溶的金汁，波动着又闪烁着，夕阳就在那里沉入异国他乡，一派雍容华贵。而滇西北注入金沙江的索多冈河，曾一次又一次地为我铺开陌生的行程，它所串起的草甸、花谷与雪山，它所奉献的歌唱、沉吟与咏叹，让我时时感受着生命的深邃与时光的一刻千金……

云南的江河，不管是小溪小河，还是大江大流，都在我心中成了一种人格化的存在。一条没有江河在场的土地不仅是乏味的，而且缺少深度。风浪与漩涡。瀑布与死水。女人——河湾。男人——激流。人群——波涛。农耕。浇灌。汲取。孕育。河流创造着生存和死亡，创造着欢乐与忧伤，创造着文化。当我们说云南是一个生存文化的博物馆时，我们事实上是在说，云南是一条江河的博物馆——有的轻柔得像一首小夜曲，有的粗犷得如同一个流浪汉，有的如小家碧玉，纯朴温情，有的却似江湖游侠，豪放爽朗。

云南从来没把江河关在自己家里。云南自己的大片土地，不少至今都还处在干旱和贫瘠之中，宽阔的高原后院，真正留下的，只有滇池、洱海几方高原湖泊。世界上，几乎所有的大都市，都依傍着一条大江河，然而，有着无数江河的云南，就连号称历史文化名城的昆明，穿越市区的，竟只有一条细弱的、可怜巴巴的盘龙江。

如此气度，如此胸襟，却无人喝彩，无人圈点。

那又如何？

四

或有人说，云南的那些大江大河，其实并不都是云南的——它们大多发源于青藏高原，统统算到云南的账上，是不是有点贪天功为己有？

我的回答是：不！

就像人有祖籍，也有生长地一样，一条江河，如果只在它的发源地流来流去，那将多么可笑？云南的大江大河，确实有不少发源于别处，就像云南的许多人，并不都是土生土长的云南人，而是在几代几十代前落户云南一样，但他们却几乎无一例外地，都在云南这片土地上成长、长大，成了大江大河——他们最美好的年华是在云南度过的，也把它献给了云南：从战国时的庄蹻开滇，到明代的屯垦戍边，从20世纪60年代的支边移民，到70年代的上山下乡……一茬又一茬地地道道的汉人——湖广江浙，北京四川，从内地来到云南融合于边地，开拓云南，垦殖云南，才有了云南的今天。

江河同样如此。

可以毫不夸张地说，是云南这片土地，喂养了那些大江大河。

不仅仅是用从横断山间那一座又一座雪山流出的淙淙小溪。

不仅仅是用在亚热带一片又一片丛林里肆虐的、狂傲的风雨。

还用红土高原鲜红的血液，那浓得像盐一样的汗水，用他们或欢乐或忧愁的泪水，用他们的情，和他们的爱……

几年前我就说过：“我的‘边地’，是在山野行止不期而遇的牧归少年眼里那半青半红的残阳暮烟，是那残阳暮烟里渐行渐远的、梦一样的村庄，是那村庄里一个双眸如星衣衫破烂的少女手里捧着、嘴里嚼着的那一枚青涩的橄榄，是她腮边挂着、喉咙里咽着的那一抹暗绿的液汁……”

无数那样的“一抹暗绿的液汁”流淌下来，汇集起来，就成了在大地流淌的小溪小河，当然也就成了浇灌整个南中国与中南半岛的大江大河。

——悬壶济世者常怀悲悯之心，却少有愤世之语。付出太多之后，便唯有沉默。即便沉默，那也是多情的汉子的沉默。那沉默一旦被打破，或说被激活，就成了一曲豪歌。那样的汉子期盼理解，却从不以哭泣换取同情；他渴求帮助，却不会居功以坐待“反哺”。他依然豪爽好客，依然屹立在彩云之南，将一曲《小河淌水》和着自己的心血当酒，满满地斟给天下，不尽的情意流淌出去，也依然是惠及吴越、惠及岭南、惠及整个中南半岛的大江大河……

野栎树林记

人常常会在不经意间，放过生命旅程中一些看似微不足道的景观，一般说来，那是一些看似卑微的生命，起码不大符合人类俗常、通行的愉悦标准。然而，作为与我们一样生存在这个世界上的生命，它们也是这个活着的世界的一员，不仅有着一般生命的形态，甚至有比在优裕条件下被精心呵护的生命更为可贵的、特异的品质。忽略了它们，我们对生命的体验很可能就是十分肤浅的了。

比如，一个衣衫褴褛、满面泪流的孤儿，一个腰背佝偻、踽踽而行的老人，甚至一朵秋风中就要萎谢的野花，一株酷寒后正在挣扎着返青的小草。

而我，差点儿就放过了滇西北高原上的那片野栎树林。

我是在骑马去碧塔海的路上遇到那片野栎树林的。送我们的汽车开到简易公路的尽头后再也不能前行，前面据说就是碧塔海自然保护区，我们必须下车走路或是骑马。朋友劝我们选择骑马，他们那样说时神色严峻。七八公里，都是山路，他们说，骑马要一个半钟头，步行就费时更多。于是我们骑马上路，那片野栎树林就是那段路程的一个无法回避的开头。后来我才得知，尽管碧塔海自然保护区占地辽阔，但那片野栎树林并不在保护区的范围，当然也就没有受到保护区的保护。

那是个瘦长的山垭口，长两三公里，长满了野栎树。人走进去，转眼就被野栎树林尽悉吞没。天空骤暗，眼前一片灰黑。那时我甚至不知道那是野栎树。我只觉得它们长得过于低矮，模样古怪甚而畸形，就像一群发育不良的孩子。我们要去的那个风景点是个远近闻名的高原海子，据说它就像天神遗落的一块绿松石，硕大无比，在群山的包围中幽幽闪亮。我知道绿松石非常名贵，在西藏，藏族群众脖子上常有一串用小小的绿松石穿成的项链，我在拉萨八廓街买回来的几串冒牌念珠上都没少了它。我忘了，真正的珠宝从来都藏在人迹罕至的深山里的某个设置了种种奇妙机关的山洞里，到达那里之前要演出一个又一个传奇故事。我忘了，因而在最初看到那片野栎树林时毫无思想准备而吃了一惊：它们黑压压一片幽暗，就像花和尚鲁智深险些遇难的野猪林，让人毛骨悚然。

除此之外，我对它就一无所知了。和别的游客一样，我只想尽快到达那个传说中无比美丽的高原海子，满脑子都是想象中的盈盈绿意，对路边那片野栎树林全然没放在心上，尽管它一直都在眼前无法回避，但它从来就没有真正进入过我的意识，更谈不上去观赏它了——前往朝拜那个圣湖般的海子的人们出于无奈，才从野栎树林里经过，如果有另一条路，我断定人们宁可绕几公里路，也要想方设法避开它的。事实上，据我后来得知，从发展旅游的角度考虑，当地也正在修建另一条公路，不仅为缩短路程，大约也是要避开那片让人不快的野栎树林——何况路上有的是美丽的景致。沟两边山崖陡峭，云杉如阵，从沟底往上看，它们巨人般威武雄壮，不可企及，枝杈斜逸，树冠高耸，一概都向着高而蓝的天空，就像我们那时的目光，对山沟里的野栎树林不屑一顾。阳光从云杉林的缝隙间金黄地穿过，像一道道金色绶带，让它们显得伟岸峭拔、仪表堂堂。终于走出那条山沟后，眼前是一片开阔的高山草甸，草芽茸茸，阳光融融，就像一块巨幅的江南丝绸，铺展在蓝天白云之下，柔韧细腻，叫人赏心悦目；马蹄在柔软的草甸上无声地踏过，我能充分感受到那片草甸的柔韧和弹性。一群毛色紫褐得发亮的牦牛撒在那片草甸上，疏疏落落的，装点着那片草甸怡人的宁静。

如果不是还要循原路返回，我就真要错过那片野栎树林了。回来

时我才算真正看见那片野栎树林。与高大的云杉林、茵绿的草甸和那个处子般宁静的海子相比，那的确是一条阴湿而又逼仄的山沟，一道无名山溪穿沟而过。路其实是没有的，不过是马帮踏出的一串脚印。溪水清浅，却出没无常，忽左忽右地与无形的马帮路交叉缠绕得难解难分。马蹄常常打滑，好几次我差点儿被从马背上摔下来。哒哒的马蹄声一踩进那道山溪就成了一片吓人的水响，浪花飞溅，同时伴有马蹄铁敲打沟底溜滑的卵石时发出的金属声。后者只有细听才能听见。进山时我就只听见了水响，而对那种金石相撞声一无所知。

我突然发现野栎树林竟是那么低矮，骑在马上，视线越过野栎树灰绿的树梢竟能直抵远方。那已是春天，在那条山沟外的山野里，世界早就是一片葱绿。野栎树林里却没有那种润眼的绿，来来往往的马帮扬起的灰尘遮没了它们的枝叶，灰暗无神，森黑的树干毫无光泽，斑斑点点地长满了灰白惨绿的苔藓，就像一群没有父母管教和照看，满身都是泥巴和草痕的孩子。或许那并不是它们的过错：窄窄的天空早被高大的云杉占去，野栎树林自然很难与阳光亲近。空间是如此狭窄，野栎树也没有草甸那样宽阔的领地，以舒展它们的生命。它们密密麻麻地挤在那条狭窄的山沟里，你挨着我，我挨着你，一个个都只能侧着身子。由于过分靠近马帮路，一些树干被拦腰撞断，或白或黑的茬口像折断的骨骼。稍高处，有几棵野栎树已悄然死去，枯败的枝叶似乎划一根火柴就能点着。而在靠近溪流的地方，溪水掏空了几株树脚的泥土，树干歪斜着，随时都有倾覆的危险；它们的根须无可奈何地裸露着，像一些正在吁求着慰藉的蜷曲的呼号……

——我这才想到，野栎树林正在受难。

它们生存得很不容易，很艰难。

然而，它们并不是在等待着死亡，虽然死亡的威胁就在眼前。

为了战胜死亡，它们正在付出代价，惨重的代价。

突然想起福克纳在《喧哗与骚动》一书的结尾说过一句让人震撼的话：

“他们在苦熬。”

在那片无声无息的悄寂里，我骤然感到那句话的惊心动魄。

翻身下马，我开始步行。为我牵马的藏族小伙子奇怪地问道：你怎么啦？

我不回答。

思绪骤然变得像野栎树林一样杂乱斑驳。

生命的历史，是一部发展的历史，也是一部受难的历史。受难是普遍的——很难想象，生存的过程会总是艳阳高照，和煦如春。苦难来自生存中的种种不幸、伤害、残缺和死亡对生命无处不在的威胁。而造成不幸、残缺和死亡的威胁的，既有大自然的变化，数千万年前恐龙在地球上的灭绝消亡，正是由于生存条件的骤然改变，也有因生命自身的失误带来的灾难，而且在某种程度上，后一原因造成的苦难常常更为惨重。人类虽然是生命的一种高级形态，可在有记载的文明史中，大大小小的战争，人类戕害了大自然而反过来又被大自然报复的事例，如大饥馑、大瘟疫等等，更是数不胜数。然而，比起人类某些先知的个人和群体在意识、思想、观念等方面由于超前而被误解、惩罚以致面临死亡的威胁等等苦难来，那些苦难就简直算不得什么了。

面对苦难，人类向来有三种姿态，因而也就有三种结局。一种是殊死拼斗，战胜苦难以及造成苦难的某些社会力量，从而成为人们景仰的英雄。一种是被苦难折服甚至吞噬——当人类因为缺乏斗志而面对种种苦难时，这是一种常见的结局。前者是崇高的，被人歌唱的；后者则是卑劣的，被人唾弃的。在崇高与卑劣之间，在被人歌唱和被人唾弃之间，还有一种姿态，或许还是更为常见的姿态，那就是苦熬。至今为止，对于苦熬，我们还缺乏更深入的了解，当然也就缺乏更准确的评价。

最深重的苦难是思想者的苦难。

而思想者对付苦难最常用的办法，便是苦熬。

苦熬自古就是人类生存的一种普遍形式。人类其实早就在感性上懂得，苦熬尽管不如殊死拼斗那般壮烈，但它的可歌可泣，却决不在殊死拼斗之下。对于生活中的那些苦熬者，我们总是满怀着敬仰。艺术家们甚至早就敏感地创造了一系列苦熬者的形象。加缪的那个一直往山上推石头的西西弗斯是苦熬者（《西西弗斯的神话》）。海明威笔下那个与大海和鲨鱼搏斗的“老人”是苦熬者（《老人与海》）。《圣经》中那个在炉灰中边刮着毒疮边赞美的约伯是苦熬者。而我在那条阴湿幽暗的山沟里碰到的那片野栎树林，又何尝不是苦熬者呢？

苦熬者或许说不上是什么了不得的英雄，在我们这个世界上，真正的英雄总是凤毛麟角。但是，正是它们，在苦熬中顽强地维护着自己生命的意义和生存的尊严，也在苦熬中不断地鼓起了期待的勇气，为了那份信念，甚至不惜让自己成为一面指向未来和明天的路标。而路标，是看不到未来和明天的辉煌的。

我因此对那片野栎树林充满了敬意。

苦熬，这需要多大的勇气，多大的毅力！那是海拔三千米以上的风雪高原，长达半年的冬季，平均气温在零下十多度。我们去时已是春天，路边的田陌野地，杜鹃花已开得漫山遍野，一片灿烂。那条山沟里却阳光罕至，空气稀薄，连野草也很少见到。野栎树就选择了这样一个地方繁衍着它们的家族。环境如此恶劣，它们对这世界还充满着微弱的信心。细看，在它们那片灰蒙蒙的、似乎已经枯死的枝叶间，一粒粒小小的、淡黄色的花苞正在孕育之中。我相信，野栎花开放的日子不久就会到来。那时，它们将为这个越来越单调也越来越没有信心的世界奉献一份小小的色彩，一缕淡淡的芬芳，也奉献一份小小的自信。凝视那些小小的花苞，我想起了安徒生童话中那个卖火柴的小女孩，天寒地冻，漫天风雪，她手里突然举起的那朵小小的光焰，却差不多温暖了整个世界，从我们的父母，到我们的孩子，从我们的父母的父母，直到我们的孩子的孩子。

而我那天面对的并不是一则童话，而是一个生动的、活生生的事实。

生命当然并非为苦难而生，生存却常常与苦难相伴。环境无法选择，在苦熬中建立起来的这种爱，这种对于生命和人世的自信，让所有苦熬者们的生命充满了殉难的光辉。我之所以说那是“殉难的光辉”，是因为它们的牺牲未必总有结果。也就是说，它们为对抗那些苦难而宁可献出的热血和生命，却对战胜那些苦难未必能起到某种直接的、立竿见影的效果。更多的，倒是它们在那种奉献中所显示出来的精神，以及为维护生命的独立、自由、尊严和纯净而进行斗争的意志，鼓舞着、激励着、鞭策着它们的后继者，让后人把那种斗争、那种努力继续下去。而生命的独立与自由，生命的尊严和纯净，永远是人类为之奋斗的目标。

那种精神的光辉是生命在那种苦熬中像被放在巨大的铁砧上的锻件经过反复的锻打和锤炼之后，质地变得无比结实和柔韧，从而自然而然地显示出来的。那种光辉与那些被功勋、名声与荣誉包裹着的胜利者头上的光环显然不可同日而语。苦熬着的人们面前几乎很少有鲜花与美酒，很少有闪光灯和头版头条的大幅照片，他们往往已长眠地下，享受着喜悦的人们，甚至大多都不知道他们的名字。然而，苦熬者却体验着真正的幸福、自由和高尚。从古至今，许多人所体验的追求到的幸福、自由和高尚都是廉价的，他们不是金钱的附庸，就是权力的奴仆。而真正感人的幸福、自由和高尚从来都不是唾手可得的，必须付出代价，有时甚至是惨重的代价。

一棵树就像一个人，如果绝望是它不要也不屑的，那么在那样的苦熬中受难似乎就是唯一的出路。苦熬当然不是刀光剑影的战斗，不是以恶对恶以牙还牙的对抗，没有人为它擂鼓助威，摇旗呐喊，当然也就不可能战功卓著，名垂青史。苦熬似乎只是默默地忍耐，其实却不尽然。野栎树林既不是花园里地位显赫的住户，也不是保护区里备受关照的宠儿，它只不过是一群在荒郊野外自生自灭的生命，唯一能依靠的，除了它自己，还是它自己。它的每一缕根须，每一片树叶，甚至每一股筋脉、每一滴液汁，都被调动起来，生命的能量也在这种境遇里被最大限度地激发。它们苦熬着。苦熬着的野栎树林，一面向下悄悄地、尽可能深地把根须扎进瘠薄的泥土，一面又向上伸展着它的枝杈，它伸展得很慢，尽可能长得结实，以抵御不断袭来的风雨雷电，抗击着随时都可能降临的意外伤害。它或许算不得魁梧挺拔，有些时候，它摆出的甚至是一个匍匐的姿势，就像一个趴在堑壕里的士兵。但在那样的环境里，它却显示着生命最强悍的伟力。活着是那么艰难，它让我们懂得了那种难以言说的艰难。它在毫无声息的生存困境中创造出了一个有关忍耐的寓言和在忍耐中生存壮大的神话。

有人说过，生命的独立和自由，生命的尊严和纯净，永远是人类为之奋斗的目标。生命向这些事物挺进到了什么程度，就意味着生命有多大的勇气和信心。对生命的认识深入到了什么程度，才会对生命珍惜到什么程度，才会对生命尊严的捍卫到达什么程度。

20世纪60年代初的一个秋八月，我在高考后因为担心难以考上大学，已经找了一份工作。那时，我的几个弟妹都还幼小，因而尽管工资微薄，我却能为父母分担一点艰难。事实上那时父亲的工资也很低，而且经常出差在外，靠母亲经年做些临工，我们全家才能勉强度日。回想起来，那就是苦熬。而在我们那个苦熬着的家里，真正在精神意义上承担着全部苦难的，是我的母亲——不仅因为只有她掌管着全家的吃穿日用，在每天煮饭时，都要面对那个总是露着底的米柜，而且她每天都要强忍着孩子们吃不饱时那一双双贪婪的眼睛对她的呼唤，只有她才最深刻地知道这个家的八条生命每天都在面临着饥馑。对于我能找到一份工作，母亲自然表现出了她应有的高兴。不料几天后，我突然接到了高考录取通知。母亲得知，既高兴又悲伤。高兴无须说明，悲伤则是因为她无法为我准备一套行李，拿出一笔去上学的路费。那几天她一直是默默的——默默地为我准备行装，默默地东奔西跑，为我向亲友们说明情况，以便尽快凑齐那笔路费。我要走的那天，母亲坐在里屋，抽咽着哭了。她说，听说你要上五年的学，我们还要熬五年。但是过了一会儿她又说，你还是好好上学吧，我们会尽量按月给你寄点钱，不要管家里，家里是个穷坑，填不满的……等你毕业出来，工作了，就好了。我也对母亲说，您等着，五年后，您就不会这样受苦受累了。

五年，那是一个约定，一个诺言。在约定与诺言兑现之前，母亲还得苦熬，也许还得更深地沉入苦熬。然而，期待让她对那种苦熬后的日子充满了信心。自此，每次离家远行，从船舷或是车窗回头一望，看见的总是母亲那双忧郁的眼睛。

一个默默承担着苦难的生命，犹如母亲，我们只有在长大后才会从她身上读出那种屈辱而又伟大的高尚。

然而，在一个为我们提供了巨大的精神消解机制的现代社会里，有谁还在为生存的尊严挺住？有谁能告诉我们不幸、残缺和死亡的威胁在何种程度上是有意义的？其实，芸芸众生的生命大多如此。内心的无比坚忍，在苦难中迸发的巨大勇气，拒绝在俗常生活中以小恩小惠表达出来的廉价的安慰或是由此做出妥协的坚决……所有这些，比起那种虚假盲目的乐观主义来，我更愿意亲近这种受难的精神形式，因为它再现了生命的辉煌。

离开那片野栎树林已经很久了。我庆幸那天我没在回来的路上匆匆走过，因而错过那个庄严的时刻。我庆幸。

绒赞卡瓦格博

登上太子雪山的“明永恰”（藏语，恰是冰川之意）时，诸神的宫阙突然在眼前显现。那是神灵的居所，冰砌玉构，金饰银妆，雄踞在海拔 5000 米以上的高处，真实，却又虚幻，就像一个晶亮透明的童话。冰川在我脚下。某个熟悉的人悄然逝去，脸上拂过陌生的风。在一天的攀登之后我已筋疲力尽，大口喘息，像一条被扔在沙滩的鱼，凝视，凝视，凝视……早上的太阳在冰雪之上舞蹈，为它镀上了一层金红。月亮尚未隐去，它一路与我同行。在刚刚过去的那个午夜，我在某个飘荡着酥油味儿的梦中见到过它，那个梦由藏话、藏经、经幡、玛尼堆和酥油茶交织而成，纷繁斑驳，一直做到我在清晨四点醒来，看见窗外挂着一轮月亮，瘦削，薄而透明。以至现在，当那轮月亮出现在我眼前时，我不知道它是不是真的属于人间。蓝天深邃如海，晓月如一块浮冰，很快就会漂向远方。

屏声静息是我那时的唯一选择——不慎惊扰了神灵，幻景就会顷刻间消逝。我想。金字塔形的卡瓦格博，那诸神之尊，刚从秋夜的宿睡中醒来，小头、宽肩，躯体庞大厚实，一身银甲，就像一个放大了亿万倍的卡通人物，一尊在现代艺术家手下夸张变形得十分厉害的雕塑，脸上——我说的是那像银制的锥子一样刺向天空的锋利的山尖——闪着初升太阳的血色红晕，庄重而又柔和。那个气血充盈的康巴汉子，看来昨夜没顾得上去与缅茨姆幽会——意为“大海神女”的缅茨姆峰，相传是卡瓦格博的妻子或是情人。守护是神圣的。当年，威猛强悍、倜傥风流

的卡瓦格博随千佛之子格萨尔王出征恶罗海国（今印度一带），恶罗海国王出于缓兵之计，佯将美丽无比、艳若云霞的缅茨姆许配给卡瓦格博，不想却弄假成真，二人一见钟情，天地无双的卡瓦格博与绝世罕见的缅茨姆合为一体，成了风雨与共的生死伴侣。卡瓦格博在缅茨姆的帮助下，很快就征服了恶罗海国。后来夫妻双双被格萨尔王派到那里统领边地。按照当地藏胞的说法，他们是很好的一对儿，却并不能夜夜相会——神灵也有俗愿，有时也照样不能如意，这会让俗人得到安慰。云从山肚子里生出来，白、灰、红，像一缕缕轻烟；纷乱的色彩与光流四处游动，飘忽不定，犹如某部神话电视剧里的激光造型灯和动不动就施放的人工烟雾，让人眼花缭乱。风在四周吹拂，一直吹进我的胸中。诸神聚集。钟鼓沉郁，琴瑟悠扬，环佩叮当，它们一起鸣奏在看不见的远方——我想那该是上界和彼岸。没有花。没有草。阳光下到处亮晶晶的。空中奏响了《绒赞卡瓦格博》[1]的赞歌：

> 南摩古如。[2]
> 在光虹交接的地界，
> 南方察瓦绒河谷，
> “厄旺”[3]教法之垫上，
> 雄踞绒赞卡瓦格博。
> 山体如竖立的长矛，
> 山尖似白色的多玛[4]，

①《绒赞卡瓦格博》，流传在青海玉树地区的一份木刻祷文。据说，由在1247年以前的十多年间曾在康区传教的噶玛噶举派黑帽系第二世活佛噶玛拔希（1204—1283）为不能前来朝山的信徒而作。原为藏文，由青海玉树州志办丹玛·江永次收得并译为汉文。此处的祷文转引自《绒赞卡瓦格博》（云南格桑花卉有限公司编），云南美术出版社1997年8月版。

② 梵文的音译，意为“向上师致礼”。

③ 梵文，代表方法与智慧。方法与智慧之教，即指佛教。

④ 一种圆锥形面制供品，通常是几个一排地供神。

色彩如张挂的白绸。

——我向您祈祷，请悲悯。

……绒赞卡瓦格博

拥有八座同胞峰，

根本上师如云布，

慈悲福佑似雨落。

……我向您祈祷，请悲悯。

神灵躲在肉眼看不见的地方，冷冷地打量着我们这些凡夫俗子，猜想我们的来意——事情肯定是这样。他们雍容华贵，沉默威严，犹如帝王，静候着臣民的朝拜觐见。这是个让人头一眼见到就想五体投地施行大礼的地方。我想喊一声：卡瓦格博，早上好！却哑然失语，心咚咚直跳——在人间，即使真的面对一个一统天下、至高无上的权势人物，不管他是明主还是暴君，我也绝不会至于此。人的痴傻笨拙，在一无装饰、纯粹如斯的大自然面前，才会真正显露出来。我把目光从卡瓦格博峰收回来，定定地从下往上慢慢移动，那由上而下的冰川，转眼就变成了一个向雪峰斜斜翘起的、巨大的滑雪板，只要我奋力一跃，就会冲上滇西北湛蓝的天空，再从那里远遁彼岸……

很久以来的一个夙愿，就在那时变成了现实。就像以前一样，一个已经变成现实的夙愿，总会在实现的那一刹那受到尖锐的反诘：登上冰川究竟意味着什么？高不可及的雪山，万年不化的冰雪，那是亿万年时光的堆积、冻结和凝聚，冰雪里包含着亿万年前的空气、水分、尘埃，或许还有某些我们至今也无法读懂的、来自宇宙空间的信息。此刻它们都在我的眼前，在我的脚下。这么说，我已跨过甚至超越了漫漫时空，进入了史前和彼岸的世界吗？我不知道。

在温暖的南方谈论冰川，就像在红尘滚滚的当今谈论远古圣贤，只能凭想象去填补话语中巨大的时空。对任何一个普通人来说，冰川都是神秘的，偶有所闻所见，无非某个古代冰川的遗迹，一块小小的冰碛石，一道必须凭借地质学专业知识才能辨认的古冰川擦痕，只鳞片爪，难窥全貌；跟大多数人一样，冰川对我更是一个神秘的、雪白得像一道闪电的空洞概念……当我昨晚借宿明永村，躺在藏胞的小木屋里，在一片浓重的酥油味里梦想此刻时，我一直在怀疑我是不是真能有登上冰川的欢乐——谁能想到，在温暖的南方，还能一睹现代冰川的雄姿？我因而是幸运的——在这个秋天，我凭着双脚，登上了卡瓦格博的现代冰川“明永恰”——它深藏在滇西北那片隐秘的土地，经世人向往的香格里拉的深处，在滇、川、藏交界，有着世界上独一无二的“三江并流”景观的德钦。

我的心在歌唱——旋律从踏上旅途的第一分钟就开始奏响。

秋天的迪庆高原，草甸红了，红得分外招摇，大地隽永明丽，古典味十足，展示着南方高原神奇的辉煌。几经辗转，我们从昆明去到了迪庆首府中甸，然后，在一个秋雨淅沥的早晨，乘车前往德钦。

在中甸，朋友一再告诉我说，到了迪庆香格里拉，不可不去卡瓦格博；到了卡瓦格博，不可不去明永恰。迪庆香格里拉雪山无计其数，唯有绒赞卡瓦格博才是藏族心中的八大神山之首，颇具王者之尊。它既是藏族聚居区的一大神山，也是云南的第一高峰。卡瓦格博，意为白雪之峰。所谓“绒赞卡瓦格博”，在藏语中意为“河谷地带险峻雄伟的白雪山峰”，既指西藏察瓦绒河谷和云南德钦之间的太子雪山，也指雪山主峰，同时还是主峰的神灵之名，乃主峰、山神及整座太子雪山三位一体的称呼。它地处怒山山脉中段，金沙江、澜沧江、怒江“三江并流”地区，举世闻名。它逶迤北来，连绵十三峰，座座晶莹，峰峰壮丽，而卡瓦格博的主峰，海拔 6740 米的太子雪山则雄踞其间，雍容华贵，俯视群小，庄严肃穆——朋友的那番描述，让我想到一个巨大的三弦琴，弹奏它的就是卡瓦格博太子：三条大江是弦，座座雪山是品。卡瓦格博弹奏的，乃是旷古至今天下唯一的一曲自然之声，时而如万马驰骋，千山摇动，时而如独弦轻拨，音若悬丝。聆听那样旋律悠扬、意韵深远的乐音，需要的，显然是一副弃绝了俗世的灵魂。

出发前，朋友提醒我们，这种天气去德钦，十有八九看不到太子雪山，不如等天气好了再去，或下一次再来。可惜我们已经没有时间，再来迪庆，谁知是哪年哪月？还是走吧！朋友们见我们去意已定，便说，心诚则灵，一定要去的话，到了德钦境内，第一件要紧的事，便是虔诚地向梅里雪山许下心愿——祈愿太子雪山云开雾霁，哪怕能露出个三五分钟，也算不虚此行。心想朋友们或许是随意说笑，并没往心上去。

一路秋雨不住，漫山红湿绿重，迪庆高原显得深沉凝重，如同大师的油画，别有一番情致。只是心中嘀咕：倘若老天一直不放晴，我们怕是真难看见梅里雪山了。进入德钦地界，在头一处能看到梅里雪山的山垭口，我们已一再向她许下了心愿——一定要设法看到太子雪山，最好能到近处去看看——比如太子雪山脚下的冰川。那是个观景台——按照当地藏胞的说法，也许叫朝圣台更为合适，反正，不管是本地外出归来的藏胞，还是每个第一次去德钦的旅人，都要在那里朝拜太子雪山。我们下车时，几个藏胞正在向他们心中的神山行匍匐长跪之礼。放眼看去，卡瓦格博正以它的冰清玉洁之姿，向我们展露出它的端庄和秀丽；那已是傍晚，尽管西天夕阳如金，云霞斑斓瑰丽，却因天暮云厚，在我们与卡瓦格博之间那巨大的空间里，满满当当的全是云彩，阴处如银如乳，向阳处如锦如缎，华贵异常。卡瓦格博主峰太子雪山的山尖，深藏在远方的云雾之中。我们不禁有些遗憾——那几天，整个迪庆地区一直下雨，我们在中甸、奔子栏碰到过几个从德钦回去的人，都说他们在德钦等了好几天，压根儿就没有看见太子雪山的影子。要是我们在德钦的几天也是下雨的话，我们大概也会是同样的命运。同行中有到过德钦的人说，赶快向太子雪山朝拜。听了那话，我这个从不信神的人，也不由自主地就跪了下去，仿照藏族同胞，虔诚地行了个匍匐长跪之礼——心想，这管用吗？不料，俄尔，卡瓦格博峰竟然轻撩云纱，让我们一睹它的芳容：足足一分钟里，一抹晚霞正正地打在卡瓦格博峰的峰顶，就像舞台上的一道美丽的追光；那时的卡瓦格博峰，如同一位金盔银甲的武士，屹立在天际。

抵达雪山之城德钦的当天下午，我便风风火火地赶到离德钦县城不远的飞来寺，据说，那里是远眺卡瓦格博的最佳位置。一个人，如果从未领略过真正的壮丽与辉煌，只需在那里稍站片刻，生命之杯就将于顷刻间获得最丰盈的补给、最淋漓的浇灌。夕阳艳红，雪山如金，崇高、崇敬之情瞬即流遍我的全身。在我眼前，卡瓦格博与北段的梅里雪山、南段的碧罗雪山一起，组成了一个庞大的雪山群，在数百公里范围内，一座又一座雪山如巨浪拍天，冰峰雪岭从北方接踵而至，又向南连绵而去。晴空如洗，碧蓝幽深；白云轻拂，灿若莲花。在宝石般洁净的天空里，那一座又一座雪峰恰如一道硕大无比的银色屏风，横亘于天际。世界上最庞大也最为充满智慧的航船，正风帆高张，向彼岸世界全速行进。云来了，又走了。太阳时现时隐，大地忽明忽暗。卡瓦格博雪山则忽而刚毅，忽而温情，忽而神秘得如峨冠博带的山林隐者，忽而又纯净得像一身赤裸的初生婴儿。若非大自然有着巨大的神力，若非卡瓦格博自身所具的灵性，谁能营造出那样神奇的美景？云蒸霞蔚，变幻莫测，让人看得目瞪口呆。我屏神敛息——我不记得，在迪庆香格里拉，那是我第几次陷入那种欲语却无言的痴傻与震惊。于是我闭上眼睛，侧耳倾听，听历史的诉说，听自然的回声，听神灵的教诲……

那是一座通灵通神的山。德钦一带民间传说，1987 年，十世班禅大师视察康藏地区时，曾途经太子雪山，并在飞来寺为卡瓦格博煨桑遥庆。其时，卡瓦格博四周乌云密布，一无云开天霁的迹象。十世班禅身着玄黄色袈裟，在缭绕的香烟中举起了手中的圣水，一边口诵经咒，一边让圣水一滴滴地缓缓洒向他面前的世界。就在班禅大师手中的圣水即将全部洒出的一瞬间，云雾远退，天光乍现，卡瓦格博峰竟奇迹般地出现在人们眼前。

那也是一座壮美卓绝的山。1923 年，曾到过雪山脚下的美国学者洛克，在其著述中感慨地说，卡瓦格博是“世界上最美丽的山”。①而在詹姆斯·希尔顿的长篇小说《失去的地平线》中，其中作为香格里拉主体的那座金字塔形雪山卡拉卡尔，与现实中的绒赞卡瓦格博是那般相似，让人怀疑那位英国作家，并非凭空想象出了那座雪山的山名和特征，而是依据卡瓦格博峰的原形所做的创造。

> 他注视着山体，让思绪顺着峡谷和山口的路线攀援而上。……他转头一看，发现那位中国人一直十分认真地注意他。
>
> “您一直在注视着这座山峰，康韦先生？”他问道。
>
> “是，景色很美，我想它该有个名字吧？”
>
> “它叫卡拉卡尔。”
>
> “我想我从未听说过。它非常高吗？”
>
> “在 28000 英尺以上。”
>
> 在康韦眼里——
>
> “这真是世界上最可爱的山峰，几乎就是一座美妙绝伦的金字塔”，“些许云雾缠绕着塔似的峰尖，给景色平添了险峰的生气，而微微传来的雪崩声更证实了它并非幻景。”

民间流传的关于卡瓦格博峰的传说就更多，比如说它是吐蕃王松赞干布迎娶文成公主进藏的路上生下的孩子的化身，比如说它是格萨尔王的战将……

外来者一直想征服这座壮丽的雪山。早在 1902 年，英国登山队就试图登上梅里雪山，结果以失败告终。下山后他们用酥油做成卡瓦格博峰的模型，然后在模型下面加热让卡瓦格博峰熔化，表示他们已经征服了卡瓦格博峰。留下的只是一个笑话。

中日联合登山队在梅里雪山的失利，更为它增添了无尽的神话色彩。从 1987 年至 1996 年，日本、美国、中日联合登山队相继三次试图

① 参见云南格桑花卉有限公司编《绒赞卡瓦格博》，云南美术出版社 1997 年 8 月版。

登上梅里雪山，结果都以失败告终。1990 年 11 月至 1991 年 1 月，中日联合登山队试图登顶，结果全军覆没。那是个令世界登山界至今难忘的日子，1991 年 1 月 3 日，神山发威了，一次惊天动地的大雪崩，伴随着一声震天撼地的巨响，数百万吨冰雪从卡瓦格博峰顶倾泻而下，如同一场自天而降的陨石雨，于顷刻间把中日联合登山队的 17 名队员掩埋在了千古冰雪之中，酿成了世界登山史上的第二次大惨案。在随后的很长一段时间里，人们甚至无法找到中日双方的 17 名登山队员的遗体。如今，在德钦县城附近的飞来寺外的观景台，一方不大的暗红色花岗岩碑石，清晨黄昏，还在袅袅的香烟中，与无数面迎风招展的经幡一起，默默祭奠着那些死去的勇士。1996 年 11 月至 12 月，中日联合登山队再次攀登主峰，在离主峰仅数百米的地方，发现天气异常，在上一次登山惨案阴影笼罩下的登山队便迅即撤离。不料，等他们下到山底，天气却一片晴朗——一次又一次的失败，使卡瓦格博神山变得更加神秘莫测。

与外来者相反，据说当地藏胞对怀有“征服”梦想的勇士，并无多大好感——他们视卡瓦格博为神山，自古对卡瓦格博只有崇敬，从没想到过“征服”二字。无论在这场尖锐的文化差异与信仰冲突中谁是谁非，卡瓦格博的神性都被表述得淋漓尽致。当我站在中日登山队员殉难纪念碑前，看见碑上有些缺损时，德钦朋友告诉我，听说那是一些藏胞敲击造成的——他们并不认为，那样的冒险值得人们纪念。

然而，后来我看到的是，在严酷的自然条件下生存的雪山子民，就像雪山本身一样，对于生命——无论那生命属于什么国度，什么信仰——都有着惊人的理解和巨大的同情。一方面，是登山队员们几乎随时都在感到的那种神秘：只要你一开始登山，天气就突然变坏，而当登山队员面对恶劣的天气刚刚撤离下山后，蓦然回首，他们看到的，却是一片灿烂的阳光。我在明永恰村和德钦县城里甚至听说，在 1996 年那次登山过程中，登山队的营地上，每天都有一个仙女般来去无踪的藏族老阿妈去为登山队送菜。奇怪的是，那位据说是来自卡瓦格博峰下一个叫雨崩村的藏族老阿妈，总是来去匆匆，她的出现与离去都像是一阵风。对于这种过于神奇的传说，那时我显然是不大相信的，尽管德钦县旅游局局长茨里尼玛给我讲过雨崩村的神秘。他说，1993年，他作为社教工作队员，曾在雨崩村住过很长一段日子。那里海拔4000米，是德钦位置最高的村子。村子两边都是原始森林，中间是草坝，两条瀑布从天而降。没有瀑布的地方，人只要诚心，念经，就会出现瀑布。当他提出要充分利用当地的自然条件开发旅游时，在座的老百姓都淌出了眼泪——他们无法理解，对所谓的“开发”，怀着巨大的恐惧。但后来，在1998年9月号的《时尚》杂志上，我却看到了对此事更为准确也更为神秘的记载。在那篇名为《登山，从探险到休闲》（作者：谢弥青）的文章里，记录了1996年底中日联合登山队再次冲击卡瓦格博时的一则有名有姓的故事：登山队员马哥在撤离营地的那天，曾为那位送菜的藏族老阿妈偷拍了一张照片，这就证明，那位为登山队送菜的藏族老阿妈，那位被遥传为仙女的藏族女人，确有其人。然而，等马哥回到北京冲出底片后，才发现唯独那张照片是空的。难道那个藏族老阿妈真是神仙？据说，日本登山队死难者的亲属，曾在飞来寺外的观景台上，以长跪、祈祷和无尽的香烛祭奠他们的亲人。他们很想看看，让他们的亲人丧命的那座雪山，究竟是什么样子。可惜，那天梅里雪山云缠雾裹，中方陪同的人告诉前来祭奠的日本人，他们可能看不到梅里雪山了。可也有人告诉他们，梅里雪山是一座颇通人性的山，只要他们心诚，说不定还有机会。日本登山队员的亲属听了，便再一次开始祈祷。不久，雪山果然云开雾霁，露出了它美丽的尖顶。日本登山队员的亲属于是欢呼雀跃，为这座神秘而又具有人性的山峰大为感动。

1998年，在梅里雪山明永恰的冰大坂上，两次发现遇难中日登山队员的遗骸、遗物的，正是明永恰村在山上采药的藏族村民——在藏语中，梅里雪山本身就是一座“药”山。

而关于梅里雪山是一座有神性的山的说法，甚至以我的亲身经验得到了证明。

1997年9月17日下午，我初到德钦，人生地不熟，停车后我们四处打听住处。天下着雨，德钦县城小小的街道处处泥泞。就在我们东张西望时，一个北方打扮的中年女子走上前来，问我们是不是准备第二天或是第三天继续前行，她说她想搭我们的车去盐井。看样子她大约三十多岁，不会超过四十岁，一头短发，显出一种女人中少见的干练。我说，你一个人？她说就一个人，特意来看梅里雪山，可惜运气不好，老下雨，这次恐怕看不到了。她的话音中透出一种明显的无奈与惋惜。我告诉她，我们的行程到德钦为止，不再往前走了。那样说时，我真为我的爱莫能助感到某种惭愧。那一刹那，这个单身前来德钦朝拜神山的女人，她的勇气，她的虔诚，实在让我感动，但我还是爱莫能助。她听了显然非常失望，说，那我只好搭班车走了。她随意地抬起手来，捋了捋飘到额前的短发，转身而去。后来，我就不知道她到哪里去了。我甚至完全忘记了她这个人，一个萍水相逢的旅游者。可几天后，当我们乘车准备先到澜沧江边，再步行去明永恰村时，前面公路塌方，数十辆车堵在了公路上。我们只好下车，耐心等待。前几天一直下雨，那天却阳光灿烂，站在滇藏公路边飞来寺附近的观景台上，纵目远望，连绵数百公里的怒山山脉，错落有致，晶莹闪烁，雪线以下，莽莽森林如绿涛汹涌，令人心情澎湃。卡瓦格博那金字塔般的太子雪峰，高耸其上，如一位将军。借着那点时间，我请松金扎西面对着梅里雪山那一溜银白的雪峰，为我讲解每座雪峰的名字和故事，一边听，一边顺手在笔记本上画着整个梅里雪山各个山峰的位置图。庞大的卡瓦格博雪峰，从南到北，依次排列着一座又一座晶莹的雪峰：缅茨姆，吉娃仁安，布回松阶吾学，卡瓦格博，玛兵扎拉旺堆，奶日顶卡，粗归腊卡……

而我一回头，却再次看到了那个北方女人。她大约也看见了我，正在朝我这边走来。我很惊讶。按照她说的时间，她应该早就离开了德钦。问她怎么还没有走，她说，不，她走了，又回来了。我说，为什么？她说，前两天因为天气不好，看不到梅里雪山，她只好走了——一个人自费出来旅游，不可能在一个地方待得太久。于是她搭乘班车，前天就到了盐井，进入了四川境内——一路上，她一直在为没能见到梅里雪山遗憾。一到盐井，就发现天气好了。她想，盐井离德钦那么近，德钦的天气可能也好了吧？于是她坐上返回的汽车，再次来到了德钦。她一直在心里祈祷，希望她的诚意能为神山所知，让她能一睹它的英姿。不出所料，德钦的天气真晴了，现在，她总算看到了梅里雪山。她是为梅里雪山而来的，她相信她的至诚之心一定感动了神山。原来，她在西安的陕西印刷厂工作，叫金亚平，有个姐姐在《云南日报》社工作，她是听了她姐姐介绍，才临时改变行程，下决心专程到德钦来看雪山的。

雪山如此，人亦如此。明永村的藏胞曾告诉我，在中日登山登山队向梅里雪山进发的那几天，全村人停止了几乎所有日常活动，他们忧心忡忡，唯一的工作就是转经、祈祷，唯愿那些远方的来人不要亵渎他们心中的神山。他们希望登山队不要贸然行事，因为他们知道，等待登山队的绝不会是他们所谓的胜利。他们并不希望他们死，但他们知道，危险随时都会发生，风暴、雪崩、死亡……一切都要看神的意志；一旦发生，谁也无法挽救。他们不赞同也不理解的，是人们狂妄得对什么都要“征服”的愚蠢念头。没人听从他们的劝告，但祈祷却异乎寻常的灵验——登山者再也没有归来。而每到秋后，来自青、川、藏的朝圣活动照样进行——它已进行了几千年，也许还要进行几千年——梅里雪山方圆上百平方公里的土地上，每条小路都挤满了络绎不绝的信徒，他们老老少少手持转经筒，赶着牦牛，一路叩着长头，在由人间通往天堂的路上缓缓移动，艰难跋涉。无论耗时半月的“外转经”，还是五到七天的“内转经”，太子雪山都是他们长途跋涉的终极之地。

迪庆藏族最初信奉的是藏族固有的万物有灵的原始宗教——苯（BON）。11 世纪以后，尼玛派、萨迦派、噶玛噶举派、格鲁派等佛教各派先后传入这里。此后，与其他藏族聚居区发生的情形一样，这里的神山、山神、土主等也都被纳入了佛教中，成为佛教的神山、护法神。有学者指出：藏族由于自古以来都生活在雪山草岭，雪山和山神在他们的现实生活及精神世界中占据着重要的位置，雪山成了故土的象征，山神则成了村落和个人的保护神。从古代到近代，藏族士兵作战，就常常高呼着山神的名字冲向战场。在各藏族聚居区一直流传着一些讲述历史上某个杰出人物或部落酋长为山神血裔的传说。佛教传入藏族聚居区，面对古老的山神崇拜，也显得无能为力，只好把神山、山神一并纳入佛教，不过佛教在把神山、山神接纳为佛教的圣地、神灵后，并没有把它们和佛教原有的东西相混淆，在佛教主导下的朝山礼圣历史都是对佛教圣地和山神及其领地的两位一体的朝拜活动。也就是说，佛教把山神视为轮回的“世间”神灵，与助人解脱的佛、菩萨等“出世间”神相区别，认为崇拜山神只能对今生利乐有好处，可以求得山神的护佑和免遭其惩罚，但对宗教上的解脱没有帮助。而作为佛教圣地，人们将会告诉你山里藏有佛经，山上有佛、菩萨、本尊神等出没，石壁上有自显的佛像以及高僧大德的圣迹，等等。卡瓦格博雪山就被认为是“根本上师密密麻、本尊神众舞翩翩、飞天勇士飘荡荡”。这时的圣地，对于信徒所起的作用，就与佛经、佛像、佛塔、寺院等佛教设施之于信徒的作用相同了。因此，朝山礼圣活动既是崇拜着山神，接触着山神的领地，同时也在崇拜着佛，接触着佛土的一草一木。①

——区别就在这里，一个是去朝拜，一个是要征服，结局也就大相径庭。一些老外在惊异之余，开始设法理解藏族对大自然的那份虔诚——在德钦县城，县旅游局的茨里尼玛告诉我说，一个年轻的美国人，连续两次从大洋彼岸来到德钦，加入了卡瓦格博峰下那壮观的、浩浩荡荡的转经朝圣者的队伍。不知那个并不信奉藏传佛教的美国人，在漫漫的转经路上，是否多少体会到了一点藏族同胞对大自然与神明的崇敬，那澄明如水的心境？是否看到了冰川脚下的明永村那秀美的风光和淳朴祥和的民风？

——不管怎么说，由于詹姆斯·希尔顿的长篇小说《失去的地平线》描绘香格里拉被重新发现，也由于中日登山队在梅里雪山三次失利

① 参见云南格桑花卉有限公司编《绒赞卡瓦格博》，云南美术出版社 1997 年 8 月版。

的惊人新闻，卡瓦格博和太子雪山下的明永村、明永恰以及太子神庙，转眼就成了前来迪庆香格里拉探访的中外游人最向往、最感兴趣的景点之一。

如此，我们与卡瓦格博峰应该说已有一面之交了。我相信我们会一切顺利——何况，我们并没有征服什么的野心。

事实上，那晚我们借宿在梅里雪山的明永村，几乎一夜都没睡着。上午我们从滇、川、藏交界的德钦县城乘车出发，踏上去梅里雪山的旅程时，曾在德钦飞来寺附近的观景台，再次从远处朝觐过梅里雪山。这次它开放得多，几乎让人一览无遗——如果不是阳光太强，强得让人睁不开眼的话。半个多钟头后，我们沿着崎岖的盘山公路下到谷底，到了澜沧江东岸布称桥头，那里的一排冲天大树，据说是文成公主当年路过此地时留下的种子。在光秃秃的澜沧江河谷，那排大树的伟岸与葳蕤，实在让人有些无法思议。从那里开始，我们弃车步行三个钟头，从深深的澜沧江谷底爬上了海拔两千多米的明永村。那是一段惊险的小道，也是一段边走边脱衣服的过程——峡谷里太热了，路也几乎没有，住在澜沧江西边大山里的藏胞为了生存，才在风化剥蚀得非常厉害的悬崖峭壁上踏出了一条路。它随时都可能消失，也随时都在诞生，也许你今天走了，明天，砾石流沙就会把走过的路冲击得再也找不到一点痕迹。双脚踩在那样的路上，常常会一步滑得老远，一不小心就可能滚下万丈深谷——作为一种生存方式的写照，它既饱含着艰辛，也显示着坚忍。在江边陡峭的山路上俯视下界，万丈深谷，云雾冉冉，赤红如血的澜沧江只若沉沉一线。目光停留片刻，便一阵头晕目眩，只得小心地把目光收回来，实实在在地面对脚下的小路，让它在我脚下一寸寸地缩短。

爬上了澜沧江边那段陡峭的小道，沿着一条山谷延伸的路变得平坦多了。那时，我想起了我每天早晚间在昆明翠湖边悠闲散步。拐过几个山嘴，前面出现了一片美丽的村庄，如盖绿树，簇拥着一座座典型的藏式碉楼。白的墙，蓝的窗，格外醒目。天空也顿时开阔起来。大朵大朵的白云，就在我们身边，与我们擦肩而过。一股沁人心脾的气味，转眼就驱散了我们的疲劳。而在离我们不远的脚下，又是一条汹涌的溪流——后来我们得知，那就是从梅里雪山下的明永恰流出来的。作为明永恰的一个变体和延伸，它一直注入了澜沧江。沿着那条山谷继续前行的路变得一派明媚，一路绿树前迎后送，不多时便到了明永村。几声苍凉的狗吠，宣告了某种藏式的欢迎，也从一座座藏式土碉楼里引出了好奇的藏胞——这个远离城镇的村子，平时来的外地人恐怕很少，我们的到来，几乎惊动了整个村子。一道道探寻的目光，从站在幽暗门楼里的藏族老大妈的眼中，从正在土碉楼宽敞的屋顶平台上玩耍的藏族孩子的眼中，从在小河边浣衣汲水的藏族少女眼中，与向晚的阳光一起，向我们温暖地投来——作为一个凡夫俗子，我为我受到众多虔诚圣徒如此隆重的注目礼感到羞愧。一些村民已聚集在村长家门前，看样子早就在迎候我们。我们原想连夜一鼓作气登上明永冰川下的太子神庙，可明永村的村长告诉我们，以我们的体力，当晚到达太子庙当然也可以，但是，那样我们就太辛苦，走夜路也太危险，还是住上一晚，明天一早上路的好。他很喜欢说“但是”，不管该说不该说，他总是用“但是”把那些毫不相干的话题连接起来。一个又一个“但是”造成的那种连续不断的语气转折，听上去像是他在领着我们绕着卡瓦格博转经。后来我才知道，村长叫扎西，在昆明一个部队医院当过兵，依然保留着部队作风。他的话不仅对他的同胞，对我们也同样有着某种不可违抗的权威性，有如军事命令——看来权威并无等级之分。陪同我们的德钦县旅游局副局长松金扎西说，那就在明永村住一晚吧。其实我们后来才知道，好客的藏族乡亲早已开始杀鸡做饭。

村长家那间巨大的木结构的藏式房子，我估计，仅底层的客厅就有一百多平方米，却只有一扇窗户。我们就坐在窗户边的一溜长凳上，一边喝着茶，一边看着村长的妻子宗庸忙出忙进。我们太累了。雪山下的阳光从小小的窗口射进来，让我们能看见正在屋角忙碌的那个藏族女人。在闪烁的火光中，她显得脸色黑红，结实健壮，一件单薄的、早已穿成灰黑的白T恤衫，裹不住她浑圆的身子。她满头大汗，却精力十足。当她发现我们在看她时，她都会憨厚地朝我们笑笑——虽然我们早已行过见面礼，但后来她对她见到的每一个客人，都仿佛是初次见面。她显得非常兴奋，我想她很少有在如此众多的客人面前一展身手的机会。她显然认为那是她的幸运，但我们却为我们对她的打扰感到深深的不安。我们刚刚知道她有两个孩子，生活根本说不上富裕。我很想跟她聊聊天，可惜她的汉话水平实在不足以应付那样的交谈。

吃饭了。宗庸为我们忙了半天，我却没看见有人邀请她入座。她定定地站在一边，看着我们，像是在饶有兴味地欣赏这帮陌生人的吃相。明永村的头头脑脑都来了，他们频频敬酒，我们差点儿被好客的藏胞灌醉。吃完饭已是晚上九点，满以为马上就可以休息了，但是——又是但是——村长告诉我们，他已为远方的客人安排了一个篝火晚会，地点就在村子里的一块空地上。夜色空蒙。篝火熊熊。明永村的夜空明净高远，深邃无边。我们进村时看到过的那些衣着简单的年青男女已换上了节日盛装，我的眼前一片灿烂。村长大概多喝了一点酒，在他那段尽管不长却热情洋溢、至少有一千个"但是"的致词后，欢乐的弦子、歌声和飘飘荡荡的长袖响彻了那个寒冷的秋夜。躺在满是酥油味儿的屋子里时已是午夜，我睡不着，我觉得我正在变成一块酥油，我一直在心里描摹明永恰的模样……

凌晨五点，我们从梅里雪山脚下的明永村出发，开始了向神奇的明永恰进发的艰险旅程。

一轮晓月，万里清辉，伴我们同行。

此刻明月如灯，天地寥寥，委婉肃穆。卡瓦格博下的一切：夏日里葱茏的花草、密不透风的原始森林、悠悠小径、路边黑黝黝的怪石以及我们一行人自己的身影，都在迷蒙的月光下闪闪烁烁，如同一个千古梦境，显出惊人的神秘和美丽——黑暗只在陌生时才显得可怕，而自打进入迪庆藏族自治州的德钦地界，我们对梅里雪山早已梦绕情牵，有过几次神交，也算是熟人故知了吧。

山路沿着山谷径直往上，由海拔两千多米的明永村一直向海拔三千多米的太子神庙攀升，走起来让人气喘吁吁。明永村的藏胞虽为我们备了骡马，但人多马少，我一直凭双脚前往，借此表达我对梅里雪山的虔诚敬意。路渐行渐高，天也渐行渐亮。熹微的晨光中，黑黝黝的原始森林如庞大的军阵，神色肃穆地簇拥着我们，让人总以为自己身在森林中心。林间小道旁，不时可见用就地寻来的灰色石片搭建的小房子，积木一般，以为是来此探险游玩的人歇息时随手搭来玩的。一问，却道是每年秋冬季节，从四面八方来此“转经”、朝拜太子雪山的藏胞特意盖的，两层、三层、四层不定，为的是日后一旦听从神的召唤离开这个世界时，能让魂魄回到这里，与他们敬重的卡瓦格博太子一起守护伟大的太子雪山——那或许就是他们的精神家园。灵魂需要的地盘并不大，可这世上，有多少人至今仍不在意灵魂的归宿。放眼看去，密密麻麻的小石板房，一座座深藏在每一棵大树脚下，绵延无尽，无声却让人魂魄震慑。

路越来越陡，越来越窄，有时，路无非就是悬崖上的几块突起——当地藏胞以木桩打进岩壁，铺以木板，我们的脚下，才有了栈桥似的窄窄一线。快到太子神庙前，骡马已无法载人而行。而我在那时反而增添了一些勇气——再坚持一下，我就能靠着自己的双脚，一直走上冰川了。

那十多公里崎岖山路花去了我两个多小时，比预计的至少晚了半个小时。如此，早上七点半到达太子神庙时天已大亮。抬头看去，蓝天坦荡如海，那轮一路随行的下弦月如碧蓝海水中的一方浮冰，正好悬在太子雪山上空。透过密密麻麻、五颜六色的经幡远眺太子雪山，耸立在我眼前的，是一座金字塔形的雪峰，冰清玉洁，沉静端庄，恰如处子。可惜我们迟到了一步，预期中血红的初阳将太子雪山染成赤金的瑰丽景观已然遁逝，太子峰如一座巨大的银雕，在阳光下熠熠闪光。雪峰脚下隐约可见一巨大冰湖，人说那就是明永恰的发源地。

恰，藏语意即冰川。整个德钦，是云南省冰川最集中的县，也是横断山区冰川最活跃的地区。而现代冰川又主要集中于太子雪山北段，面积约 73.5 平方公里，主要有明永恰、斯农恰、纽巴恰三个大冰川，其中的明永恰最大，也最有代表性。它东西长达 8 公里，平均宽约 500 米，是全国冰舌前端海拔最低的冰川，也是世界上罕见的低纬度、低海拔的高温现代冰川，气势宏大，景色壮丽。那巨大的冰的河流，如同藏族传说中的英雄卡瓦格博手中的一把雪亮的佩剑，从海拔 6740 米的卡瓦格博峰下，穿过秋末金子般的阳光，一直奔涌而下，直插到我们身边。事实上，早年的明永恰一直延伸到了明永村附近，只是由于全球气候的逐渐变暖，冰舌才渐渐缩回，离明永村也越来越远了。

冰川附近的太子神庙虽然不大，却是历代藏胞秋冬季节到太子雪山朝圣进香的必经之地。20 世纪 60 年代，太子神庙被毁，但即便那时，藏胞的朝圣也没有停止。如今的太子神庙是藏胞重建的，靠的是他们对卡瓦格博峰的一片虔诚。庙内，长年烟火不断，附近各村的信徒，带着食物与香烛，自愿轮流到庙里供奉。神庙的殿堂里，供有卡瓦格博的神像，它骑着高头大马，仿佛正在它的领地上巡行，体察人间的疾苦，探访世间的不平。

太子神庙四周，从快到神庙处起，到处都是藏胞垒起的巨大的玛尼堆——那种源于藏族原始宗教中的山石崇拜和山神观念的产物，在佛教传入之后，因常有人将刻有佛教六字真言“唵嘛呢叭咪吽”的石块和印有佛教经文的旗幡堆放其上，最终才与佛教的玛尼堆合而为一。风化得发白的牛头骨，刻满了藏文六字真言的石块，以及大大小小的佛像，杂然相陈。信念在那里堆积。经幡如林，亦如网——神庙四周，彩色风马旗或垂直悬挂，或横挂于树木之间的绳索之上。晨风拂动，它们在丽日艳阳中飘荡如歌，咏诵着他们对太子雪山的无边敬意。我沿着太子神庙外的小路缓缓而行，领略着那种神圣，内心一片浩茫。太子神庙后面的一块柱状青石，在低矮的丛林中巍然屹立，幽黑如夜，却又被朝山的藏胞涂满了酥油，于是在阳光下，那块看似寻常的岩石闪着金辉。以耳朵贴近它，似能听到冰川下汹涌的水流发出的潺潺之声，像是神灵的呼唤，也像是高僧在诵经。透过森林般的经幡仰望太子雪山，某种苍茫感油然而生。

——置身于如此壮观神奇的雪山景观之中，自由地呼吸弥漫于雪山下浓烈的宗教气息，我似乎被某种无以名之的神力催眠了，既觉得肉躯凡身已不复存在，又觉得那种灵魂出窍，翱翔飞腾在那片冰雪世界里的轻捷与锐敏，使心灵似乎在转眼间便得到了从未有过的纯净与超度。我不知道那是不是成千上万的藏胞每年秋冬都要到卡瓦格博转经进香的缘由，也不知道那是不是一个虔诚信徒在太子神庙所能领悟的最大的愉悦。无论如何，那都是我此生所能体悟的一种超出红尘凡俗的最佳境界。

卡瓦格博，是青藏高原上为数不多的几座著名的神山之一，在东部藏族聚居区——青康地区，卡瓦格博是与阿尼玛卿雪山（大积石山）齐名的最大的神山，也是藏传佛教密宗最著名的本尊之一——胜乐轮或胜乐金刚的一片刹土[①]，宁玛巴祖师莲花生的藏经之地。自元代藏传佛教噶玛噶举派黑帽系第三世活佛让回多杰（1284—1319）到卡瓦格博山脚为雪山开光后，卡瓦格博便正式成为藏传佛教噶玛噶举派的一个重要的修行圣地[②]。太子雪山下的神庙，与卡瓦格博对岸的飞来寺以及太子雪山下的雨崩神瀑一起，构成了三点间固定的内转经路线，顺时针绕行一周，需 5—6 天。外转经绕太子雪山一周，则要 13 天。远道而来的朝圣者，一生之中，通常只有一次到卡瓦格博外转经或内转经的机会，本地的藏族，却有可能在内转经中无数次地表达他们对卡瓦格博的崇敬。每年夏秋两季，来自西藏、青海、甘肃、四川等地的藏族香客，历经艰险，千里迢迢前来朝山礼圣。他们先到卡瓦格博对面澜沧江东岸的飞来寺（归巴顶）和白转经堂（取登贡）烧香，然后再按固定的路线绕山而转，敬香磕头。窄窄的转经道上，炊烟四起，尘土飞扬，人来人往，络绎不绝。在共同崇拜的神灵面前，任何一个陌路相逢的转经者，

① 诸佛教菩萨的清净世界，如极乐世界。

② 参见云南格桑花卉有限公司编《绒赞卡瓦格博》，云南美术出版社 1997 年 8 月版。

都会在转眼之间成为朋友。他们相互问候，一起喝茶、抽烟，交换自己朝圣的经历和感悟。若逢藏历羊年——据说那是卡瓦格博的本命年，香客的数目更是陡增十倍。他们一路磕着贴地长头，一路摇动着手里的转经筒。即便有的在朝圣途中死去，也被认为是再生有福。而太子神庙，正是无论内转经还是外转经的香客的必经之路。

从太子神庙到冰川，还有半个多小时的路程。那段路的开头让我再一次想起了我在昆明翠湖边悠闲地散步。不想离冰川越来越近时，面前突然出现了一个陡峭的山坡，我想它至少有 60 度，比澜沧江峡谷里的那段路更加难行。幸好森林密布，我才得以手脚并用，拽着一棵又一棵树枝慢慢下滑——实际上，我差不多是像小时候坐滑梯一样，滑下了那道陡峭的山坡。

终于到了冰川的边缘，我的心跳变得急促起来：那是兴奋，也是出于对巨大冰川的无知产生的紧张。奇怪的是，我想象中的冰川，我在太子神庙那里看到的冰川，与眼前横亘在我面前的冰川实在出入太大——一片灰黑的冰川砾石，满满当当地覆盖着冰川的边缘部分，显得毫无生气。真正闪着银光的、雪白的冰川主体，还在几十米以外，像是一条巨大的、生满巨鳞的鱼，一个硕大无比的菠萝，表面布满了乳头般的冰的突起，放射着刺眼的光。我们决定要到冰川的中心去。可向导说，那看上去只有三四十米的路程充满了艰险，真想上去，要做好充分的思想准备——一则在冰川上行走特别滑，它的表面堆积着一些碎砾石，碎砾石下面才是千年不化的、巨大的冰体；一些冰体看似坚固，其实并不稳定，很可能一脚踏空；冰体与冰体之间，常有看不见底的巨大冰缝，人一旦掉下去绝难生还。但那正是一种诱惑，我们齐声喊道：走，攀上冰川，绝不能留下终生遗憾。

那已是海拔四千多米的高处，呼吸困难，心情也更加紧张——那看似实实在在的冰川，随时都可能从我们脚下滑走。路，仿佛是浮在水面上的圆木，每时每刻都在转动，人根本就站不稳。尽管上冰川前我们每人都有了一根拐杖，稍稍帮了我们一点忙，但行进的速度依然很慢。翻过一道冰凌又一道冰凌，以为已经到了冰川中心，抬头一看，冰川真正的中心还在离我们更远的地方。于是再度踏上征程。一道巨大的冰墙横亘在我们面前，在当地藏胞的帮助下，我们每个人都连推带拽地翻上去了。然而我们再一次发现，真正的冰川中心还在更远的地方，它通体透明，呈现一种美丽的淡绿色。而在我们与那更为壮观的冰川中心之间，一道深达五六米的冰沟，阻断了我们的去路。一个毫无攀爬经验的普通旅游者，要想穿过那道冰沟，登上更高的冰体，简直绝无可能。

空中突然传来隐隐的爆裂声，我的脚下滑过了一丝尽管轻微却能让人感到的震颤——像是夏天在远方滚动的沉雷，又像是巨人般的大山正在拔腿赶路——并不很响，却让人有一种真正的恐怖和战栗。抬头看去，雪山下那巨大的冰湖上空，腾起了一阵似有若无的白烟——倘若我看得不错，那就是高山雪崩造成的雪雾在飞扬。问向导，说那正是雪山脚下的冰湖发出的冰裂声——在正午强烈的阳光照射下，冰体在融化、崩裂，随时都可能从山上冲下来。我那时的感觉，就像詹姆斯·希尔顿在《失去的地平线》中写的：

> 这真是世界上最可爱的山峰，几乎就是一座美妙绝伦的金字塔。轮廓简单，像一个孩童两笔画出来的，然而它的高度、宽度和立体感却又不可同日而语。它是那么辉煌，那么安详，使他好一阵子辨不出究竟是真境还是虚幻。些许云雾缠绕着塔似的峰尖，给景色平添了险峰的生气，而微微传来的雪崩声更证实了它并非幻景。①

我们脚下的冰川，有资料说，冰舌面的冰壁尽管厚达 80 余米，下面却布满了巨大的冰溶洞。来时路上我们看到的那条注入澜沧江的汹涌的小河，就发源于我们的脚下。那看似一无声响，似乎永远也不会移动

① 顾彼得：《被遗忘的王国》，李茂春译，云南人民出版社 1992 版。

的冰川，随时都可能发生冰体崩塌，不能久待——德钦县旅游局副局长松金扎西如是说。是的，隐隐的爆裂声正是警告——大自然对人的警告。如此，我们最好还是往回走，尽管并不情愿。能手无寸铁地攀上海拔 4000 多米的明永恰中部，对我们说来，实在已非常幸运；即便这样，如果没有德钦县旅游局局长茨里尼玛、副局长松金扎西，以及藏族少女布称、阿青拉姆和那个年轻的康巴汉子茨里江初的帮助，我们很可能连这一点也难做到——此刻我才想到，一路上，我们身上所有的负重：毛衣、挎包甚至相机，不知什么时候，早都转移到了他们身上。此刻，托住我们的，除了卡瓦格博峰亘古的冰雪，或许还有他们那能扛住一切艰难困苦的肩头。它让我想到时间，想到人类的渺小，想到人类在与大自然进行的数千年较量中，充当的实在是个十分可怜的角色。人不该自卑，却应该自重。是的，人类应该对崇高和圣洁保有一种永恒的崇拜，这崇拜应该来自人对大自然的敬畏，即便是在人类已经进入宇宙的今天——当我终于登上明永恰时所想到的，当我现在回想起那天站在明永恰时最想说的，都是这样一句话——对于大自然，我们还是少来一点“征服”，多留下一点敬畏吧！

澜沧江记

我不知道我是不是真能用文字描述澜沧江。澜沧江是一条神性的河，我相信，它的方向、流程和它的真正历史至今尚无人知晓——尽管它在地理学家的眼里早已确定无疑。澜沧江流淌在我们熟知的世界之外，在我们的意识之外。我相信，我们偶尔看到的澜沧江，只是那条神性的河在某个时刻，比如清晨、黄昏，或是任何其他时刻，借助我们熟知的物质世界的暂时显现——从来就不是它的真身。在讲述它之前，我的所有踌躇、怀疑和犹豫皆来源于此。严格地说，人从来就无力描写一个梦，从来都不可能准确无误地还原一个梦境。对于澜沧江来说，事情尤其如此。我担心我的笔力，太轻，会失之浮浅；太重，又流于矫情——从根本上说，澜沧江几乎无法言说，它甚至不属于我们早已习惯了的那套话语——那套被我们用熟用烂了的话语，早就变得陈腐不堪；我担心一旦把澜沧江几个字写在纸上，澜沧江就不再是原本意义上的澜沧江了。虽然对于一个人来说，大千世界之中任何一个事物的存在于心，都已不是在原初的意义上，而只是它留给我们的一种心灵幻象，那也无法稍减我对澜沧江具有某种神性的深刻印象。我们的言说所涉及的，只是它们给我们带来的梦幻，就像我们从来就不可能真正地看清一团火焰。我终于决定要写写它，并非我在突然间把握了澜沧江的本真，而是因为澜沧江作为香格里拉的一道伟大血脉，让我无法回避。很难设想，一块没有像澜沧江那样伟大的河流流贯滋润的土地，会是真正的香格里拉。我只好勉力为之，即便如此，我也只能试试看。如此一来，出现在读者面前的，很可能不是那条真正的澜沧江，而只是我心中的那条澜沧江，是我借助于澜沧江表述的对于那些伟大的江河的理解。

澜沧江就像一棵大树，一棵枝繁叶茂的大树，有无数枝杈般的小江小河注入其中，包括两岸悬崖上白练般的瀑布。雨季的澜沧江两岸，几乎每隔几百米，最多一两公里，就能看到一条那样的瀑布。古人“飞流直下三千尺”的诗句，正是它们的真实写照。云雾沉沉，山影模糊。它们从千仞之上飞流而下，细得如一缕云烟，似乎随时都可能被风吹断。吴昌硕、关山月那样的山水画家若能到那里看看，写写生，回家后的第一件事必是划一根火柴，将原先的画作付之一炬。那数不尽的支流和支流的支流的支流，就是那棵蓬勃大树的树枝和叶冠。对一棵树来说，仅仅看到它的主干显然是不够的，离开了它生长的土壤和环境，离开了它的茂密的树枝和叶冠，树干就只是一根孤零零的、死沉死沉的木头，哪怕是一棵大树。在德钦，当我第一次面对澜沧江时，我的感觉就是这样。我觉得它就像一根巨大的木头，虽然它是躺着的，但给我的印象却是耸立着的，正是它，支撑着迪庆那座庞大而又无形的建筑，就像每座藏族民居，都有一根象征家运的神圣中柱一样。澜沧江就是整个迪庆的中柱，至少是其中之一。一个能挺立于世的人，必有一根坚强的脊梁，迪庆却有三根那样的脊梁。那让我们想起星外来客，想起超人。

即使在德钦，汇入澜沧江的大大小小的江流到底有多少，也无以计数，尽管它的汇水面积说不上多大——横断山脉雪山高耸，峡谷深切，无数耸起的大山连绵而成的山岭，把那片土地分割成了好几个流域，每个流域中都有一条大江。澜沧江只是其中之一。流经德钦的澜沧江仅 150 公里，属于它的流域面积才 3090 平方公里，虽说占了全县总面积的 40.7%，但那实在说不上大。那里就是云南的迪庆。在莽莽苍苍的横断山里，金沙江、澜沧江和怒江起初一直肩并着肩、手拉着手，蹦蹦跳跳地编队而行，它们联袂吟咏出一首名叫“三江并流”的诗篇，恢宏壮丽，而它们各自都是其中的一个篇章。它们自然、流畅，保留着原生态的粗犷与野蛮，从来无须某种病态的精雕细凿，却所向披靡，极具冲击力，能在刹那间洞穿你的五脏六腑，让你瞠目结舌，哑然失语。它们从北向南，像三把利刃，冲刷、切割着整个迪庆大地。在德钦，当我第一次站在澜沧江边时，便突然想到，如果只能用一个词对迪庆加以界定，“博大”必定是肤浅的、蹩脚的，最恰当的词，只能是“深邃”——峡谷之深，林莽之深，云海之深，史实之深……事实上，为香格里拉创造着高度的是雪山——哈巴雪山、白茫雪山和太子雪山，它们探首云天之外，俯瞰芸芸众生，海拔都在5000米以上，正是它们，连接着人界与神界、俗世与仙境；切割着迪庆高原的三条大江和数不尽的溪涧泉流，则为这片高原创造着深度，那种努力是世世代代的、不遗余力的。没有雪山，迪庆香格里拉会失去它的精神指向，失去那蓝得让人心疼的浩瀚天宇，和那让人变得舒展与浪漫的云蒸霞蔚；如果没有金沙江、澜沧江、怒江，迪庆香格里拉则会失去它内心的阔大与深邃，失去那让人永远不敢轻浮狂躁的厚重与沉实，以及那让人变得素朴和平凡的田野与牧地。而雪山与峡谷一起，才构成了香格里拉的深邃。如是，迪庆香格里拉的千年史籍，不管是书页发黄的野史旧志，还是刚刚编就的新版史书，从古至今，都既永远飞扬着飘荡的云雾、漫天的风雪，也弥漫着一派氤氲的水雾，回荡着阵阵浩荡的涛声。甚至可以说，一个牧人内心世界的起伏跌宕，他情感天地中的悲欢离合、浮沉升迁，都与那些雪山和江河息息相关，在某种意义上，那正是它们留在人的灵魂里的精神幻象。那是一个大起大落的世界，也是一个骤热骤寒的所在。就那样，一个民族的历史、宗教与艺术，便与地理上的雄起与跌落、开阔与狭窄相耦合，变得神秘诡谲，多姿多彩；即使一个个体生命的人生、命运与思考，也与气候上的炎夏与隆冬、艳阳与飞雪相呼应，变得深不可测。

然而，世上没有不散的宴席，江河的友谊也极其有限。除了金沙江最终流成了横贯整个中国的长江大河，怒江和澜沧江都以某种不安分的姿态一直向南、向南，它们方向明确，毫不犹豫地冲出国境，让自己在最后一刻变成了一条国际性河流——在东南亚，澜沧江摇身一变，改名叫湄公河，怒江也换了一个名字，叫萨尔温江。金沙江却要忠诚得多，尽管它在那片大山里东寻西闯，似乎要效仿它的江湖弟兄，去做一个国际公民，但最后，它却在丽江的石鼓镇幡然悔悟，在一阵沉思之后，突然掉头向北，在冲过著名的虎跳峡后，便从此一直向东流去。金沙江是多情的，她对中甸一直恋恋不舍，一直在中甸的边界上迂回曲折、绕来绕去，像一只温暖的胳膊，紧紧地挽着中甸那片土地。这里我称金沙江为“她”不是没有缘由的，她的确给人一种女性的感觉，在中国老百姓心中，她也千真万确的是个女人。要不，我们干吗要叫她“母亲河”呢？世界上只有母亲，才会那么依恋她的家。澜沧江和怒江却是男性的，野气十足，难以驯服。尽管如此，三条大江在横断山里的联袂表演，至今仍然让人称道。它们曾经那样地难舍难分——在迪庆境内，金沙江与澜沧江之间的最近距离仅 70 公里，而澜沧江与怒江相距最近之处，也才 50 公里。那就是著名的“三江并流”的壮观景象，虽然那样的壮丽只能从高空航拍照片上才能看见，但无论站在金沙江边，还是澜沧江边，人都能感觉到“三江并流”的浩大与壮美。

澜沧江是一条没有源头的河流——至少在我的印象里就是这样。多少年来，我一直在寻找它的源头，却始终没有找到——我的意思是说，我从来就没有看见过它的全貌。我企图像在平原上观看一条大江那样，目睹它如何从天边奔涌而来，又如何向天边奔流而去。那样的机会，在云南的山里是从来没有的，哪怕你眼力再好，也不要指望你会站在某个地方，清楚地看见它从哪里流来，又向哪里流去。澜沧江从来就不会给你那样的机会，它吝啬，而且狡猾，似乎总是东掩西藏的，山峦阻挡着它，云雾遮蔽着它，雨雪笼罩着它，树木覆盖着它……所有这些，在某种意义上，似乎已经成了澜沧江的一部分，同时，它们又一起把澜沧江变成了一条神秘兮兮的高原河流，时而暴戾，时而温驯，时而野蛮，时而清澈，时而浑浊。它变幻莫测，就像一个喜怒无常、拥有无数种面具的多面人。在一百个不同的地方，你会看到一百条不同的澜沧江。即使是同一个江段，不同的季节，也有着完全不同的景观。不管你信不信，那至少是我的经验——不管在哪里，澜沧江在我面前出现时，总跟我想象中的、经历过的不一样，有时甚至大大出乎我的意料——无论我想象过多少次，哪怕刚刚在不远的地方我还打量过它、思索过它、揣度过它，满以为自己对它的基本特征有十足的把握，一旦我真正站在它面前，在咫尺之间面对它时，它还是会让我惊讶万分。我由此推断，要么澜沧江永远是狡黠的，它似乎永远都存心要让那些自以为是的人出出洋相，要么它就真是一条神性十足的河流，一条经过亿万年修炼，早已得道的河流，只是偶然到人间来考察考察，从来就不会显露它的真身。

许多年前，为了对澜沧江做一次水电资源考察——就像一个真正的藏族男人一样，澜沧江蕴藏的水能大得惊人——我曾沿着澜沧江，从云南保山附近的永平桥顺流而下，像一片树叶那样，一直漂到西双版纳的景洪。在横跨澜沧江的永平桥上，我看到的澜沧江是湍急的，甚至是阴险的，江面很窄，它看似平静，其内里显然不像它的表面那样安分。有人说那里将来将要建一座巨大的水电站。从那里往下，澜沧江一直在深深的峡谷里奔行，江面收缩成窄窄的一线，两岸峭壁怒耸，荒无人迹。水电专家们说，澜沧江的那一段，几乎每一处都是建造大型电站的理想之地。而后来我在景洪看到的澜沧江，简直就是另一条江——它似乎从男性变成了女性，温柔而又富于情调，在那里，你能经常看到在电影、电视和那些花花绿绿的画报上的情景：一群傣族少女赤足走进澜沧江，江水宽阔、平缓，就像诗人们说的，如同一匹绸缎。每天傍晚时分，当夕阳西下之际，落日熔金之时，婀娜窈窕的傣家少女就从沿江的竹楼里出来了，她们蹒跚而行，袅袅娜娜，成群结队地走进澜沧江，用那来自高原雪山的神性之水，洗浴她们的身子。她们一边走一边挽起自己的筒裙，红色的、绿色的，仿佛一群蝴蝶正在扬起它们鲜艳的翅膀。筒裙渐挽渐高，直至将她们美丽的身体完全隐入江水。那是个令人想入非非的时刻——一个年轻男人面对那样的情景，回去后总会做些美丽而又荒唐的梦。1989 年初夏，我们就在燠热之中来到了景洪。那年天旱，堂堂的景洪宾馆既没有电也没有水，闷热难当，熬到临近午夜时分，我们只好驱车前往澜沧江边，希图用澜沧江水洗去我们一天的疲乏。江流无声，四野悄寂，澜沧江流淌着梦幻。江边的卵石滩上，那些千里而来暂停此处的石头还没散尽白天的热气，而江水有一种让人透心的凉爽。在历经白天的燠热和汗流浃背之后，那样的洗浴有一种让人的灵魂得到安静的功效。在目睹过那种仿佛是诗人在诗篇里描写的浪漫情景之后，我当然已无法想象还会有另外一条澜沧江。但事实却并非如此。在另外一些地方，在另外一些河段，我看到的完全是一条我不认识的大江，汹涌湍急，荒凉险峻，面目全非。

1997 年那个阴雨连绵的秋季，我在抵达德钦后的第二天，沿着澜沧江一直往南。在从阿墩子出发后的 100 多公里山路上，我从车窗里看到的，只是一道深不可测的峡谷，其间只有满满当当的云雾，雪白、纯净，酷似天国之美，让人真想纵身一跳，投入那看上去柔软无比的所在。不见江水的踪影，当然更听不到想象中的澜沧江奔涌流淌的水声。澜沧江似乎已从世界上消失。偶尔云雾散开，我会突然发现那条大江就在我的脚下，在比公路至少低一千米的深深的谷底。大山如阵，因而我看到的是一条断断续续的大江。过了与著名的卡瓦格博峰为邻的缅茨姆峰，澜沧江在短短几公里之内拐了八道大弯，看上去就像一条随时都会被风扯断的细线。再往下去，对面江边有一条从山里奔涌而出的溪流。松金扎西告诉我，那是澜沧江的支流永芝河，里面有几处非常漂亮的风景，眼下正在修电站，过些时候，就看不到那片风景了。他建议我们渡过澜沧江，到那里看看。而唯一能让我们过江的，是一道晃晃悠悠的溜索，它从江的对岸一直拉到我们所在的此岸。同行的几个朋友悄然无语，驻足不前。面对溜索，你很难想象它会帮助人实现对澜沧江的跨越——与澜沧江相比，那种早先用竹篾，后来用钢缆制成的绳索，看上去是那样细弱，似乎只要有一阵风，就会把它吹断，何况还要挂上一个人。

差不多十年前，在同样属于迪庆的维西县中和村，我和几个朋友曾在一道溜索边。站了足足一个钟头，思索是否能把自己挂在小小的溜

梆上，飞身过江。那是一条正在使用中的、用钢缆做成的溜索，两端固定在两堵厚实的山崖上，细细的钢缆，在与澜沧江垂直的方向上，成为一条优美的弧线。溜梆是一个滑轮，那与早期用坚硬的栗木做成的溜梆相比，已坚实得多。即便如此，在那一个钟头里，我们也不再是男人，除了对敢于借助溜索飞身过江的人发出啧啧赞叹之外，简直无所作为。一个山里的女人背着她的娃娃走来了，准备过江。问她怕不怕，她说，怕哪样？她边说边用粗大的绳索把自己结结实实地绑好，动作熟练，神色镇定，就像在捆绑一个没有生命的物体。然后，她把自己挂在了溜索上——那种简单而又牢靠的绑缚，完全称得上是一门艺术——一个纵身，便开始了她跨越澜沧江的飞行。她的高超技艺让我们看得既目瞪口呆，又啧啧赞叹，轻松、自如得直让我们跃跃欲试。我倒真想亲自试试，一尝凌空飞行的乐趣，可我终于没敢上去——看上去一切是那么简单，也许我们唯一缺少的只是勇气。我的朋友、藏族作家查拉独几在一边拼命鼓动，说怕什么嘛，汤大哥，男子汉大丈夫，过一趟溜索还不容易？你刚才不是看见了，容易得很！他说，在那样的溜索上，一个真正的男人，不仅可以带着他心爱的情人一起溜过去，甚至可以带着一头牛从溜索上呼啸而过。一切当地人日常生活中的所有必需品，粮食，盐巴，箱箱柜柜，巨大的、远远超出人自身体积的大背篓，都可以从溜索上过去。我当然相信那是真的，我说，这样吧，你先给我们表演一下。查拉独几，这个满脸胡子的藏族汉子，话虽然说得掷地有声，却死活不肯为我们做一次货真价实的示范表演。这个在维西长大的藏族汉子，看来未必真的过过溜索。我想。可惜我想错了。他说，溜索有两种，一种是单向的，一头高一头低，过溜索者只能从高的一边溜向低的一边；另有一种双向的，溜索两头的位置在一个水平线上，可来回过江，但人凭冲力溜到一半或更远的位置后，须凭借体力，沿着溜索攀到对岸。那天我们在澜沧江边看到的溜索，即属单向。过了一会儿，查拉独几又说，危险当然也会发生——如果冲力太大，过江者会一头撞在对岸的挡墙上，头破血流——看见了吗，那边，溜索是固定在那堵崖壁上的，用力

太大，人就会撞上去。用力太小，冲力不够，人又会在半中央停下来，挂在溜索中间，那时你就得完全靠自己的体力，手脚并用，一步一步地爬向对岸。技巧就在这里。如此说来，溜索对像澜沧江那样位于深山峡谷的大江大河来说，毕竟只是一种原始的跨越，是人们在没有办法时想出的办法。它需要的是某种勇敢，更需要某种生活的压力——如果今天你不能从溜索上过去就无法回家，就不能为你的亲人带回度日活命的粮食和盐，你就会冒死而行。从根本上说，溜索只属于男性的澜沧江，当然也只属于真正的男人，只属于那些在严峻的生活面前每天都必须面对生死的人。

詹姆斯·希尔顿在《失去的地平线》里，曾几次写到了溜索，一次是在康韦一行从雪山上下来时，一次是在他们离开香格里拉时。而我依据我有限的知识判定，除了云南的澜沧江和怒江，别的江河上至今没听说有溜索。而在藏族聚居区，溜索只属于德钦，只属于澜沧江，只属于那条神性的河。对认为香格里拉就在德钦的人来说，这似乎是个有力的证据。其实，真正可以作为证据的，是澜沧江的名字。

从进入德钦开始，我一直在想，为什么会叫澜沧江？“澜沧”是什么意思？看样子那是那条江的汉名，那么它的藏语名叫什么？滇西北高原上的三条大江，金沙江、怒江同样都是汉名，却都清楚明白，前者取其出产金沙之意，后者极言它的险峻、湍急与天怨人怒，唯独澜沧江让人费解。在从阿墩子到茨中的路上，松金扎西对我进行了一次现场教学。他告诉我，在德钦一带的藏语方言中，澜沧江的名字是“拉曲”，或是“达曲”，甚至“拉曲”在被说出来时，其音也近似“达曲”。在上游四川甘孜一带，澜沧江的当地名字是“昂曲”和“扎曲”，而在地名词典里，它又成了“昂曲”和“吉曲”。“昂曲”和“扎曲”在四川昌都汇合后，叫澜沧江。而在德钦一带的藏语方言中，“拉曲”与“达曲”中的“曲”，即江、河之意，与汉语相通。“达”，意为月亮，于是，在德钦藏语中，“达曲”便成了“月亮河”。让我吃惊的是，松金扎西告诉我，字面上的那个“曲”字，在德钦藏语方言中，实际上应读成“qià”。如此一来，“拉曲”的读音就变成了“拉恰”，与“澜沧”的发音非常接近。这是不是只是一种巧合，纯属偶然？不然。在我看来，“澜沧”很可能既是“拉曲”的汉话音译，也是“拉曲”的意译，只不过是借用了颇富汉字古意的“澜沧”这两个字表达罢了。中国古文献中，对地域性的或少数民族地区的地名，常用的有两种方法，一为意译，一为纯粹的音译，云南边境小镇“畹町”，乃当地傣族地名的音译，傣话原意为“太阳当顶的地方”，即属此例。“畹町”两个汉字的意思，基本上与原意无关。另一种同为音译，但写成汉字时，会尽可能借用既在读音上与原音相近，又在字面上与原名属性相符的字眼，此法几为古文人的古雅传统。在汉语中，“澜”为大波，《孟子·尽心上》曰：“观水有术，必观其澜。”李贺《巫山高》有句云：“大江翻澜神曳烟。”“沧”通“苍”，青绿色，如沧江、沧海，如曹操有乐府诗《观沧海》。“澜”“沧”二字连在一起，有“波浪青绿的大江”之意，那与“月亮河”既有异曲同工之妙，又具古意。更奇妙的是，詹姆斯·希尔顿在《失去的地平线》中，也曾怀着深深的赞叹，一次又一次地写到香格里拉的“蓝月峡谷”。

在康韦一行刚刚进入香格里拉不久，康韦想到，现在，“他生活的天地中，地平线会像帘布一样被拉起，时间得以延伸，空间得以限制。‘蓝月’的名字具有象征意义，似乎这微妙而有可能的事一旦发生，只可能发生在蓝色的月亮之中。”而香格里拉的那位张总管告诉康韦：“蓝月峡谷只有一个，指望找到另一个显然是对大自然的苛求。”如此，从地理条件（“地平线会像帘布一样被拉起”，“空间得以限制”）、时间概念（“时间得以延伸”）来看，所谓的“蓝月峡谷”，与现实中的澜沧江峡谷，也有许多相似之处。茨中天主教堂的外国神甫都精通藏话，他们向国外或他们的朋友介绍澜沧江时，完全可能将“澜沧江”这个名字在地方语言上的深层含意一并介绍给他们的同胞。

现在，在澜沧江边，对岸的一个男人正在准备过溜索。果然，人到半中间，就再也溜不动了。他开始手脚并用，一步一挪地向我们这边

移动。我们这些看似无所畏惧的城里人，到底没敢去冒那个险。

当我们终于赶到茨中澜沧江大桥时，天已近晚。现在，那条著名的大江，就平摊在我的眼前，如同一条被抖动着的带子，毫不起眼地流动在一片很日常的峡谷里，仿佛刻意要把自己变得非常世俗。我刚才还在那条溜索那里目睹了它的凶险，此刻我当然无法想象，澜沧江会在茨中大桥下，在我的眼皮子底下，如此平静地流淌——我满以为，我正是跟江水一起，从海拔三四千米的云端高处狂泻而下——如果在那种惊险万分的旅程中我们没有葬身江底，变成澜沧江里的一团无名无姓的泥沙，大概只是万幸。可现在，我看不到想象中野牛奔突般的狂野，也看不到太空星云般神秘的漩涡。江水流得毫无声息，但那毫无声息中也不乏狡诈与阴险。南去的江水呈棕红色，浓得像血。峡谷里的风，送来一股淡淡的腥涩，我想那是峡谷里山野丛林的气息，与江水无涉。可江面上那一团团灰黄肮脏的泡沫，依然不屈不挠地让我想起从失血者身上淌出来的鲜血……那就是澜沧江，滇西北山地的一脉精血。走过茨中澜沧江大桥时，我的双腿突然有些发软。我以为我已认识真正的澜沧江了，其实不然。

就在那个秋天，我沿着滇藏公路，出德钦县城，经过著名的飞来寺，离开 214 国道拐到去明永恰的乡村公路，沿崎岖的盘山路下到谷底，到了澜沧江东岸布称桥头。当地人说，江边那排冲天大树，据说还是远嫁吐蕃的文成公主当年路过此地时，亲手种下的种子。传说也许虚妄，愿望却令人感动。那段澜沧江两岸，是一片光秃秃的河谷，几乎寸草不生。唯有那排大树，以它们的伟岸与葳蕤，证实着生命的执着。阳光在树梢上闪烁，我在那里久久凝望，心里升起某种说不清的崇敬。从那里开始，我们须弃车步行三个钟头，从深深的澜沧江谷底，爬上海拔两千多米的澜沧江河谷台地，再从那里前往太子雪山下的明永村。那段河谷，海拔大约只有一千米，没有风，闷热难耐。那是一段惊险的小道，也是一个边走边脱衣服的过程——峡谷里太热了，路几乎也没有——住在澜沧江西边大山里的藏胞为了生存，才在风化剥蚀得非常厉害的悬崖峭壁上踏出了一条路。它随时都可能消失，也随时都在诞生，也许你今天走了，明天，砾石流沙就会把走过的路冲击得再也找不到一点痕迹。双脚踩在那样的路上，常常会一步滑得老远，一不小心就可能滚下万丈深谷——作为一种生存方式的写照，它既饱含着艰辛，也显示着坚忍。在江边陡峭的山路上俯视下界，万丈深谷，云雾冉冉，赤红如血的澜沧江只若沉沉一线。目光停留片刻，便一阵头晕目眩，只得小心地把目光收回来，实实在在地面对脚下的小路，让它在我脚下一寸寸地缩短。

——那与我在西双版纳看到的，甚至与我在茨中看到的宽阔的澜沧江相比，都已大相径庭，前者是陡峭的，狭窄、湍急的，后者却是宽阔的，散漫、舒缓的。但不管在哪里，我在滇西北高原上看到的澜沧江，都既看不到源头，也看不到去向。它呈现给我的，永远只是局部——全长 4688 公里的澜沧江，在中国境内长 2354 公里，只是它约过 1/2 的局部；而我能看到的，又是局部的局部。至于它的来龙去脉，我只能面对地图加以想象：它发源于中国唐古拉山脉，沿东南方向流经云南西部，穿行于横断山脉的高山深谷之间，到西双版纳南部出境，进入东南亚，经缅甸、老挝、泰国、柬埔寨，最后在越南南部流入南海。在那里，它叫湄公河，流长 2334 公里，成为整个东南亚最大的河流，堪与流经整个欧洲的多瑙河媲美。对于湄公河流贯的整个崇尚佛教的东南亚来说，能以神性的澜沧江作为它的源头显然属于天意。它们非常般配。在澜沧江把丰沛的江水注入东南亚的同时，难道就没有把它的神性注入东南亚？那是完全可能的。在一次与泰国作家代表团见面、主客之间相互朗诵诗作时，毫无准备的我突然想起了澜沧江，想起了澜沧江的这种国际性，我即兴写下了一首诗，送给泰国作家朋友——

我在上游看到的澜沧江，很瘦，
流到下游，就叫湄公河，很胖。
我在北边听到的澜沧江，很响，

流到南方，不知是不是还在歌唱？
——生活总是这样，流得匆匆忙忙，
流出了富饶，也流出了寺庙的辉煌。
有空写封信吧，远方的朋友——
回答我，用你的歌，用你的诗行……

商部

初谒玉龙

尽管几乎每一条路，每个方向，都通向玉龙雪山，尽管我曾从南、从东、从北……从几个不同的方向进入丽江，去朝拜伟大的玉龙雪山，然而，从我知道玉龙雪山到我能真正走近它，其间竟经历了几年的时间。

头一次，我是从南边，从大理方向去的。

那是 1988 年的夏天，我和我的两个同行因事前往云南迪庆州所属的维西县，不料到了大理，才听说第二天没有去维西的车；为了按时赶到，经朋友提议，决定先到丽江，再由丽江去维西。

我清楚地记得我们是午后到丽江的，准备第二天一早再从丽江乘车去维西。也就是说，在那趟旅行中，丽江不过是我们的一个临时中转站，它不是我们的目的地，尽管我早就听说过这个地方。事实上，那天我们也的确只在丽江待了大半天，除了晚饭前由当地一位同行木丽春领路去过一下黑龙潭，因为旅途困顿，第二天又要赶路，我们在丽江的多半时间都是在屋里聊天、睡觉。但是，就是那短短的逗留，就注定了我跟雪山，跟那个小城长达数年的交往。有人说，生活中所有真正称得上序幕的开头，都是在不知不觉中发生的，当你一点都还没有意识到的时候，一件事情就开始了。我却固执地以为，从骨子里看，我跟丽江、跟纳西族是有缘的。这种缘分是在什么时候结下的，我完全不清楚，或许那简直就是一种前定。

那天，来接我们的纳西族作家木丽春听说我们第二天一早就要走，简直大失所望：这么远来了，只住半天？老木是个脸膛黧黑、看上去近乎有些窝囊却绝对真诚的中年纳西汉子，他那一口至今也说不清楚的汉话，让我在后来跟他打交道时简直大伤脑筋，以致不得不借助笔来交谈。老木那天说，怎么也该去看看玉龙雪山嘛！

无论我们怎样解释，老木对我们去了一趟丽江却又不去看看玉龙雪山还是大惑不解。也许他觉得如此他便没尽到他的责任吧，后来他硬是在领我们去黑龙潭公园的路上，指给我们远远地看了看玉龙雪山。那天云层很厚，从鳞次栉比的屋脊上透露出来的，只是玉龙雪山的一个银色的尖顶。云走絮飞，忽开忽闭，那一角雪山也便时隐时现，仿佛是一艘在风雨的大海上航行的银色舰船。但那本身似乎就是一个寓意深长的意象，一座巨大的、冰雪的雕塑，就凛然屹立在飘荡着炊烟、长满了檐草的世俗的屋脊之上。它离人世很远，又仿佛很近，介乎于现实与冥想、近在咫尺与虚无缥缈之间，是此岸的人与彼岸的人、躯体与灵魂共同营造出来的一个图腾。

多年前，我就听说过有关“玉龙第三国”的故事，还读过一本名为《玉龙第三国》的长篇叙事诗。那是两个年轻人于 20 世纪 50 年代创作的，当时他们都还是十七八岁的高中学生，《玉龙第三国》一出，云南甚至全国引发轰动。两个作者，一个叫木丽春，一个叫牛相奎，都是纳西人（本书中特指纳西族人），一时被誉为“神童”，从此走上了文学道路，也从此开始了命途多舛的人生。60 年代中后期，他们俩都成了“牛鬼蛇神”，在批斗会、牛棚、“学习班”度过了一段难熬的日子，但至今不悔。而那天，木丽春正好就站在我的身边，如今他已是五十多岁的人了。

老木一个劲儿地讲着玉龙雪山的故事，我似听非听，觉得我所面对的仍然是一片混沌迷蒙。是的，飞动如潮的云絮在我眼里仿佛也真是无数条游动的白龙，首尾变幻，鳞甲闪烁，指爪出没，变化万千。老木告诉我们，按照东巴经的记载，那里就是“玉龙第三国”。然而，我到底还是把玉龙雪山当作了一片普通的风景。我甚至觉得，在我目力所及的那片冰雪之中，竟然会有一个纳西人向往了几千年的“玉龙第三国”，实在有些让人不可思议。纳西人为什么会把自己的理想之国建立在那个冰雪世界之中呢？听着他的讲述，我也曾在心里回味着他和牛相奎在《玉龙第三国》里那些年轻、深情而又美丽的歌唱，尽力去想象隐藏在那片飞动的云彩中的某个极乐世界。然而在我的想象之中，那个冰清玉洁的世界美则美矣，却未免有些寒冷，有些凄凉——当一个人以他的世俗眼光去看待玉龙雪山时，结论大约也只能如此了。而几乎同时，我心里甚至冒出了一个疑问：他们是怎么想到要去写那么一本书的呢？固然他们都是纳西人，一个从小在丽江县城里读书，一个则在丽江著名的拉市海边的一个村子里长大，一定耳闻目睹过许多有关“情死”的故事，但那也并不是他们一定要写《玉龙第三国》的理由。任何一个作家，即便写的是历史题材，也不仅仅是为了展示历史吧？那么，他们到底要向人们说些什么呢？我很想问问老木，但最终也没有问——那样也许过于唐突了。但从那时起，那个疑问就成了我一直想解开而又一直没能解开的一个谜。

1990年8月，一支由10多个人组成的采访组乘车从昆明出发，沿金沙江北上，经由著名的攀枝花市，先去了摩梭人聚居的云南宁蒗县泸沽湖和永宁一带，然后由宁蒗驱车到达丽江，后来又由丽江去了中甸。那次是从东边进入丽江的。从宁蒗到丽江有300多公里路程，且路况不好。尽管旅途的颠簸和劳累早就让我们昏昏欲睡，但车一进丽江，我们又转眼就变得精神百倍了——玉龙雪山就要到了，那可是我们那次旅行的重点节目。恰好天气晴朗，万里无云，远远地，我就看见了雪山。就像一座巨大的冰雕，玉龙雪山冰清玉洁地耸立在我们的眼前。对于我们这些赶远路的人来说，它森严的气象和沁凉的气息，穿过我们和它之间那巨大的空间，一直扑到了我们眼前，渗进了我们心里。一车人突然大声欢呼起来，要求司机立即停车。司机有点不解人意，回头说，着什么急呀，过两天我们就要去看的！

过两天？我们是那么急于看到玉龙雪山。自从第一次见到了云雾中的玉龙雪山，回去后我找了些书来看，才发觉仅凭我那点皮相的了解，就对丽江、对玉龙雪山不以为然，实在是有些可笑。我开始思念它、向往它，尽管我还不明白那种变化是怎么产生的。

两天后，我们驱车前去拜谒那座伟大的雪峰。车出丽江县城，先是往西，然后转北，再往东……无论车的方向怎样改变，玉龙雪山都一直耸立在我们的视野里，从来没有离去，仿佛是它旋转着身子，让我们这些对它心仪已久的凡夫俗子向它注目凝望。

随后，我们的车离开丽江县城，穿过纳西人古老的聚居地白沙镇和它周围星罗棋布的村寨屋舍，转向玉龙雪山开去。那是一片巨大的、布满砾石的开阔地，那就是丽江有名的白沙坝子。坐在车上，隔着白沙村，能看见对面半山腰上玉峰寺那布局工整的院落，大殿的红墙黄瓦和翘然欲飞的屋檐。我们的右边，据说原来是抗战时修建的一个简易飞机场，灰白色的跑道仍依稀可见。历史的云烟散尽之后，那多年前也曾热闹一时的地方，如今却是一片沉寂。然而，我们这些外来人的到来，似乎惊动了这片土地深深的历史，回头望去，车后扬起的那片迷人视线的尘土，仿佛就是历史的云烟。金戈铁马，悲欢离合，许多历史的戏剧，就在白沙镇和它周围的那片开阔的土地上一一上演。车一直在雪山的怀抱中行驶，似乎永远也没有希望驶离这片巨大的坝子，就像我们当今的日子永远没有可能完全逸出历史的轨道。

当白沙村渐渐落在我们身后，翻过了一道小小的山梁，雪山似乎突然就扑到了我们的面前。其实，那完全是人的错觉。雪山离我们是很近了，但真要走到雪山那里，还有一段相当遥远的路程。但我们确乎已经来到了雪山脚下。那是一个名叫甘海子的坝子，紧靠在雪山脚下，星星散散地生长着成千上万株矮小的松树，松树下是一眼望不到头的绿茸茸的草毡，开着各色的野花。向导告诉我们，去雪山的人们，几乎都要在这片草地上停留片刻，嬉戏一番，一则在这里稍事休息，更主要的，恐怕还是能在这里很近地看到雪山，就像在正式朝拜雪山之前，须得在这里沐浴整理一番，做一次向雪山顶礼的预演。

云雾缭绕，雪峰时隐时现，晶莹而又苍茫，看似遥远，实则就在我们眼前。我突然觉得，它就是丽江那片大地的脊梁，是它的象征，也是它的灵魂，是它的一面古老的旗帜，也是它永恒的未来。我无法想象，在我去过的任何一个地方，还有哪一座山能像玉龙雪山那样，既那么清纯，又那么深邃；既那么现实，又那么幽远；既那么明澈，又那么神秘。如果你醉心于读书，它便是一本无字的神书；如果你喜欢绘画，它就是一片任何画师也调不出来的色彩；如果你是一个数学家，它无疑就是数学上的一道多解的方程；即便你是一个无所不知的智者，它也是一个让人永远猜不透的谜……对任何人来说，它都既是对人生的一个永恒的追问，也是对人在俗世遭逢的一切疑问的解答……

我不厌其烦地讲述我初识玉龙雪山前那些近乎琐碎的经过，并不是为了拉长篇幅；一个外地人，真正认识玉龙雪山，是必得有这样的经过的。“有眼不识金镶玉”这样的话，说的正是我先前的无知。而一旦第一次看见了玉龙雪山，你就想看第二次、第三次……你会迷恋它、思念它。

现居台湾的李霖灿先生，在谈到他与玉龙雪山的交往时曾说：“对于玉龙雪山，我们都有宗教巡礼者的虔诚，自从 1939 年初夏发现了这座滇西胜山（或圣山），便一住四年不忍离开。1940 年的春暮我们曾以半个月的时间初访雪山主峰，归来后信笔写了一篇《阳春白雪大雪山》，结果由此接到许多朋友的来信，怀疑多于赞美，多半是说那篇文章所写的雪山分明是假的。那时我们几个登雪山的朋友都还留在丽江，大家讨论之下反而觉得这项批评异常中肯，因为我们在雪山上的时候就连自己也觉得是假的，阳春气候白雪世界已经不合理了，又加上白雪里开遍了杜鹃和牡丹，这岂是使人一听就能相信的事？由此使人想到写玉龙雪山是困难的，文笔未必传达了雪山的美丽，而读者已在怀疑你说的是不是‘真实’，因此我决定停笔不再描画。”其实，李先生在《阳春白雪大雪山》一文中说到玉龙雪山时，有一套相当独特、相当精辟的见解：一曰“玉龙雪山是石的雪山”：“土的雪山总是过肥，使人觉得臃肿，玉龙雪山是石的雪山，永远没有这项毛病，总是玲珑峭拔！”二曰“玉龙雪山是花的雪山”：“不曾到过玉龙雪山的人不能想象它那遍地白雪遍地鲜花的奇景！说与世人，他也未必相信，真的白雪中开杜鹃，白雪中开牡丹么？这景色引入宗教境界，令人悠然想到，‘造物主真是无限。在这种千古无人欣赏的地方，妙手一挥，亦使百花开放得如此灿烂！’”三曰“玉龙雪山是画的雪山”：“它本身就是一轴画，朗朗照人却了然寒意！雪的本身有这么多的变化，正是画家的绝妙画材；有覆盖的雪，有垂挂的雪，有镶嵌的雪，有堆雪，有积雪，有凝雪，有新雪，有太古雪，有堆羊脂的雪，有泼牛奶的雪，有印度绸的雪，有北极熊的雪，有银条网路的雪，有绿光盈盈的雪，有雪河、雪谷、雪岩、雪峰、雪岭……一一都是我国艺人无缘见到的绝妙图景。”

这就是一个艺术家眼里的玉龙雪山。艺术家看风景，尽管总带些艺术的眼光，但我对李先生的这些看法，却是赞同的。李先生虽然谦虚地说“文笔未必传达了雪山的美丽”，说这“使人想到写玉龙雪山是困难的”，但在我看来，李先生的评语，只有不及之处，而绝无过誉。一般没有到过玉龙雪山的人之所以不大相信，总是怀疑，不信人间有此湖山，就因为他们很难想象，在那样一个偏远的地方，会有如此美妙的景致。而玉龙雪山恰恰是“宇内名山之‘隐者”’，世俗的人们如果只是凭着他们的尘世经验去做判断，怎能相信世界上真有这么一座山，而那座山又有那样摄人心魄的美丽，那样让人念念不忘的魅力呢？

大自然的创造之精美、之伟岸、之博大、之深邃，常常超乎人类的想象，玉龙雪山正是造物难得的杰作。离雪山已经很近了，但相对于它那近 6000 米的高度和我们与它之间的 40 多公里距离，我们所坐的车那一点点方向的改变和距离的缩短，简直微乎其微，几乎可以忽略不计，遑论在精神上我们与它还相隔得多么遥远了。我们对雪山的所有思考也正是如此。米兰·昆德拉说：“人类一思索，上帝就发笑。”妄自尊大的人类，是常常犯这种错误的。

无论在什么季节，也无论从哪个方向、哪一条路进入丽江，我头一眼看到的，必是玉龙雪山。

玉龙雪山，纳西人心中至今尚存的银色图腾。

提起玉龙雪山，每个纳西人都会肃然起敬，一片庄严，继而眉飞色舞，滔滔不绝。他们是雪山的子民，从小在玉龙雪山的注视下长大，雪山早就成了他们生命的一部分。成人后，哪怕与玉龙雪山远隔千山万水，也难改他们从小就对玉龙雪山的那份痴情与崇敬。一百个纳西人的心中，或许会有一百座各个不同的玉龙雪山，但有一点却是相同的，那就是他们会以各种各样的方式，来表达他们对玉龙雪山的向往、理解与思念：那可能是一株采自玉龙雪山的杜鹃，也可能是一首歌唱玉龙雪山的诗篇，当然也可能是一张玉龙雪山的照片，甚或是一个关于玉龙雪山的梦。而我的一个朋友，用的则是一副他自己撰写的对联：

大地恨难平　专铸十三长宝剑
丛山嫌太翠　故栽一万白芙蓉

“十三长宝剑”，据说指的是玉龙雪山那横空出世、如锋似刃的十三座雪峰，而“一万白芙蓉”，指的则是雪山的飞絮积雪，恰如万朵白芙蓉，开遍了苍翠葱郁的大山。前者说的是“力”，是玉龙雪山本身的雄奇、峻拔，以及它在纳西人心中唤起的巨大精神力量；后者却极言其美，抒发的是雪山在人们心中引发的那种对于美好世界的向往与憧憬。玉龙雪山，正是这力与美的完美结合，而反过来，它恰好又是纳西人心灵世界的最好写照。

初初看到这副对联，我即被它恢宏的气势和充沛的感情所震慑。当我后来知道，那是纳西族作家杨世光积几十年的情感，专门为他心中的玉龙雪山写的时，我更不由地要对他表示敬意。杨世光的老家不在丽江县（今古城区及玉龙纳西族自治县），而在靠近石鼓的金沙江对岸的中甸。严格地说，杨世光甚至不能算是一个地地道道的丽江纳西人。但那又有什么关系呢，他毕竟是个纳西人。

只要是纳西人，谁的心里没有装着那座伟大的雪山？

甚至，即使不是纳西人，只要你去过丽江，只要你曾面对玉龙雪山，接受过它的注视，有过一段沉思默想的时光，你的心灵从此就会被它潇洒地占据。

纳西人赋予了玉龙雪山太多太多的内容。那是他们心中的神山。

那是纳西人至今还供奉于心的银色图腾。

既是神山，当然是不容攀登的。

前两年，日本的一支登山队曾想攀登云南的太子雪山，后因天气恶劣，登山队遭遇雪崩而无一生还。这是科学的解释，民间却有另一种解释，道是太子雪山是神山，绝不容许任何人攀登；强行攀登者，必遭祸患。而登山队强行登山，果然遇难。这虽然不是科学的解释，却反映了太子雪山在当地人们心中的崇高地位。

在丽江，我曾听到两个年轻人企图到雪山情死，又返回来的现代故事。这故事就和玉龙雪山有关——

一对青年男女相爱已好几年了，可惜姑娘的母亲不大喜欢她未来的女婿，理由是这个年轻人平时胆子太大，什么事情都敢做，把女儿交给他实在不放心。就在那时，国外的一个探险队想去攀登玉龙雪山的主峰扇子陡，到处找人做向导，这个青年闻讯，便自告奋勇地要去应聘。姑娘的母亲听说后大惊失色：我的老天哪，爬玉龙雪山？玉龙雪山是能爬的么？那是神山哪！可那个小伙子还是去了。到了海拔 4000 多米的地方，雪山上突然发生雪崩，小伙子差一点就送了命。但在他的帮助和引导下，那支外国探险队全部脱离了险境。尽管他们的第一次攀登失败了，那个小伙子还是非常兴奋，因为他们总算摸清了玉龙雪山主峰的一些秘密，为下一次的攀登做好了准备。但是，他未来的丈母娘却吓坏了，说我没说错吧，玉龙雪山是神山，从来就没有人上去过，你会把小命送掉的！她又哭又闹地不准他再去当向导。他坚持说服她。他的未婚妻也支持他，她正是喜欢他的闯荡精神才跟他相好的。姑娘的母亲说，要去，从此你就别再来找我的姑娘。又跟自己的女儿说，你要跟这么个不要命的男人结了婚，弄不好要守寡的。姑娘的母亲以最快的速度，为女儿在城里另外找了一个开饭馆的年轻人，说这人有钱，人也长得不错。女儿还是不答应。姑娘的母亲想来想去，只好背着姑娘，悄悄地让那个开饭馆的年轻人的父亲到家下了聘礼，心想，等生米煮成了熟饭，我看你还能怎么办！

一天，那个开饭馆的年轻人来到了姑娘的家，他在屋子里转了一圈也没见到他未来的妻子。他问她母亲，她说女儿出去了，一会儿就会回来。那青年就坐在她家里等，一直等到中午，也不见那姑娘回来。姑娘的母亲一连声地埋怨女儿，心里说，这个死丫头会跑到哪里去呢？再让他那样等下去，实在是太怠慢他了，于是她把那个年轻人、她未来的女婿让到女儿的屋子里，叫他就在这里再等一会儿。年轻人一心想见到他的“未婚妻”，也巴不得能进到那间闺房里看看。坐了一会儿，他觉得一个人实在没有事干，就这里看看那里看看。就那样，他在一个小木柜上发现了一张字条，上面写着：“阿妈，既然你要逼我，我也没有办法，我走了，再也不回来了。”他一看，立即吓了一跳，随即大叫起来：“不好啦，他们到玉龙雪山情死去了！”

那个母亲一听，顿时吓昏了过去。年轻人手忙脚乱地把她救醒，她还是哭得像个泪人。她的心里一如刀绞，不知道老天爷对她为什么会这样残酷！我说过，玉龙雪山是不能爬的，他们偏要去爬，这下好了，雪山上的爱神尤祖阿主来收他们回去了！

——后面的情节如何，对我们已经没有意义。我只是想说，在普普通通的纳西人心里，玉龙雪山是不容攀登的。

在纳西人心里，“攀登”“征服”这类字眼从来都与玉龙雪山无缘。

纳西人从来还没有人登上过玉龙雪山的顶峰。

不是他们没有那样的愿望，也不是他们不具备这种能力。玉龙雪山是神山，是天地造化给予纳西人的一笔精神财富。既是神山，怎能被踩踏在某个世俗的人的脚下呢？

纳西族老一代学者、作家周善甫先生在其《绿雪奇峰》一文中写道：

> 雪山，并不罕见。但多位于漠北穷荒，徒自高寒，鲜可迩接而优游者。独有滇西北玉龙山的冰冠，却插入北纬27度以南，以4000米的相对高度，屹立于温带雨林的葱翠群岭之间。挺拔巍峨，晶莹皓洁，映衬着宛同江南的田畴郡邑，成为瑰丽无双的景观。从昆明西行，仅十二小时的车程，便可一览雄姿，从容欣赏。所以特为抱有雅致的旅游者所向往。
>
> 从丽江县城北望，见其端丽庄严，似觉一览可尽。其实它截金沙、连太子，逶迤数百里。其间丘壑堂奥，殊有未可毕揽者。笔者生小是乡，早岁轻狂，曾累事攀越，但所涉猎的，也仅其什一而已。
>
> 在我所亲历的奇景中，值得大书的，首推绿雪之奇。在主峰扇子陡南侧，峰下是一大片雪原。绿雪峰就在雪原正西面不远。可是它僻处大谷中的北面悬崖间，南面又是悬崖，不循东面的“大深沟”（未名的冰河故道，故作此称）去迂回深探，她是不露面的。
>
> 走近它，是不可能的。不仅壁立千仞、绝难攀跻，而且是雪崩最频仍的所在，又时时有飘石飞坠，堂嗒有声，连岩脚也不可久留，只好落帽瞻仰而已。不过深箐本身的幽奥高玄，也即人间殊景。辛劳远至者，总不会有空返之叹。

笔者好奇，早岁曾两到其间。当年同游的李霖灿君，如今还把他远在加拿大的书室名曰“绿雪斋”，可见爱重之殷，并足征信。

周先生的这番亲历，确乎道出了玉龙雪山的庄严和神圣的真谛。当今世界上，即便像喜马拉雅山的珠穆朗玛峰那样的世界屋脊，也早就留下了人类的足迹；至今还没被人“征服”的、海拔在6000米左右的雪山已经没有几座，其中就有玉龙雪山。所以如此，除了它的陡峭和嶙峋，长期以来由纳西人对它的推崇、拥戴所造成的某种“舆论”压力，恐怕也是登山者首先要逾越的一个障碍。而这种舆论至今不仅没有稍稍减弱，随着世界性的“纳西热”，还出现了进一步增长的势头。如此，则玉龙雪山至今还是或将永远都会是一座处女雪峰，就不足为怪了。

每次我面对它，默默的玉龙雪山，却总让人感到它有千言万语要向我诉说。

当你凝视着它时，它也在凝视着你。

当你走向它时，它也在走向你。

而当你离开它时，它却从来也没有离开你。

玉龙雪山是默默的，它不过是我朝拜过的雪山中的一座，但它又和别的雪山不同，它分明是一句时时都在为你祝福的晶莹雪白的祷语，一道时时都在投向你的终极关怀般的目光……

四方街访古

一

大千世界总是虚虚实实、有虚有实的，一个好的所在，就跟一件好的艺术品一样，常常都是一个有虚有实、虚实相间的世界。

四方街正是这样一个世界。

狭义的四方街只是一块长方形的空地，并不大，比一个正规的篮球场也大不了多少，却一如丽江古城的中心广场，处处透露出丽江这高原古城的万般威仪。一个伟人，在让你探知他内心世界的博大精深之前，最先给你的，往往只是一片虚怀若谷般的空阔。四方街正是丽江古城的那种“虚怀”和空阔。站在四方街中间，可见几条仄狭的石板路，呈辐射状地从那里游进古城深处，几乎每条路都沿着五河清澈见底的支汊蜿蜒而去，一路潺潺有声，然后消失在你目力不及的、密密麻麻的屋宇之中。低头看脚下的小街，一律用奇特的五花石铺成，就像如今那些星级饭店溜滑闪亮的前厅。那石为丽江特有，据说皆从玉龙雪山深处采来，色呈五彩，斑斓如霞，历经世人世事朝朝代代的磨洗，如今早都如同铜镜，光可鉴人了。

事实上，四方街每天都要几经虚实变幻。当太阳刚刚君临四方街，它的四周甚至中间便已摆满了摊位，小商小贩像从地下冒出来一般，在一片灿烂的阳光中开始了他们一天的生意。那里，出售各式各样的土特产、铜器（丽江的铜器远近闻名）、马具、农具和各种日常生活用品，甚至还有人们见所未见的、据说出自木土司家族的字画、古董，以及纳西人特有的乐器——口弦。以前，在深山密林里谈恋爱的纳西年轻人大多很少说话，却要用吹奏口弦来表达自己对对方的爱慕、思恋与忧伤。到了中午，太阳把四方街烤得一派热烈，它的繁华和喧闹也在这时达到极点，人群熙攘，往来穿梭，有如一个民族服饰展览会。康巴藏族、普米族人、白族女人、彝族汉子，各自以他们鲜艳的服装，在这里招摇过市，各种口音混杂在一起。生意十分红火，最有经验的生意人和初次进城的山里买主，都会一无例外地在这里得到满足。一到晚上，四方街便再一次变得空阔悄寂了，如水月光泻得满天满地。市声早已被小心地收藏起来，由卖家或买主各自带回自家的小屋，去酿制亲人间的款款笑语和梦的香甜。那时的四方街，衬托着四周那由昏黄的路灯显现出来的森然的屋影、如飞的檐角，便如瑶池玉宇，洁净如洗，恍然人间仙境，让人想入非非……

人们通常说的四方街，不仅指那一小方空地，倒是泛指整个丽江古城。在某种意义上，四方街早就成了丽江古城或说是它的核心大研镇的代名词。甚至可以毫不夸张地说，四方街正是丽江古城——大研镇的心脏。

每次去到丽江，我第一个要去的，当然就是四方街。

穿过四方街，沿着在外地人看来如同胡同、小巷一般狭窄的小街，就进入大研镇了。丽江古城并不大，只是小街小巷密密麻麻，纠缠绕结，以致我第一次独自一人在古城里游荡时，竟然迷了路。我在那些看上去几乎一模一样的小街小巷里转来转去转了几个圈，就是无法从迷宫般的古城里走出来。应该说，那是一次让我感到十分愉快的迷路，我丝毫也不为迷路着急。我想，我不会是四方街的第一个迷路者，当然也不会是最后一个。后来，我经常看到那些来自异国他乡的老外们，手捧一本英文或是法文版的导游手册，在古城的街巷里边走边看，指指点点，寻找着印证书本上所介绍的一切的现实特征，或者用他们那令人忍俊不禁的中国话，向古城的居民甚至向我问路，那傻乎乎的模样，那急不可耐的神情，看上去跟一个初到纽约或是巴黎的中国人绝无二致。那时，我会突然间变得和蔼、耐心、大度起来，不厌其烦地给他们指路。我悄悄地体会着一种相逢在丽江古城的快乐，享受着一个临时主人的自豪，仿佛他们能跟我一样甚至比我更为欣赏这个古城，我就必须给他们一点小小的报答。

四方街是奇妙的。最富于想象力的人也难以想象，在玉龙雪山之下，在丽江这样一个远离大都市和主流文化的偏僻之隅，会出现一个像大研镇这样隽永、秀丽而又韵味十足的古城。走在它的小街上，我总觉得那就像一个梦，一个十分遥远、十分古典又十分清晰的梦。

据称，“大研镇”又名“大砚镇”。站在古城后面的狮子山上鸟瞰全城，坐落于远近山峰间的古镇，四围隆起，中间低平，确如一方巨大的石砚，又有玉河水自西而来汩汩注入，便可研墨于砚，挥毫于天，记铭于史，撰写真与美、情与爱、生与死的不朽诗篇。作为昔日木氏王朝的“皇家林园”，狮子山古柏森森，皆是树龄六七百年的明代古柏；林间朝有白岚，暮起紫烟，氤氲环绕，倒是颇有一番帝王之相。俯首眺望，玉河环山脚蜿蜒而流，古城民居、大小街巷和作为木氏王朝宫阙的木土司府历历在目，便让人想起故宫，想起同样与故宫相对的景山。那时，我便体会出了纳西人将古城命名为“大砚”的那一片良苦用心。不过，细细想来，显然这又是一个依据儒汉文化敲定的名字，这名字无疑又是一个梦。至于托起古城的这片土地原来的纳西名字“阿营畅”，如今反倒没有几个人知道了。

一有闲暇，我就喜欢在四方街空寂的小街小巷里悠闲地漫步。

我说的是真正意义上的漫步：漫不经心，无所事事，走走停停，毫无目的；既不是要去拜访某个小城名人，也不是要去探访古色古香的纳西小院；倘定要说有什么目的，也无非是要感受感受那些颀长深邃的街巷本身。当然，我也曾在那里匆匆而行。其时，与被访人预先约好的时间，为了采访顺利而做的思考，常常让我无暇品味四方街街巷的奇妙。艺术永远跟适度的闲暇和某种虚实有致相关。在四方街，唯没有任何目的的漫步，才是对小镇最接近艺术欣赏的享受。那时，我纯粹是为了在那样的小街小巷里走走看看，以满足我某种隐秘的需要——心灵的和身体的，是为了让我劳累的双脚、疲惫的眼睛，现代人过于紧张的心智得到一点休息。那样的漫步真是轻松极了。一路走去，我会忘了尘世，抛却心里和肩头的重负和压力，恍恍惚惚地去做一个梦中人。

四方街正是我身在其中的那个梦，有着梦的幽静、梦的神奇和梦的美丽。

与空间的虚实有致相应的，正是四方街在听觉上造成的动静有度。这个号称“东方威尼斯”的小城所拥有的，是那种瓷实圆润、贴近人心的宁静，与荒郊野外那种死一般的沉寂完全是两码事。

那样的宁静无处不在。

不管我在小街小巷里怎样穿行，最终，我都要来到古城著名的大石桥上。那是一座古老的桥，桥拱的石缝间已长满了花花草草，那景致实实在在，却又让人有虚幻之感。立于桥上，可见在几株临岸婆娑拂动的树荫下，有妙龄女子在水边石阶上涮洗衣物，玉河水在她手下荡开道道美丽的涟漪，倒影时而清晰，时而朦胧，丰腴洁白的臂膀与她手中或蓝或红的衣物相互映衬，光影便在清冽的水中像玉一样闪烁，让人弄不清她洗的到底是衣物，还是那如练的溪水。但无论如何，我就是听不到声音，一如梦境。有时，我会静静地在大石桥上一待就是个把时辰，次数多了，竟致招来了路人诧异的目光，他们好像在说，看这个人，他是干什么的呢？怎么一坐就是这么长时间？实在被他们看得不好意思了，我才起身，再去别处走走。

别处也一样。走在四方街那些狭窄而又繁华的商业街上，你看见一双双脚在五花石路面上悠缓地移动，看见人们在忙忙碌碌地做生意，还能不时看见几个老外背着照相机在街上寻找镜头，但你还是听不到城市固有的嘈杂和喧哗。于是你感到，生活在这里正有条不紊地进行，那样的宁静是一种鲜活的，让人感到生意盎然的、充满了生机的宁静。

这就是四方街，这就是为什么许多人在去了一次后，还想去第二了多少年的草棵，大多蔫蔫的，打不起精神。斑驳脱落的土墙，被风吹雨淋得森黑的木楼，都沉浸在一片迷蒙而又温暖的睡意之中。

屋檐下的台阶上常常堆满了柴垛，不知是要显示他们的富足呢，还是为了充分利用那点空隙。柴垛堆放得整整齐齐、满满当当，只在大门口留下一个窄窄的通道。空气中飘着它们从深山密林里带来的芬芳，夹杂着艾蒿淡淡的苦涩。那一切都让人想到，纳西人从古至今都与他们身处其间的那片大自然密不可分。偶尔，柴垛旁会有披着七星羊皮衣的老大妈相围而坐，悠闲地烤着太阳，打着瞌睡。阳光在她们的额头上层层铺展，似乎连她们脸上的皱纹里，都积满了历史金黄的飞屑，一眨眼便会舞动飞散。她们看上去睡得很熟很深，然而有时，当我从她们身边路过，哪怕我尽可能放轻了脚步，她们还是会倏然惊醒。睁开眼睛，她们便用纳西话低声说起话来，让人想到她们可能压根儿就没有睡着，即便睡着过，醒来也不过是从一个梦进入另一个梦而已。睡梦中的事和眼前的事虽然隔了几十上百年，依然没有断了联系，完全可以接着先前梦中的话题，继续她们那永远也谈不完的话。

她们到底在说些什么呢？我自然是听不懂的，却似乎又多少听出了一点什么。作为一种既清晰又遥远的背景，她们身后的那些木质的门窗，门窗上细细的雕花，那些繁复、匀称而又美妙的图案，似乎都在叙说着某些发生在闺阁内外的，有关人的生生死死的故事。自从多少年前她们走进了那个故事，就再也没走出来过。

沿着小街的短墙独自而行，偶尔会碰到一扇虚掩着的大门，我会"吱呀"一声，贸然地推开木门闯了进去。在意识深处，我想闯进去的当然不只是木门后的那座院子，而是被木门和短墙关着的某个梦境。那时，踩着浓浓的绿荫或是几片枯黄的落叶，我会有一种马上就要出乱子、就要陷进去的感觉。通常，一直到我出现在正屋前面的台阶前时，主人才会迎了出来。我当然并不认识，他却毫不惊讶，会很客气地说，哦，请进来坐。如果我说，你的院子很漂亮，我想进来看看，主人便会谦逊地说，不行了，比以前差远了——那种对于"现实"的轻松的否定，对我便是更大的诱惑。既然那些花草、那种洁净、那份恬适都“不行了”，以前又是什么样子呢？主人搬出小凳，请我就在院子里坐坐，甚至奉上一杯雪茶让我品尝。于是我有一搭无一搭地跟主人闲聊着，眼睛却忍不住要东张西望，总想透过那种院子大体相同的三坊一照壁的布局，一直看到院子的过去。那屋子无论是新是旧，都显出一种在城市里久违了的清冷的高洁和古雅：那堂屋前磨得发亮的、闪着冷冷青光的石阶，那被时光镀成了熏黄色的木屋。那就是四方街，也是整个丽江给人的感觉。有一次，当我读到日本作家斋藤绿雨的一句话时，我简直以为他是在说四方街，他说：“风雅乃清冷之物。”

后来，当我不时在远离四方街的地方想起丽江古城时，我眼前出现的不只是高低错落的院落屋群，也不仅仅是那些小街、小街边的木楼，更多的，倒是那些当街而坐的老人额头上深深浅浅的皱纹，她们身后那些雕花的格窗、门廊上的图案、铜锈斑斑的门环，早已磨得凹陷下去的石门槛——它们给了我一种细部的真实和美，就像优秀文学作品里的精彩细节一样。与那些“细节”相对，我常常会有与过往的时光迎面相撞的惊喜，那惊喜既是对现代人处境的某种虚化，又是对现代人的困厄的某种强调。在一切都可以复制的现代，同样的房子和街景，在专为拍摄影视作品搭建的外景地，早就可以做到以假乱真的地步；不能仿制的，只有那些细部的真实，以及那种真实所包含的意韵，所带来的微妙而又深邃的情感。当然，我还会想起那些我听不懂的、温馨的低语和呢喃，它们依然萦响在我的耳边；有时我想，或许它们一直就漂浮在那些窄窄的小巷里吧，连同四方街那古老的历史的尘埃，和穿越整个四方街的玉河那潺潺的水声，以及纳西土司木天王那威赫一时的权势……

听说，为把以四方街为中心的丽江古城命名为世界文化遗产，丽江已向联合国提出了申报，联合国将派员来四方街实地考察。当高鼻蓝眼的联合国官员来到四方街，走在古城的小街上时，会是什么感觉呢？会听见纳西老太太们的呢喃吗？会觉得走在梦中吗？会像日本作家三岛由纪夫感叹的那样，说“我在人生里遇到的第一个难题就是美”吗？

意大利人给美下的定义说，美即是“少中见多”。四方街是个实实在在的梦，一个关于生命的梦，一个关于人性的梦，一个关于人，关于纳西人和大自然的梦……梦，总是既虚幻又真实的：虚虚实实的过去，虚虚实实的现在，以及虚虚实实的未来。

二

丽江古城，小雨飘飞，是那种丝丝缕缕、飘飘洒洒、欲断不断的小雨，是那种“随风潜入夜，润物细无声”的小雨。

伞，是不消带的——难得能一无遮掩地与高天使者做肌肤相亲的交谈，便信步走去，一任飘飞的雨丝拂在脸上，钻进脖颈，让它触摸我、浸润我、化解我……

有细雨作伴走古城，是大幸运。

雨的奇妙我早就了然。任是平时多么枯干无趣的风景，遇雨便滋润、舒展开来，一似沉睡的精灵骤然苏醒，顿时便有了灵性，有了韵味；雨丝、雨雾如纱帘初降，将风景中的瑕疵尽皆隐去，透出在艳阳高照时难以想象的迷蒙与浪漫。更兼那淅沥的雨声，仿佛平时守口如瓶、难得与你说话的朋友终于开口，要将他的全部秘密悄悄向你诉说。何况这原本就叫“大砚”的古城，连日晴天，“砚”中的残墨，料想早已枯结成块了吧，有了雨水，便化作洇洇浓浓的一片，将雨中的古城，写成了一幅烟雨苍茫的水墨画。调子是浅灰色的，稀薄、透明的浅灰。早就闻知浅灰色的漂亮与宁静，原先将信将疑，此刻却信了。这样一路走去，任谁都会像我一样，走成一个“画”中人吧。

走着走着，轻风依旧，斜雨依旧，夏日的阳光却从雨云的缝中悄悄探出头来，泼洒得我一头一身。抬头，见阳光如缕，穿透丝巾般的雨雾，就像支支蘸满了彩墨的画笔，红一块紫一片的，在那些爷爷奶奶般的老屋上恣肆地挥洒、涂抹，顿时屋脊更亮，檐角却更暗，雕花窗棂如同浓眉下传情的眸子忽闪忽闪，斑驳的老墙则将湿漉漉的背脊裸出，展示它无尽的沧桑。古城变得斑斓绚丽却更为低回凄迷，它全部的古典和隽永、苍老与深邃，便在那一刻淋漓地显现出来，让人慨叹，让人深思，让人不由得想挥毫赋诗，一首平平仄仄的抒情诗，却怎么也找不到一个词儿，能传达那份苍劲与古远……窄窄的街巷里几无行人。雨声滴滴答答，细密匀净，像一首轻柔万般的无伴奏女声小组唱，嘈嘈切切，忽远忽近，如丝如弦，惹人遐思。舍此，便只能听见自己悄然的脚步了。

雨稍稍大一些时，绵密的雨脚，便在早已冲洗得干干净净的青石板路上，打出斑斑点点的水洼，个个晶亮剔透。小街两边，那深深挤进窄如一线的天空中的檐口也开始滴水了，一排排、一串串的，在每家每户的门口，都挂上了一袭亮晶晶的珠帘。风过处雨帘飘动，人家的屋檐下，那不知何时贴上去的褪了色的大红对联，那干成金黄色的柴垛，被细雨柔柔地一润，骤然间便更浓更深，红的更红、金的更金了。长长的小街，犹如一面长长的镜子，天光映照，四方街的万物便都倒影其间，幽深闪烁，变幻无穷，空间倏忽便扩大了一倍。细细体味，似乎也并非幻觉，说不定那才是四方街的本真。

而眼前一直没人。再往前走，在一扇半开的木门旁，挂着一个胖乎乎的小脑袋，稚气的脸上有明朗的笑。是笑我吗？我也对她笑了笑。于是她把门开得更大些，露出了她的一身红衫。在雨中，那样的红就像有时在我们心中燃烧的信念的火苗，甚或她就是那幅浅灰色水彩画的点睛之笔，是按在宣纸上的一枚红印章，鲜亮、饱满，湿漉漉的还没干呢。

关门口到了，沿街集市上卖菜的小商贩们，都远远地贴在人家的屋檐下避雨去了，也早用半透明的塑料布盖住了自己的货品，五颜六色的塑料布，在雨点的敲打下，便也发出同样五颜六色的声音，喑哑却动人；绿白相间的白菜，红红润润的萝卜，淡黄淡黄的茭瓜，都让人想到世俗日子淡而清甜的滋味。几个中年妇女，正抓紧时间交头接耳，讲着女人间才能讲的故事。一个年轻的纳西女子，背上背着娃娃的，正借着一点时有时无的天光，用心地纳着鞋底。那是为谁做的呢？针脚密密的，每扎一针，都要将针在她乌亮的发际间轻抹一下。

头一回去四方街时，曾在那里见过一个年轻的纳西女子，一身农家打扮，却收拾得干净清爽，当街站着，双手将一只体态丰满、羽毛光亮的母鸡搂在胸前，看样子是要卖的。她那双微微棕黄的、梦幻般的眼睛，仿佛还没从某个美丽的梦中醒来。不时地，她朝那只鸡努努嘴，嘀咕着什么，像是在跟鸡说话。偶尔她会抬起头来，朝她面前来来往往的人群瞥上一眼，目光依然是散漫的，恍若梦中，然后她会再次收回目光，看着她怀里的鸡，甚至腾出一只手来，爱怜地为它梳理着羽毛。

世上，那样卖鸡的也真是少见。好像那并不是一只鸡，倒是她的宝贝娃娃，要不，谁会那样亲昵地把鸡抱在怀里呢？我站得稍近些，静静地看着她。好几个买主走上前去，像是要买她的鸡，她看看那些买主，只是摇头。奇怪，我想，莫非他们出价都不够高吗？过了许久，又一个买主走到她跟前，她又是一番上上下下的打量，竟很快成交了。我为她松了一口气，走过去问她，先前为什么都不卖呢？是出价不公吗？她摇摇头。那是为什么？她笑笑，不答，等我再问时才说，那些人我都看不顺眼。我吃了一惊：这算什么理由？嫁姑娘吗？这样做生意，倘是几十几百只鸡，那该怎么办？也要一个个地看买主是不是顺眼？见我奇怪，她说，鸡是我亲手养大的，原不为卖钱，没办法了才卖的……

这么说，她是要为她的那只鸡寻个好人家吧。尽管那不过是一只鸡，可那也是一条命，难怪她对它有那么一种难分难舍的感情。纳西人历史上曾有过盛极一时的“殉情”风习，为了自由与爱情，他们甚至宁可去死，可他们对生活的眷恋、对生命的珍惜，却绝不比哪个民族少呵！

于是我明白了，为何雨中那座几无人迹的城池，会让人对它有一种失魂落魄般的迷恋。丽江古城正在申请成为“世界文化遗产”。据我所知，世界上许多所谓“文化遗产”，不是人去楼空的“古堡”，就是昔日王公贵族的别墅，唯有丽江，既不是“古董”“遗迹”，也不是什么“活化石”；作为一群现代纳西人共同生活的“现在时”聚居地，作为一个依然饱含着生命力的社区和文化载体，古城不只是一片古代建筑，还是一个被纳西文化浸润透了的所在，就像眼前它被这场飘飘洒洒的小雨浸润透了一样。如此，它才“横看成岭侧成峰”，几乎每幢老屋都是景点，每条小巷都是历史的通道，处处让人流连吧。要说是“遗产”，它也是从历史深处走来，且沿着历史之路继续走去的、鲜活的“遗产”。保护它，便超出了保存历史遗迹的意义，而且是对一种独特的生存方式、对文化的差异和个性的承认与尊重。

雨还在下着，飘飘洒洒，似有若无，依然是浅灰色的，而天空，却更加明亮了，玉龙雪山在远处闪光。

三

无论晨昏，也无论阴晴，几乎不管是什么时候，当我在丽江古城那些深深的街巷里漫步，总觉着有一股无名的氤氲弥漫其间，迎面扑来。一次又一次，我在古城里沉得越深，那股无名的氤氲便越浓。那不是雾霭，也不是烟岚，看不见，也摸不着，却轻抚着我的肌肤，飘进我的灵魂，让我时时处处都能感觉到它的存在。

那到底是什么呢？

1995年春，当我把我的长篇小说书稿《情死》送到北京后，作家出版社的朱珩青先生有一天突然打电话问我，丽江那么偏僻的地方，真有你书中写的那么深厚的文化吗？她说，我的一些同事对此表示怀疑，他们说，这绝对不可能！我告诉她，我敢保证，我一点儿也没夸张。我说，对此我无法用三言两语说清楚，等你有机会到丽江看一看后，你会明白的。

——那时我才恍然大悟，原来，弥漫在丽江古城上空的那股氤氲之气，正是古城丽江那股浓烈的儒文化气息。

在那之前，走在四方街上，我有时会感到奇怪，一个如此美丽的地方，怎么会生长出像东巴文化那样奇特的文化，又怎么会孕育出像“情死”那样惨烈悲壮的习俗？丽江古城的脉脉含情，它的温文尔雅，它的宁静落寞，甚至它的自给自足、与世无争，都明确无误地告诉人们，这是一个与“死亡”无关的地方。

我在对它的最初几次探访中，得到的正是这样一种印象。而在丽江县城的四周，在那些远离纳西政治文化中心的山寨里，人们却在生与死的边缘苦苦挣扎，以便在生与死之间寻求一个平衡点；事实上，那些久住四方街的文化人，以及大研镇里的那些普通居民，他们几乎都不愿意跟我讨论有关“情死”的任何话题。

当我向一位纳西族的饱学之士讨教时，他说他对“情死”几乎一无所知。我觉得奇怪：虽说这位先生很早就离开丽江外出求学，但他毕竟也在丽江古城长大，那段时间，正是丽江一带“情死”盛行的年代呵！他说他当然听说过“情死”二字，但在他心中那只是一个空洞的概念，他既无法列举四方街里有过的“情死”个例，也没听说过家族和亲朋好友中有过人去“情死”。

然而，四方街作为纳西人昔日的“首都”，难道真的与“情死”无关吗？

后来我才明白，事情并非如此。一个已被儒汉文化熏陶得淋漓尽致的小镇，是羞于向外人透露真情的。在这里，也跟世界上的其他地方一样，自杀这种以外力造成的非正常死亡，一向都被视为对自已的“谋杀”，虽说他们从来都没有用过“谋杀”这个可怕的字眼，但并不等于他们对“情死”持有某种宽容与同情。

他们认为“情死”是愚昧的、不道德的，至少是不光彩的，是对家族荣誉的一种不可饶恕的玷污。然而，对“情死”的这种看法，并不能阻止“情死”在这个温情的小镇里照样发生，虽说在古城里，“情死”的发生比那些远离县城的山区要少得多；可一旦发生，其惨烈程度甚至比山区也有过之而无不及。

当我越来越深入地走进四方街，走进这个小镇的生活时，我不仅发现了“情死”，听到了一个又一个“情死”的故事，而且还明白了“情死”产生的真实缘由。

真实的四方街，骨子里的四方街，并不像它的外表那样，只有一片脉脉温情，它的内里充满了历史遗留给它的矛盾。正是在儒文化和纳西本土文化的严重对立与冲突下，纳西人才开始了他们可歌可泣的寻求。在丽江古城，外来的儒文化很快就占了上风，而在远离县城的山区，在王权不达的穷乡僻壤，占主导地位的依然是纳西族固有的信念。城镇和乡村同样都在寻求，寻求的结果却大不一样。有人找到了对儒文化的迷醉，有人找到的，却是美丽、虚幻又自由自在的“玉龙第三国”。

“情死”在县城和离县城较远之处的不同表现，早就引起了纳西学研究者的注意。美籍学者赵省华在其《殉情、仪式和两性角色转变》一文中指出：

> 有些研究者认为纳西族的自杀是由下列原因引发的，如汉人的政策，纳西祭司的怂恿鼓动，或者是基于妇女想要摆脱受沉重的劳务重压的生活。我则认为纳西人的自杀是本土文化的“剧本”和汉文化的“剧本”的冲突而引起的。这一冲突在当一个年轻人即将步入成年身份和性活动的门槛时就产生了。

> 汉族介入以前，丽江纳西族与摩梭人一样，少年在长到十三岁时便被认为已步入成年，他们从此获得了世系群成员的完整身份，被鼓励自己选择性爱伴侣。摩梭人大多数的性关系都建立在个人自己选择和浪漫的爱情上。

> 由于汉族官员进行变革，纳西族传统的范畴被重新改组，只有在父母控制婚姻的制度中，成年身份才能达到，性活动才被认为是合法的。他们在严酷的事实面前，从此陷入了一种悲剧性的地位。

赵省华写道：

> 我以为牧羊人可能更倾向于秘密私通和殉情，因为他们

无力支付婚姻聘金，很少有希望得到妻子。牧羊人是那些生活拮据而不稳定的农夫的子弟，而且，纳西传统价值观可能在牧羊人中比城市居民要强得多。城里人在汉式学校里读书，受儒家价值观的影响。住在丽江城区的纳西青年男子能讲汉语，他们可能更多地从事长途贸易。如果这样，那么，住在城区的纳西男子可能比农村青年男子更富裕，因此诱发自杀的因素也相对地少。

洛克也曾经指出：

自杀更多地发生在牧羊的年轻男子或农村青年中。

杨福泉则说：

丽江县城受汉文化影响最深，但从清末至1949年的情况看，殉情的人并不多，这其中的原因是县城中的居民大多是明末至清代从汉地迁来的移民。他们的文化传统原是汉式的，从小对汉文化耳濡目染，熏陶出纲常伦理的礼教观念。虽然在生活习俗方面亦多受到纳西族的影响，但县城在“改土归流”后一直是汉文化教育的中心，纳西族传统习俗未渗透到城里人的心理深层，因此不存在如其他纳西族地区一样的传统文化与清代输入的汉文化的冲突，因而也就未导致普遍的殉情事件。

这从另一个角度证明，汉文化在四方街比乡村要强大得多。包括婚恋方式在内的儒文化在丽江县城里的盛行，与其说让他们懂得了生命的价值，不如说是让接受了儒文化的纳西人再也没有勇气去与强大的儒文化系统进行认真的较量。他们沉醉在营造一个可与内地媲美的纳西式儒文化景观的梦想之中。这就是四方街始终笼罩在一片与内地文化景观大同小异的氛围之中的重要原因。事实上，走在四方街上，你不仅能发现一片有形有色的梦一般的风景，还能“看”到另外一个梦，一个同样属于纳西人才有的梦，那便是纳西人的千古“文化之梦”。

四方街之所以受到人们的青睐，或许正是由于它的那份寂静和安详，由于它至今还保留着在中原内地已经绝迹或很少看到的古雅建筑和恬适情调。和远离县城的纳西村寨相比，尽管四方街总体的建筑格局和建筑风格多少还保留有一些纳西族本身的特征，但作为一种建筑思想，它的追求明显地受到了明清时期汉文化和内地建筑风格的影响。

从明代开始，随着汉文化在短时期内的迅猛进入，纳西人就在有意地模仿内地的生活，其中自然包括建筑风格和生活方式。儒雅的汉文化，慢慢地浸淫着这个远离内地和主流文化的偏远小城，甚而成了盘踞在这个偏远小镇的文化“精灵”。“木天王”在去京都朝拜了明天子之后，回来就开始仿照北京紫禁城皇家建筑的格局，建造木家自己的宫廷大院。

据说最初的“木氏宫殿”规模相当可观，设有金水桥、三大殿，狮子山作为“御苑”，规模宏大，殿宇壮丽；这一建筑群多数毁于清代兵火，重修后虽无原来的壮观，但依然能看出那是一次大规模模仿的遗迹，有“宫室之丽，拟于王者”之谓。尽管它的规模远不如汉家宫廷那样庞大，不过区区一个“缩微景观”，但它所显示的纳西人执意要把自己的家园改造得具有大国风度的意愿和决心，却是再清楚不过了。

纳西人的院子，实际上就是汉家四合院的再版。在四方街，随意走进一个纳西人家的院子，都能强烈地感受到儒文化的影响。门廊、正堂，大多挂有对联，那些对联透露出来的优雅、古朴和闲适，即使在现在的内地，也属“凤毛麟角”，只在某些文化人家里才能感到。饮酒赋诗，联句猜谜，醉心书画，聆听雅乐，正是许多纳西文化人一生追求的最高境界。由此也就不难理解，为什么纳西族出了那么多在整个云南省也可算得是佼佼者的文人，他们之中，有著名历史学家方国瑜、著名画家周霖，有著名的纳西族女作家赵银棠，有早期从事革命活动，后来曾担任过云南地下党省工委书记，现在却是云南省书法家协会主席的书法家李群杰，有著名学者周善甫……而在当今的中国科学院、云南省社会科学院，更是有一大批纳西族学者。

我在久久的思考之后，终于察觉了其中的奥秘——那是一个世世代代的梦，文化之梦。纳西族的上层人士以及那些优秀的纳西人毕生所追求的，便是要在一个偏远的小城里建造一个绝不亚于汉民族的文化殿堂。有志者总是发愤读书，甚而要到内地求学，有的还远涉重洋，长年苦读，盼望学成归来，以报效社稷。他们大多醉心于人文科学和文化艺术，即使是学理工的，也都十分注意自己的文化、艺术修养。有的在内地辗转了一生，在三教九流都干过之后，最终还是会皈依他们所钟爱的儒雅文化。

当我在小城深处，在四方街的一座外表看上去非常破旧的小楼里，拜访年过七旬的纳西族作家王丕震时，我的这一猜想再次得到了印证。

王老先生新中国成立前行过伍，这段经历使他在新中国成立后受了不少折磨；1951 年他考入四川大学畜牧兽医系，毕业后分配到玉溪农校任教。1958 年因错案入狱。70 年代末，他在历经多年的苦难后终于得以平反，恢复名誉，那时他已是一个六十多岁的老人。

退休回乡后他觉得无事可干，于是想到了养鸡。当我坐在他的那栋小楼里与他聊天时，他说，丽江虽然家家户户都养鸡，但真要办一个养鸡场，却很难成功，据说丽江不适于大规模地养鸡。他却偏偏想试试看，于是将他不多的一点积蓄全部拿了出来，租了一块地，办起了养鸡场。

在这里，我们看到了内地曾经有过的“实业救国”那幅蓝图。或许王丕震先生当时并没有如此明确的“实业救国”概念，但长时期以来，中原、内地的汉文化传统对他的潜移默化却是明显的。从此，他吃住都在养鸡场。有时闲来无事，就拿出纸笔写写画画，以练字消磨时间。

有一天他突然想到，既然可以写字，何不就写成故事呢？就是这一看似简单的动机，让他开始了长篇历史小说的写作，也在他本人都没有觉察的情况下，透露出了他对于文化的钟情。他最先完成的是长篇历史小说《则天女皇》，初稿写成后寄出去，很快就有了回音，出版社将原稿寄回来，让他做些修改后迅即寄回立即出版。王老先生以最快的速度将作品修改完毕后寄出去，却一直没有消息。当出版社来信催问书稿，说至今也没收到他的修改稿时，他才明白稿子寄丢了，硬是凭着记忆将二三十万字的书稿重写了一遍，再次寄出去。

书不久就出版了，王老先生于是一发而不可收。当我与他聊天时，他已写作出版了近二十部长篇历史小说。后来又与台湾某出版社签订合同，“大规模”写作长篇历史小说。计划中的一百部，如今已写了几十部。

我想强调的不只是一个作家的成功，尽管对于一个大器晚成的作家而言，王丕震先生的成功是显而易见的。我想说的是，对一个长期处在逆境之中且从未从事过文学创作的人来说，为什么想写小说就能写、能出？没有文学、历史、文字方面的深厚功底，以他年过六旬的老迈之躯，是完全不可能的。纳西人对文史的钟爱，文化修养之深厚，由此不是可见一斑么？

尽管已经出版了二十多部长篇历史小说，王老先生却至今与“正统”的文学界没有什么联系，既不请人为他做广告宣传，也不请“评论家”们著文“提携”。1995 年 7 月的一个没有月亮的晚上，当我陪作家出版社的朱珩青先生一行去拜访他时，他因过于劳累已觉身体不适，他儿子把王老先生的几十本著作搬了出来，给我们欣赏。

看着那一大堆书，我们几乎同时想到，这么多的书，带给王老先生的必是丰厚的稿酬。可那屋里的陈设，显然不能算是奢侈，就连当今许多人家都有的电器之类也没有。一问，王老先生的儿子说，他父亲在台湾出的那些书，一本至少二三十万字，才两三千元人民币的稿费。这个数字，甚至还没达到国内实行的国家统一的稿费标准。我们当即提出，应该请中国作家协会作家权益保障委员会出面，为他争回应有的报酬。王老先生听了淡然地说，算了，能把那些书都出出来，我就心满意足了。这种极为古典的人生观和价值观，让人不由想起了魏晋名士的潇洒和旷达。

王丕震和许多纳西人的“文化梦”，正是整个纳西人的千古文化之梦。如果我没有理解错的话，可以说他们已经成功了。如果纳西文化是一条小溪，那么这条小溪已经汇入了中华民族文化的浩瀚之海；中华民族文化正是因为汇纳了无数条这样的“小溪”，才变得无限丰富和博大精深的。没有许多少数民族做出的这种贡献，也就没有中华民族文化的巨大包容性和强大凝聚力；同时，正因为纳西族善于吸纳各个民族的先进文化，才发展壮大至今；偏颇只在纳西族自身不少优秀文化的丧失或被冷落。一旦真没有了各个民族各具特色的民族文化，又何来中华民族文化的丰富、博大呢？

在相当长的一段时间里，纳西人的文化梦中几乎并不包括纳西族自己的文化，更别说散落在远山僻野的种种生活习俗了。王丕震先生创作出版了几十部历史小说，三皇五帝、名士淑女应有尽有，唯独没有一部是涉及纳西族生活的——是不熟悉，还是不屑于为之？我不知道，未敢妄评，因为那不是他个人的过错，个人的精力总是有限的，问题在于那是醉心于儒文化的老一代纳西知识分子的总体倾向。

当今世界上久盛不衰的纳西族“东巴文化热”，最早并不出于纳西学者本身的张扬。如今，世界上保存东巴经最多的，也不是国内，而是在一些很早就开始进行东巴文化研究的西方国家。在漫长的历史中，东巴和东巴文化是被人瞧不起的，被视为是跟端公、巫婆等一样的装神弄鬼者。许多东巴小时候学习东巴文都只能悄悄进行，一旦被正规学校的老师发现，讥笑、挖苦、警告就接踵而来：再学那种东西，就从学校里滚出去！

如前所述，尽管在20世纪的上半叶，纳西族也已经有人开始了对纳西文化的研究，但对纳西文化的系统的搜集、整理和研究，还是最近几年的事，纳西文化人中的一些有识之士，才开始真正将自己的精力投入对自己的母族文化的研究。

——这或许晚了一些，但他们总算从一个色彩单一的“他人之梦”里走出来，走进了一个属于自己也属于中华民族的，更为灿烂、更为丰富，也更为磅礴的梦。

怒江：沉默的与尖叫的

一

冬日的怒江怎么说都是一条安静的河流。怒江虽说姓“怒”，但倒听不到喧嚣号叫，就像一部刚打开的巨幅长卷经书，正在阳光下晾晒，完全没有声音。我真怀疑去错了地方——这是怒江吗？从来都以为怒江躁动不宁、怒气冲冲、脾气很坏，真到了怒江，预期中满耳朵的涛声如雷纯属乌有，还真让人有点儿意外甚至失望。其实出错的不是怒江，是我自己。一个大错，低级，缺乏常识，就像以为姓“冷”就生涩冷漠，姓“寸”者只有几寸高一样。初冬十一月，乘车穿过怒江黄澄澄的阳光溯江而上，从六库到丙中洛，一路我没听到任何响动，连水声都很难听到。峡谷太深，两岸山高壁陡，直上直下，从山顶到江边五六千米，路在半山盘旋，车在云里进出，怒江只偶尔在下界亮晶晶地闪那么一下——那是光，不是声音。峡谷里的一切都静静的。安静是一种禀赋，也是修为。安静几乎是怒江所有事物的属性。即便如此，我还是有些诧异。有些安静当然可以想象，大地本身就是安静的：高黎贡山很安静。碧罗雪山很安静。瀑布般的阳光很安静。油彩一样的云彩很安静。“石月亮”很安静。天上的鹰很安静。有些安静就让人不可思议了：江水很安静。森林很安静。小城六库很安静。丙中洛很安静。怒江岸边的“澡塘会”为时尚早，沐浴的人们还在路上走着，森黑的礁石泉塘很安静。悬崖峭壁上粗粗细细的山泉，大大小小的村子，斑斑驳驳的坡地，苦苦甜甜的日子，都很安静。怒江真算得上是世界上最安静的河流。多瑙河，尼罗河，密西西比河，都是些安静的河流。那一年在多瑙河三角洲，面对旷野蓝天苹天苇地，无边的寂静让人觉得整个世界都已不复存在，浩浩荡荡的河水像流淌在一个非人间的世界。或许一条安静的河流，才称得上是伟大的河流。那时我突然有些忧伤，为我们的长江、黄河、淮河、珠江、松花江……为那些曾经伟大而安静的河流如今的喋喋不休而叹息。幸好怒江还在。幸好怒江的安静还在。幸好怒江还是安静的。

二

一条伟大的河流没有发出本该发出的声音，或许就不仅是安静而是沉默了。安静跟沉默当然不是一码事：一个是本来就没声音，或有声音也没发出来；一个却是原该发出声音，却隐忍于心没有发出。怒江看来属于后者。怒江沉默着。峡谷里的一切都沉默着。比如“石月亮”。车在“石月亮”停了一下。江对岸的群山森黑苍郁，从一个巨大的岩洞里，透出来一块高原的云天，明亮如镜、如月。说是岩洞，其实并不准确，那是个穿透整个山体的空洞。傈僳族人叫它“亚哈巴”，即“石月亮”之意。看着“石月亮”，我有过一阵胡思乱想：怒江的月亮在天上飘着飘着，突然一发狠，穿过那道大山飘然而去，月亮经过的地方，便留下一个巨大的石洞。朋友的解释却不是这样，他说那个穿山岩洞是欧亚大陆板块相撞时形成的。“石月亮”所在的那座山属高黎贡山中段，海拔高达三千多米。那个由大理岩溶蚀而成的洞深达百米，宽 40 余米，高 60 米，堪称巨大，站在怒江岸边，百里之外都能看见，那时它已小得像个月亮。生活中的美丽常常带有悲剧色彩，大自然的美景倒总会引发人们去编织爱情故事，演绎人与山水的亲密。石月亮也一样。朋友说傈僳族人也为石月亮编了个爱情故事。我请他讲讲，他说等有空再讲。望着那片浑圆透明的宁静，我想起了一些声音。最初是大地相撞天崩地裂的声音。随着那声音，峡谷那座山上无数巨石从山上滚落，出现了那个洞。另一种声音当然是风，气流通过口哨会发出响声。“石月亮”就是高黎贡山的一只大口哨，怒江峡谷的一只大口哨。峡谷的风吹着那只口哨，肯定会发出响声。两种声音我都无法听见，印象里的石月亮是安静的、沉默着的。

三

丙中洛让我想起的是另一些声音。傍晚时分，车停在一片笼罩着宗教气氛的静谧之中。我说整个怒江安静得像一幅长卷经书，就是那时想起的。丙中洛正是那幅长卷上的一个斑斓局部、一个精彩细节。发源于西藏那曲的怒江，流到丙中洛那里绕了一个大弯，留下一块平坝。那就是丙中洛。在那里，四周大山如屏，天空倒异乎寻常地开阔。其时我真看到的，是一个面对来路的悠缓山坡，散落着块状的阳光、零零星星的屋舍。对一般旅游者，那是他们沿怒江而上能去到的、云南境内的最后一片山地。再往北，在著名的梅里雪山背后，西藏的察隅已不太远。田壮壮那部拍茶马古道的纪录片《德姆龙》，当初就在丙中洛开镜。在首发式的片子里，我看到的是丙中洛缥缈的早晨，一些看不清面容、衣着简单却飘逸的当地人，默默地收拾着马驮行囊，准备远行。驮马安静着，偶尔小声喷出的鼻息，越发加重了那种宁静。四周云雾缭绕，丙中洛呈现着仙境般淡淡的灰色——一种透明的高级灰。现在却是黄昏，西斜的太阳把嘎瓦嘎普雪山映成一片华丽的金紫。那是高黎贡山的最高峰，海拔 5128 米。雪山之下，丙中洛柔软的静谧无边无际，神圣却苍凉的暗金色，把那块高地装点得像一个教堂，巨大的穹顶直抵天庭，让人顿觉自己的渺小，四周云彩斑驳，像镶着彩色玻璃的窗户，又叫人想象未来的灿烂。在那个穹顶下，聚居着信仰各不相同的人群，原始图腾的崇拜、本土的喇嘛教、西方的天主教，一起在这里经营出一种贫穷的美丽与独立的和谐——当生存还有赖苦斗时，精神的富足和相互的支撑

就成了必需。我的时间太紧，来不及走进丙中洛的人家、寺庙和教堂。将近十年前，我在迪庆香格里拉考察时，就听说了这个村子。我甚至知道有一条崎岖的“传教士小道”，从迪庆维西县茨中教堂背后的山上，穿过雪山与森林，一直蜿蜒到怒江边的白汉洛，再从白汉洛通到丙中洛。两地的传教士常常穿越那条“传教士小道”，在这边或那边定期聚会。此刻，那条我看不见的小道只能像条带子似的，在我的想象中飘忽翻卷。傍晚的风柔软地吹拂着，似乎送来了阵阵喇嘛教的诵经声、基督教的祷告声。它们像一首大型奏鸣曲的几个声部，在丙中洛交响。那个奏鸣曲的作者除了上帝，还会是谁呢？而我说的“上帝”，无疑就在当地的人们中间。

四

安安静静的怒江当然不是一无声息。一条大江流了那么远，左冲右突，跌跌撞撞，总会发出一些声音。比如在“怒江第一啸”，在那里，江面陡然变宽，中间礁岩嶙峋，上游江水汹涌而至突遭阻隔，便发出了吼声。我用“吼声”这个词是有用意的，我是说我并非在一般意义上使用“吼声”这个词。吼声从来是一种冲动的、激情的表达，赞同，或者不满。“怒江第一啸”的吼声却既非赞同亦非不满，它不是那种表态式的声音，到底是什么却神秘难测。那声音雄沉粗犷，密度很大，声源不只一处，像是从整个大地底下发出来的，最终弥漫成一片声音的汪洋大海，一场声音的漫天大雾，布满目力所及的整个空间。一时我的四周全都是声音，怒江的声音。它直往我耳朵里灌，就像水直往溺水者嘴里灌一样。我轻飘飘的肉身越来越重，直往下沉、往下坠，直到双脚触到了大地。那是我从没听过的声音，有着重金属般的质地，与我在峡谷外听过的声音完全是两回事，那些声音不是轻浮如缕转眼就烟消云散，便是声嘶力竭得像鬼哭狼嚎，却都难往人心里去。现在，我“呛”了一耳朵怒江的声音，顿时五脏六腑都被震动。完全是出于本能地、无意识

地，我想阻挡那声音继续进入我的耳朵、我的身体，但压根儿就没用。我成了一个“溺声者”——请原谅我生造出了这样一个字眼——完全掉进那片声音的汪洋大海，无法自拔。声音都该是有方向的，方向让人能找到声音的源头。“怒江第一啸”的声音却让人无法找到方向，它在我的四周，从四面八方涌来，环绕着我，包围着我，大耳朵大耳朵地直往我心里灌，直到灌满我的身体，再也没地方可供存放。那有点儿奇怪。那种声音真是太奇怪了。我听出那是很多种声音，高高低低大大小小强强弱弱，很多种声音在那里实现着你中有我我中有你的融合，融成了一个声音，怒江的声音。

五

那一刻我突然想到，沉默的怒江其实是有声音的。那声音一直存在着，从亘古直到如今，但直到那时我才听见。以前我离怒江太远，现在近了。公路跟怒江几乎在同一水平面上，我就在怒江边上，在怒江里面。封闭的怒江那时完全是打开的。浪头打来，我的鞋湿了，衣服也湿了，弥漫的水雾润湿了我的眼睛。看来当一个人真进到怒江里面，听到怒江的声音就是必然的了。我脱掉鞋子卷起裤腿走进江水，江水带来的雪山凛冽之气顿时漫过全身。怒江的声音沿着我的每寸皮肤、每个毛孔漫进我的心中，直至把我完全淹没—— 一种愉快的淹没。愉快是一个溺声者和一个溺水者最大的区别。我充实而快乐，仿佛一朝醉饮了太多的玉液琼浆。我断定我是有幸在怒江遇到了天籁之声，宏大而深邃。天籁从来都被解释得虚无缥缈、幽微纤弱，似乎只有那些来历不明的、似有若无的，处于可闻与不可闻之间的声音才是天籁。那天站在怒江边，身在“怒江第一啸”里面，我才真懂得什么叫天籁。天籁是一种宏大深邃的自然之声，是江的声音，也是山的声音、水的声音，是土地、森林、云彩、野兽、鸟儿和虫子的声音，更是所有居住在怒江峡谷里的人的声音……它们一起汇成了“怒江第一啸”，汇成了怒江的声音。怒江峡谷的人天天都能听到天籁。他们在天籁中诞生、成长、恋爱、结婚、生子、耕种、收割、吃饭、睡觉、受穷、衰病，直至终老。他们习惯了那种声音，听着听着就听不到了。天籁成为他们生活的日常，须臾不可或缺，又仿佛从不存在；天籁成为他们生命的一部分，成为血和心跳，藏在他们心里。他们的心声就是天籁，倾听天籁就是倾听他们自己。那时我才明白，怒江天籁的存在，只是为了映衬出峡谷的宁静。它为了安静而存在。难怪听过天籁的怒江和怒江人那么安静，不像都市里，不像外面的世界。外面的世界如今声音太多、太乱、太响，泛滥成灾。人们想方设法弄出各种各样的声音，机械的、电子的、高频率的、大音量的、稀奇古怪的，无所不用其极。我们一直生活在高分贝的噪声之中，以前是高音喇叭、大声喊叫、辩论、口号、宣言，如今流行的是摇滚蹦迪立体声、低音炮高保真电子模拟，是大大小小的传媒虚虚实实的呼喊、似真似幻的叫卖。唯一听不到的是自己，是人类心灵的声音。怒江和怒江人珍惜声音，从不轻易发出声音。他们懂得一切人间的声音与怒江天籁相比，都是轻薄的、小儿科的、无足轻重的、幼稚可笑的，甚至是丑陋不堪的。

六

在怒江，只有一种声音能与“怒江第一啸”的天籁之声媲美，那是傈僳族人的无伴奏四声部合唱。人说那样的歌唱是傈僳族人在教堂的唱诗班学会的，我宁可相信那是他们经怒江天籁千年教化后学会的，那是真正的原声、真正的“原声态”。听到那样的歌唱，人唯一想到的就是无声，就是安静——在这一点上，傈僳族人的无伴奏四声部合唱跟怒江的天籁之声如出一辙，博大幽远，无边无际而又安静异常。到怒江的第一天，在怒江边的小城六库，我头一次听到了那样的歌唱。一场大型庆典演出，十多个节目，从各种歌舞到传统民俗表演“上刀山，下火海”，开幕第一个节目就是无伴奏四声部合唱。舞台搭在怒江边，背景是怒江边碧罗雪山的一座山峰，观众席背后是高黎贡山的另一座山峰。那样的歌唱只能在天地间进行。在我看来，有了那个无伴奏四声部合唱，别的节目都可以省去，那能为至今依然贫穷的怒江省去一大笔花销。何况听过那样的合唱，谁还想听别的合唱呢？大自然永远是人类的老师。那样的合唱正是对怒江天籁的模仿或模拟。没到过怒江的人，听不到那样的声音。到过怒江却没真正融入怒江的人，同样听不到那样的声音。“怒江第一啸”的声音是从怒江里面发出来的，就像傈僳族人的无伴奏四声部合唱是从他们心里发出来的一样。你必须靠近它、融入它，要不你根本不可能听到怒江真实的声音。除此之外，我在怒江没听到过任何别的声音，更别说喧嚣吵闹了。

七

与怒江的安静相反，怒江外却不断传来一阵高似一阵的尖叫。意识到那是些尖叫，最初就在怒江边，在一个叫普旺的村子对岸，我们在那里等着过溜索。从车上下来，站在普旺村对岸的怒江边上时，同样听不到任何声音。那时我突然想到，进怒江前，为什么我会以为那是一条喧嚣嘈杂的河流？想来想去，都是传媒惹的祸——那些远在千里之外的叽叽喳喳、鬼喊辣叫，那些顶着关心怒江、保卫怒江之名的种种高谈阔论、呼喊炒作。在离怒江很远的地方，到处都能听到关于怒江的议论。通常我们把那些议论叫作声音——人文的声音、科技的声音、环保的声音、政府的声音、开发商的声音、各种各样来自中国甚至世界的声音。谁都在谈论怒江。谈论怒江一时成了时尚。时尚其实就是尖叫。那当然不是怒江的声音。问题是恰恰是那些声音把怒江淹没了，让人以为那是怒江的声音。此前我对那些声音一直无以名之，它们纷乱杂沓，千奇百怪，让人很难命名。在普旺等着过溜索时，江面上突然响起几声尖叫，或凄厉恐怖，或沾沾自喜，或自以为豪迈。那些尖叫听上去都发自内心，显得真诚无比。沉默的怒江竟引来那么多尖叫，真让人匪夷所思。

仔细一想我明白了，那些尖叫不仅仅发生在当时，在怒江边上，它早就存在，存在于怒江之外，只不过那时它们才汇到了一起，汇集在怒江之上。于是我以为那些声音是怒江发出来的，以为是怒江发出了尖叫。其实，尖叫的从来不是怒江，而是怒江之外的世界。

八

尖叫不属于怒江，无论那些尖叫听上去多么真诚。怒江从不尖叫。溜索那时就在我的眼前，两根单向溜索，一去一来。怒江躺在溜索的下面，在我的身体和目光下面，普旺的怒江很温驯，灰绿色的江水很漂亮。路上有人告诉我们，到了前面那个村子，诸位可以尝试一下过过溜索，那地方叫普旺。车在普旺对岸停下。普旺在怒江那边一个山洼里，掩映在深深浅浅的绿色之中，峡谷里的阳光在江面蹦蹦跳跳、跌跌撞撞。同去的人蜂拥而上，跑到溜索开始的地方。那里有个小山包，固定着溜索的一头。我跟了过去。若干年前我至少有两次过溜的机会，最终都因害怕痛苦地放弃。现在是第三次，我不想再放弃。站在那个小山包旁，我看着怒江，看着溜索。单向溜索，去的那条靠我这头高，靠江那头低。这样的溜索凭着惯性可以哗啦一下从这边一直溜到对岸，用不着中途攀爬。前面两个人正把自己往溜索上挂。一个傈僳族小姑娘，瘦弱娇小，一个外地来的胖子，大腹便便，少说也有 80 公斤。他们站在一起，让我没法不想起过度膨胀的城市和至今都贫穷瘦弱的山村。把人和溜索连在一起的，是个有粗麻绳系带的竹兜；竹兜兜在屁股上，再把麻绳绕回来，挂在溜梆上，就行了。我听那个外地胖子惊叫着说，天哪，这盛得住我吗？小姑娘看他一眼笑了笑说，我带一头牛都可以溜过去，你不会比牛还重吧？胖子哑口无言。我真想为那个傈僳小姑娘的幽默鼓掌。一阵熟练的忙活，姑娘转眼把两个人都挂上了溜梆，就像一根藤上的两个瓜，一个肥大一个瘦小。外地胖子狐疑地看着那个溜梆，两只胖手死死抓着溜梆不放。他心里肯定还在犯疑，七上八下。我倒相信姑娘的话。将近二十年前，我第一次看到的溜索还是竹子编的，溜梆是个硬木块，年深月久手摩汗浸，暗红的木块光润发亮，透出阳光和血的颜色。木块的一面有个绳槽，过溜时全靠手的力量，把带槽的溜梆扣在溜索上，一旦掌控不住，身子失去平衡翻转过来，就会摔落大江。如今溜索早已换成钢缆，溜梆也成了带钩的金属滑轮，溜索卡在滑轮里几乎万无一失。几个干部模样的人正在组织游人过溜，就像旅游公司的经理。我问准备带我过溜的一个傈僳姑娘：溜梆是你们自己的还是公司的？姑娘说没有公司，溜索和溜梆都是自己的，傈僳人家家都有个溜梆。看来溜梆只属于个人，属于那些想过怒江的人。公家不会有溜梆，各级政府、各种委员会、各种公司，都不会有溜梆。从古至今，溜梆都属私有，那是傈僳族人的必备。

九

初冬的怒江水不大，一到夏天就变得汹涌澎湃。但不管什么时候，普旺人过怒江都要靠那两条溜索。他们择怒江而居，又必须超越怒江，超越它的阻隔。人的生活不可能孤零零的，总得跟人打交道。怒江峡谷里，最远的村子离怒江也只十多公里，再往山里去就没人了。生活就靠怒江。怒江是他们的母亲，也是父亲。对于他们，怒江不仅是一条江，还是一条生命的溜索，上面挂着大大小小的生命。如果生活是一条河，怒江就是一条溜索，怒江边上的人都要靠怒江这条“溜索”到生活的另一边去。另一边是什么，不像我站在怒江边时这样容易看得见。生活的那边从来都是看不见的，必须到了那边才会知道。站在普旺村对面的怒江东岸，我能清楚地看见普旺村，看见它掩映在树丛里的木板房，当地人叫千脚屋。怒江边坡陡，人们用千只脚才能牢牢站住、站稳。生活就是这样，既要在那里站稳，又要时时跨过它、超越它。但我看不见普旺村人的日子。日子要过上了才知道是什么样的，我在普旺村对面看上那么一眼，其实什么都看不见，看见的只是普旺村的年轻男女都在忙着帮

人过溜索。那天是他们的好日子，每带一个人过溜能得到十元钱。平时没这么多人，也没这种挣钱的机会。一辈子在溜索上溜来溜去，他们从小到大溜过成百上千次，从没人给过他们钱。过溜只是他们生活的一种手段，是他们超越怒江的一种手段，不是谋生的手段。为跨过怒江，他们架起了无数条溜索，却从不伤害怒江。怒江还是怒江，多一根或少一根溜索都无大碍。现在，作为生存方式的过溜，成了一种挣钱方式，那是傈僳族人没想到的。

十

都准备好了，挂在溜梆上的那个傈僳族小姑娘，将带着那个外地胖子溜过怒江。小姑娘问那个外地胖子，好了吗，我们要过溜了。胖子战战兢兢地说，好了。只听那个姑娘轻喊一声，“抓好了，走！”就见她双脚一蹬，身体悬空，唰的一下，挂在溜索上的两个人像炮弹一样飞了出去。我听见溜索发出了嗡嗡嗡的响声，眨眼两个人就到了江心。那时我听见怒江上传来了尖叫，尖叫的肯定不是那个傈僳族姑娘，只会是那个外地胖子。胖子肯定心存恐惧，问题是尖叫无法赶走恐惧。怒江人深知这一点。面对怒江，从小在江边长大的姑娘小伙从不尖叫。他们要么歌唱，要么沉默，从不尖叫。尖叫是那个外地胖子发出来的。去怒江的一路上，到处都能听到那样的尖叫。那是为该不该在怒江上修电站引起的。政府官员在尖叫，经济专家在尖叫，环保专家在尖叫，水电专家在尖叫，学者在尖叫，不是学者的也在尖叫……不叫的反倒是祖祖辈辈住在怒江边的那些人——傈僳族人、怒族人、独龙族人、苗族人、白族人、彝族人……他们从不尖叫。怒江是他们的老朋友了。一个人碰到了老朋友只会问候，打声招呼，不用尖叫。怒江给他们水，给他们滋润，给他们像江水一样悠远的历史和向往，他们干吗要尖叫？尖叫来自那些并不了解怒江的人，他们总以为自己能代表怒江人，其实未必。真有用的，是帮怒江做点实实在在的事，修路找矿，办学校，适度开发。但不能毁掉怒江，不能让那条与怒江人相处了几千年的怒江从他们眼前消

失。我问准备带我过溜的傈僳族小姑娘：你想过没有，要是怒江不在了，你怎么办？她说，怒江怎么会不在？我说，如果在怒江上修一个大电站，怒江就不在了，会变成一个大水库。小姑娘说，那我们怎么办呢？没有怒江我们怎么办呢？然后她沉默了。她稚气的脸上神色凝重，然后她问我，没有怒江了，我们在哪里住呢？我说，也许你们要搬家，搬到另一个地方。我没有说移民，我想她还从没听说过这个字眼。那怎么行呢。她说。然后她再次沉默，不出声了。没有声音其实也是一种声音。我想。可惜那样的声音从来没人去听，更没人认真地听。人们宁可去听各种各样的尖叫。这个世界真有些奇怪。但是，站在怒江边，那种刺耳的尖叫还在一声声传来。

十一

轮到我过溜了。带我过溜的小姑娘一声不响，教我戴好竹兜系好绳子。我突然想起问她的名字，她笑而不答。江心再次传来一阵尖叫。小姑娘问我，你怕不怕？要怕你也叫吧，跟他们一样。我说，你以为我会叫吗？她说，你们不都爱叫吗？我说，那你为什么不叫？她说，我为哪样要叫，叫也没用。随后她沉默了。那种沉默里藏着某种自信和力量，让所有初到怒江准备过溜的人感到惭愧，包括我。不管怎样，等会儿哪怕我真的害怕，心惊肉跳魂飞天外，也决不尖叫。小姑娘说了，叫也没用。尖叫没用。尖叫无助于过溜，也无助于战胜恐惧。他们从来不叫。叫也没用。尖叫既无法赶走贫穷，也无法带来富裕。好日子无法靠尖叫叫来。小姑娘问我，准备好了吗？我说，好了。我们要过溜了。她说。我说，好的。她双脚一蹬，我们一起滑了出去。风从下面吹来，从怒江吹来。溜索的嗡嗡声在耳边响起。怒江横着身子在我下面飞快地移动。对岸的大山迎面扑来。身边的小姑娘没有说话，依然沉默着。我从她的沉默中听到了她匀称有力的呼吸。正想跟她说句什么，我们已到了对岸。背对着怒江，我看见她朝我笑了一下。那是怒江的笑容，博大含蓄，就像一个宽厚温暖的嘉许。我没有尖叫。

十二

临离开怒江时，我去向那位怒江朋友告别。他说，对不起，我欠你一个故事。我说，你——欠我的？他说，你还想听那个石月亮的故事吗？我说，哦，当然想，我差点儿忘了。我为他点了一支烟，他便讲了起来：天地初创，怒江蜿蜒其中。天神见峡谷里荒无人烟，便用泥土塑出启沙、勒沙兄妹二人，让他们一起繁衍人类。这时一个第三者出现了，那是怒江龙王的女儿努娃，她竟暗慕上了启沙。龙王得知，不高兴了，令江水猛涨。不料努娃的爱慕这时演化成了正义，她帮启沙兄妹造了一条船，让他们逃出怒江；临行前又送给启沙一把弩箭，以防不测。龙王恼羞成怒，下令堵住江水，峡谷里顿时水天茫茫，淹没了一切。汹涌的洪水继续猛涨，峡谷眼看就淹得只剩下一座山峰了。坐在小船上的启沙兄妹若再不设法，将被大浪掀到怒江峡谷之外，甩个粉身碎骨。启沙急中生智，挽弩搭箭，轻发三箭，其中两箭一起射中的山上，豁然出现一个大石洞，洪水转眼泻去。那个洞就是我们现在看到的“石月亮”……

故事讲完了，朋友沉默着。我说，你讲完了？他说，完了。他说，你听明白了？我说，听明白了，但没听懂——这故事什么意思？他说，我只管讲，什么意思你自己去想。回家路上，我一直在想那个故事。如此这般的民间故事实在太多太多了。直到有一天我才幡然领悟，那时那个古老故事的最后结局让我大吃一惊，茅塞顿开。我再次想起了时下有关怒江的争论：到底该不该在怒江修建梯级电站，让峡谷里出现一个地中海般的大水库。人们各执一词。傈僳族人没参加这场争论，却早就为现代怒江预设了一个绝妙的隐喻，留下了一部有关怒江的《现代启示录》。故事就是声音，古代的声音，民间的声音，以心口相传的方式，一直在怒江流传。直到现在，也没人真听懂过那个声音，更别说对那个声音做出新的解读了。沉默着的怒江是有声音的，表面的沉默从来不能证明什么。朋友说，欢迎你再来怒江。我说，我要来的，我想听到怒江真正的声音。

石窟与歌

一

到剑川，一脚跨进石钟山石窟，迎面便碰到了死亡。

凝视石窟，巨大的震慑让你屏住呼吸。艺术的寻访与遐思，历史的再现与回味，都是后来的事，现在，你面对的暂时还只是僵直、沉寂，是坚硬的冰凉与冰凉的坚硬。尽管视觉中的那个世界呈现着一片茜红，但在意识的层面，寂静却是一片巨大的森黑，你被巨大的黑色的寂静震慑得无言。对你来说，那是个未知的世界。几个游人与四周耸立的大山幽深的峡谷相比，几乎可以忽略不计。太阳很辣，风很硬，摇动着漫山草木，有如千军万马呼啸而来。在你注目凝视它的那一刻，那个世界到底会发生些什么，你完全无法预料。这时，你已面对着石窟，一个无声的远古的世界。你感到孤独、渺小、无望，就那样，你突然就想到了死亡。死亡像一只巨大的秃鹫，突然就扑到了你的眼前。虽说剑川石窟并不像你在西北——比如敦煌、云岗和龙门——看到的那样，总是掩藏在深不可测的土窑洞里，它就在某片山崖的表面，裸露、直观，阳光甚至能透过林荫，给它一些照射，但那一切仍像死亡一样让人从理智上对它加以拒绝，而与那同时，它也像死亡一样给人以神秘的诱惑——有人说过，世上最富于魅力的诱惑不是生，而是死。世界太喧闹、太繁杂了，死的哑默，死的神秘，死的解脱，让人难以抗拒。石窟正好以死亡诱惑你走进去，走进去就再也不要出来——至少我的感觉就是如此。

然而，真正能走进去的只有我们的目光。目光进去又出来，在石窟上暂时还不被我理解的造像上试探性地停留。我以目光与它相碰，触及它，抚摸它，许久之后，震慑带来的惊恐变成镇定，进进出出的目光穿越了时空，我的目光开始有了温度，那些陌生而又诱人的石刻造像也渐渐变得温热。光线是在什么时候透进来的，我毫无觉察。那可能是上午一抹轻薄的阳光，带着那种温馨的、可人的橘黄色，但感觉似乎又可能是一缕清冷的月光，或者，最不济也是一盏油灯，跳动着，尽管有些昏黄，却充满了人间那种最普通的、家常式的温情。石窟在温热的目光的抚摸下慢慢解冻，就像微波炉让冷冻食品变得重新鲜活。最初的神圣，不知什么时候已离我而去，我的知性与思绪重新变得活跃，开始把眼前的景象与我的日常生活联系起来。我自觉我的血液正在重新流动。我的目光也在随后的凝视中缓缓聚焦，对石窟里的一切，每一个场面，每一个细节，加以扫视、打量和分辨。石窟在某一瞬间变得亮了起来，那是因了我的灵魂、我的理智和我的性情，对那一片无声的石头予以了烛照。我看到了一些千年之前的人，在千年之前的石头上留下的种种印记——宫殿与宝座、帝王与权杖、武将与文臣、朝会与夜宴、妃女与琴弦、进谏与献媚。我甚至能看清种种细节：珠宝串成的王冠，高僧手中的念珠，侍从手里的净瓶，将士身上的虎皮披肩，以及浮现在那一切之上的威仪、禅定、卑微、献媚、惊恐……语言的交流被浩浩的时间之河阻隔，剩下的便只有凝望，尽管隔着千万年的时光。

稍许，我再一次强烈地感觉到死亡。应该说，这一次不再是“感觉”，而是理智。在理智上，石窟理所当然地让人想到死亡——首先想到死亡。当帝王向某个工匠下达指令，让成千上万个工匠以数十上百年的生命，将帝王不可一世的权威，以及他身后那些媚态的男人和用以泄欲的女人铸进石头时，石头一定发出过笑声。石窟从来都是神的天下，不管是在甘肃的敦煌，在新疆的克孜尔，还是在中原的龙门，事情一向如此。可在剑川，崇奉佛教的南诏国的帝王们，却把自己等同于神，那自然会招来笑声。那样的笑声，正是对死亡者的嘲笑，连工匠也没有过预见。那是历史的笑声，借助于石头——历史是会笑的，在它觉得该笑的时候。那笑声从千年之前一直震响到现在。不是么？帝王常常是愚蠢的，他们从来听不懂石头的语言，当时的和后来的，都一样。他们只听得懂它自己的语言。在某些时候，帝王的语言看起来是世界上最流行的语言，靠着小人的唯唯诺诺，靠着佞臣的鹦鹉学舌，一呼百应，一个帝王的语言似乎转眼就成了千百万人共同的语言。其实那是假象，帝王永远是孤家寡人。帝王难以想到，一切企图永恒、企图伟大、企图万世流传的欲念，最终都会变成永远的哑默、永远的沉寂，甚至弃之深山，永远地不被人发现。在对石窟的长久凝视中，我听见的不是帝王的语言，而是石窟的语言。石窟是会说话的。石窟说，在这个世界上，真正的主宰者正是死亡。人的存活于世，只是一种偶然和幸运。当他体悟了死亡最终将抵达自身，才会珍惜短暂的生命，竭尽全力让生命放出光华，照耀他人，而不是成为他人的障碍。石窟昭示给人们的，正是关于人的命运的解说：死亡与无声，是世间一切最终的归宿，不管你生前是多么伟大、多么崇高、多么不可一世。帝王也不能例外，无论石头，还是金银，都不能为他延续生命，更不能让他死而复生——即使他们已被镌刻在石窟里。

真正能够留下来的，只有石窟，只有石窟本身。那或许正是创造了那片石窟的工匠们真正的意愿。

凝视，凝视，长久的凝视。当我近距离地面对石窟，我感到我投射出去的目光会从石窟坚硬的石壁上反弹回来，然后被我自己重新吸收。那些被我的心灵吸收的光束，已不完全是原来的、我自己的目光。在石窟和它的周围，似乎存在着一个历史的、艺术的、能量的"场"，灵魂一旦进去过，就不可能不接受那个"场"的某些信息，带上那个"场"的某些特性，让我平常的目光有了感悟它们的超常的能力。隔着上千年的时光，我与处于那个"场"中的全部来自一千多年前的信息进行着交流。我听见，时光之斧的叮当凿击，于那种凝视中在无声息的石崖上再度响起，清澈有力的点击，撞击着大地，震撼着我多少有些单薄的胸膛。岩石的碎片飞起再飞起，像骤然炸响的鞭炮，飞向天空，云彩一样地飘荡。岩石的粉末纷纷扬扬，如同冬雪秋雨的翻飞，山里雾气的弥漫。岩石般的工匠，在把帝王、高僧、宫妃和宠臣变成死的雕塑之前，先就把自己变成了活的雕像，枯干，瘦削，扭曲，畸形，浑身灰土，汗流满面。汗水与阳光一起，从他们焦黑如铜的脸额、肩膀和脊背上滚落下来，在滚烫的岩石上摔成八瓣，发出嗤嗤的声响，瞬即变成一片青烟，飘得满天满地。在那些有如根雕一样的、扭曲变形的，却像铜浇铁铸的肌体上，每一根汗毛都是湿淋淋的，它们在阳光下熠熠闪光，如同飞禽华丽的羽翼。毛孔张开着，极为细小，却如同一个个巨大的洞穴，幽深无底，藏着生命的全部本真和寓言。

对那些工匠来说，数年如一日的劳作，当然是他们的苦役，但也是他们的节日。生存的苦苦挣扎，一旦注入了创造的因子，就超越了自身的意义，难以忍受的生存之重，就变成了艺术创造的思索之轻，展翅飞翔。正像爱是一切艺术活动的推动力一样，支撑着每个工匠的，正是工匠们心中对于人类的爱。他们都是常人，对于他们来说，所谓人类并不抽象，它可能是工匠们倚门远望的垂老的双亲，也可能是他们难以割舍的妻子、嗷嗷待哺的婴儿，甚至还可能是他们自己，是他们所有的亲人和朋友。在他举起石钎、石斧、石凿，打凿他面前的每一具雕像时，他必得有一个参照，一个可以让他感知的具体的面容。他不可能见过帝王，当然更不可能见过帝王的臣属和宫妃。他对他们的塑造，便只能依据他见过的亲人和朋友。而他对后者，充满着难以言说的爱。石钟山的工匠们，正是这样，怀着一种平常而又博大的爱心，一天又一天地，把他的爱、他的情，潜心融入了那些塑像。于是我们可以说，他们雕塑的并非我们现在看到的帝王、权臣与女人，而是他们的高堂父母，是他们独守空房的妻女——如果我们能够剥去所有那些石刻造像上华丽的服饰的话。

正是在这一点上，剑川石窟显出了它的独创性。敦煌石窟里有神、

有佛、有仙，却没有人；有生命的造像，却没有对生命秘密的探索与诠释。在石钟山，不仅人与神、人与佛是住在一起的，是平起平坐的，工匠们甚至还特意注明了生命的出处——阿央白，一个夸张得令人叫绝的巨大的女阴。毫无疑问，那是生命的渊薮。那里面，倾注了石钟山工匠们的全部智慧和全部情感：对生命的理解，对情爱的思念。一个能将自己的全部真实情感和全部生命融入创造性劳作的人，就不再是一个工匠，而应该被我们尊敬地称之为艺术家。可以想象的是，入夜，当山野悄寂，星河斜横，思恋亲人的歌声，喟叹命运的喘息，便会在石钟山远远近近的沟壑里响起、飞扬，然后沉落，安歇在石钟山的每一缕岩隙，每一蓬草丛，传之久远。那是倾心创作的艺术家的歌声，从他们的内心飞出来，抚慰亲人，也抚慰他们自己的心。篝火的哔剥声伴着如雷的鼾声，伴着野兽的嚣叫与宿鸟的夜啼，从子夜直到黎明……于是此刻，在静默与沉寂之中，石头的歌声再度响起，石头的彩带再度飘荡，柔软、多情，我们才闻到了生命烟熏火燎的气味，体味到了它被汗水和眼泪浸淫出的酸甜苦辣。那是从创造者的艺术生命里生发出的丝丝缕缕，带着星星点点殷红的血迹，让我们看到了生命如傲雪之梅那般的鲜艳与灿烂。

——这时，也只是这时，石窟才让人想到了生存。

如此看来，当起初我们误以为石窟的栩栩如生，是那些通过工匠之手造就的图像，如帝王、佞臣与宫妃自身造就时，我们已与真理相距甚远。信不信由你，在工匠眼里，那不过是一个个终归要死或是已经死去的人。工匠们镌刻着帝王，其实是在塑造着自己。那些工匠，那些真正的艺术家，不过是借助于那些峨冠博带的表象，把生命赋予了石头，也赋予了他们自己。艺术的辩证法就是如此。

于是我再一次感到了震惊，真正的震惊——在凝望的那一刻，也在凝望之后。这一点似乎不好理解，但我很快就被不知名的艺术家带入了那个遥远而又清晰的情境。敦煌、龙门和云冈，那里的石窟都曾证明了一点。那已为世人所知。而我是在一个不为人知的地方，在云南、剑川、石钟山，这些名字像石窟一样，让我感到遥远与陌生。而正是遥远与陌生造就了艺术。剑川石窟以它对佛性与世俗的兼容，以它对死亡与生存的大气度的包纳，证明了这一点，雄辩而又生动。

那就是艺术。直到这时，我们才能超越于死亡与生存之上，感到艺术的存在。作为艺术，那片超越死亡与生存之上的石窟告诉我的，首先是一片茜红，一片闪耀着迷人的质朴的茜红。尽管没有辉光，没有丰沛的色彩，但我们感觉到的，却是一个熠熠生辉的、斑斓的世界。茜红作为这里的主宰，诠释着艺术的全部单纯与清澈：茜红的砂岩，茜红的雕塑，茜红的衣衫，茜红的神情，茜红的宫殿，茜红的王公、佛陀、菩萨、侍从和美女，当然还有更多更多的关于一个远在西南一隅的南诏国的茜红的故事。也就是说，就在那片茜红里，甚至包容着一段历史、一个王国、一个民族和整整一个辉煌的时代。

我静静地走上前，走近那片茜红。我的肌肤的某些地方似乎正悄悄地胀裂，像种子拱破了土地，思绪就从那里长出了芽蔓儿，那也是茜红的，朦胧、蜷曲，毛茸茸的，却生动水灵，闪着生命的能量被激活时的那种并不起眼却美丽非凡的光芒。我哑然失语。我张开了嘴，想说点儿什么，但所有的词语，所有应该用来表达我此时此刻的冲动、感悟与神思的词语，所有那些原以为是十分准确的话语，全都在刹那间因故作的从容变得无影无踪。我的脑子是一片空白，但事实上我的脑子应该是一片茜红。在通常的情况下，我并不怎么喜欢茜红，并不喜欢这种颜色，它柔媚、轻飘，缺乏质感，稍纵即逝。一个高大粗壮的男人，与一片柔媚轻飘的茜红，是格格不入的。但此时唯一能用来描述我的感悟的，只有这样一个词，一个我并不怎么喜欢的词。这似乎是一个悖论。仔细想想才明白，此茜红已非彼茜红也。这片具体的、实在的、凝结在石头里的、属于剑川也属于石钟山的茜红，包容了斑斓，包容了千万种色彩。那正是历史自身的颜色，也是那个南诏国的颜色。

二

历史选择那片茜红色山崖，似乎是偶然的，可艺术选择了那片茜红，茜红又选择了那段历史，却是必然的，它让人感到的，几乎就是前定和宿命。石钟山一带，鲜明的丹霞地貌，清寂之中，又给人以轰轰烈烈之感。站在石钟山上，俯瞰整个峡谷，大片浑圆的、裸露于草木之外的暗红色岩石，千沟万壑，皲裂纵横，如攀附着千万只巨龟。岩石于苍黑间隐隐透出的几许殷红，恰如历史对那片山崖深度的浸润。龟乃寿者，一如历史的本真，其他的一切，都是短暂，都是虚妄。

中国的纪元，历来以中原王朝为准。那样的纪元，往往难以涵盖同时代里整个中国的历史。当内地正值唐王朝时，以今大理洱海地区为中心的南诏国（649—902），立国达 253 年，几乎与整个大唐王朝（618—907）同步，仅比彪炳千秋的大唐王朝短 36 年；如果加上紧随其后的大理国（902—1253），屹立在苍山洱海边那片土地上的，乃是中国历史上历时最长的地方少数民族政权，前后竟达 600 年，几乎相当于整个唐、五代十国、宋、辽的历史。

细观剑川石窟，静默之中，鼙鼓动地惊天，历史的风烟滚滚而来。公元 7 世纪前后，唐王朝与南诏国之间那一段时而缤纷、时而悲壮、时而惨烈的历史，几乎全都浓缩、凝结在剑川石窟冰凉僵硬的岩石之中。

唐贞观八年（634 年）至贞观二十三年（649 年），唐王朝与吐蕃交好，文成公主的远嫁和亲，则进一步推动了那种关系的发展。但在唐太宗和松赞干布去世之后的 170 年间，唐蕃关系却时好时坏。偏于西南一隅的南诏政权，原是唐王朝为抵御青藏高原上日益强盛的吐蕃政权一手扶持起来的。此前，南诏自身一直处于战乱与割据之中，直到第五代王阁罗凤执政时期，才完成了对六诏的统一。阁罗凤是唐朝所封之云南王皮逻阁的儿子，继位后，沿袭其父封号，在位 30 年（748—778），乃南诏国力最强盛的时期。

石钟山石窟所在的剑川，当年正属南诏版图，也是随后发生的

“天宝战争”中唐朝军队进击南诏的必经之路。南诏国、大理国，历史上与吐蕃相连，并在政治、经济、文化上与之有着密切的联系。石窟所在的剑川，自古就是通往吐蕃的交通要道。

知晓一点历史的中国人，无人不知大唐王朝，却很少有人知道小小的南诏国。可事实上，那却是个在数百年间一直与唐朝比肩而立，让大唐天子食不知味、寝不安席的国度，也是云南历史唯一一个让唐代诗人揪心挂肚、吟咏不绝的国度。对于剑川，人们或许是陌生的。不要紧，你至少听说过成都武侯祠前那副著名对联吧？

能攻心则反侧自消，从古知兵非好战

不审势即宽严皆误，后来治蜀要深思

此联名震天下，而撰写此联者赵藩（1851—1927），正是云南剑川人氏。不知今剑川城边的水寨村，那条青石铺就、宽不及丈的街巷中，赵藩旧居是否安然宛在？但一道道逼仄的门脸，却掩藏着一座座古老的宅院。瓦沟蒿草深，屋脊兽吻走。漆色斑驳的雕花木门书写着久远，有石狮据守；半开半掩的镂空窗棂秘藏着往事，任修篁摇曳。门楣匾额，据说多为赵藩或与赵藩一般的文人遗墨。人道那样的宅院，不是耕读之家，便是书宦之第，宜官邸，亦宜民宅。在这极古典的氛围中，出上一个光禄大夫赵藩，也属意料中事。世人对赵藩此联甚多褒奖，论者一般以为，那仅仅源于赵藩超群的文才以及他对四川民情史实以及天下分合之势的精微揣度、透彻理解，从而客观地总结了封建统治者治理政务的经验，揭示了正反、宽严、和战、文治与武功等矛盾对立统一的朴素辩证法的深邃思想。此说当然不错，却仍属皮毛。赵藩于光绪元年（1875年）中乡试举人第四名，曾是清末重臣，官至臬台，相当于今省高级法院院长并兼任盐茶道，护理布政使。此联正是赵藩于光绪二十八年（1902年）52岁时在四川盐茶道任上时所撰。其实，尽管赵藩生平干的第一件政事，是镇压大理杜文秀领导的农民起义和四川的反清斗争，但那时的中国，同盟会等革命党人甚为活跃，赵藩也颇受影响。吴玉章先生曾撰文指出，即使“清朝官府中的开明人士”，也“已经感到革命潮流是不可阻遏的了”，如赵藩。时赵藩在四川亲见被捕的同盟会会员谢奉琦的英勇表现，深为感动；后赵藩为营救谢奉琦不果，竟以母病为借口，挂冠而去，回到剑川。后作为“国会议员”，赵藩将他讽刺时政的诗呈于袁世凯本人，直至险遭袁世凯的抓捕。在剑川那样的古城走上一遭，听听那个南诏国的故事，就会明白那副对联正是历史对赵藩的命定。倘若不是生于剑川的赵藩，对千年之前发生在他家乡的那场震动中原与内地的“天宝之战”有着深痛之感，要写出这样具有历史穿透感的名联，简直是难于想象的。与其说那是出于赵藩的超群才华和对天下之事的精微揣度，不如说那是他从南诏历史中总结出的治世法则。事实上，在那副上下两联仅 30 字的联语中，隐藏的正是一段颇堪玩味的史实，是赵藩对中原统治者究竟该怎样治理边地的一番直谏，言简意赅，却语重心长。

随着南诏的统一，其国力不断增强，羽翼也日益丰满，统治阶级开始有了扩张的欲望，这显然与唐王朝当初对南诏的扶持相悖，相互之间开始出现不可避免的利益冲突。其时，正值唐玄宗天宝年间。玄宗沉溺于酒色之间，不理朝政，放任宠妃杨玉环的兄长杨国忠专权。而直接管理南诏事务的剑南节度使鲜于仲通则骄横暴躁，他的部属、云南太守张虔陀则是专门欺侮少数民族的墨吏小人，加之各种原因的交织，唐王朝的某些政策失误，终于在阁罗凤统治时期，于公元 751 年、公元 754 年相继爆发了唐朝与南诏之间的两次战争。这就是唐代历史上著名的“天宝之战”。

其实，对历史做这样的注释仍然过于抽象，引发天宝之战，固有时局之大势，也还有更为具体的原因，比如，基于朝廷腐败而生的人际关系的错综复杂。原来，杨国忠蛰居四川时，曾受惠于鲜于仲通。开元二十七年（739 年），剑南节度使章仇兼琼准备派鲜于仲通前往长安，巴结杨玉环。鲜于仲通原为四川富豪，派他去，无非借助于他有钱。鲜

于仲通的脑子似乎比章仇兼琼更好用一些，他知道，要办这样的大事，只用钱，恐怕难以成功。为大事可成，力荐正蛰居四川的杨国忠同行。既有礼物又有人情，何愁事情不成呢？于是，杨国忠、章仇兼琼二人带着大量财物前往长安，贡献给杨玉环姐妹。果然不出所料，杨国忠自此受到宠幸。反过来，为感谢鲜于仲通的举荐之恩，杨国忠于天宝五年（746年），将作为一个地方官员的章仇兼琼，一举升任户部尚书，成了京都大吏。天宝七年，鲜于仲通接替刚刚就任剑南节度使不过两年的原户部侍郎兼御史大夫郭虚，成为剑南节度使。谁人若不知何为旧时官场的裙带关系，或可由此了然了。这两项任命，也就为未来的战事埋下了伏笔。

于是，对南诏，杨国忠听任鲜于仲通的一面之词，也就毫不奇怪了。同时，专权于朝的杨国忠，也企图在云南安插自己的亲信。在事先未经唐玄宗批准的情况下，在南诏，杨国忠欲以阁罗凤嫡子诚节取代阁罗凤，在滇池地区则企图以爨崇道取代南宁州都督爨归王。于是，阁罗凤与爨归王联合起来，杀了爨崇道和他的儿子爨辅朝，杨国忠的阴谋才未能得逞。可见，任何时候，远在中原的天朝的决定，倘无基层的认可，都是难以行得通的。为此，杨国忠自然耿耿于怀，为征南诏，只能再生事端，另寻借口——反正，无论如何，我是非要把你给整下去的。

那时，阁罗凤为化解与中原王朝的紧张关系，曾与妻子一起，专程前往拜见剑南节度使鲜于仲通。回来时路过云南郡（今云南祥云一带），又前往谒见云南太守张虔陀。张虔陀不仅拒而不见，反派人对之百般辱骂；而与此同时，又几次调戏侮辱阁罗凤的妻女。小小一个地方官员，倚仗杨国忠的势力，不仅不许阁罗凤申明自己的苦衷，反倒要霸占人家妻女，天下哪有这样荒唐的事？问题是，这样的事偏偏发生在阁罗凤的身上。人，都是有尊严的。在那样的情况下，阁罗凤愤而离去也就完全可以理解了。此后，张虔陀对阁罗凤“数诟靳之，阴表其罪”，用现在的话说，无非是告其御状，挑拨阁罗凤与中央领导的关系。不久，阁罗凤得知鲜于仲通已派8万大军进军云南，在忍无可忍的情况下，只好出兵攻占姚州，先杀了昏官张虔陀。可见，阁罗凤并非真要与唐朝决裂，实在是出于无奈，才那样做的。得胜之后，阁罗凤立即派出使者前往谢罪，表示愿意遣返俘虏，赔偿损失。并说，现在吐蕃大军压境，你要是再不答应我的请求，我就只好归属吐蕃，那时，云南就不再属于唐朝了。鲜于仲通仍不答应，在把阁罗凤的使者臭骂一通之后，又将其关押起来。至此，事情已无挽回的余地。

果然，天宝十年（751 年），剑南节度使鲜于仲通自恃兵强马壮，率军进逼洱海，并另派一支部队绕道苍山，试图前后夹击，一举拿下南诏。阁罗凤在走投无路之际，只好派人联合吐蕃，共击唐军。天宝十一年（752 年），吐蕃赞普封阁罗凤为“赞普钟（王弟），给金印，号东帝”。至此，事情突然反了过来：企图对南诏前后夹击的鲜于仲通，反倒遭到南诏与吐蕃的夹击，这当然是鲜于仲通事先完全没有料到的，结果大败，士卒死亡六万多人，鲜于仲通本人落荒而逃。直到这时，阁罗凤也胸有全局，脑子十分清醒：部下有人提出要前去追击，活捉鲜于仲通。阁罗凤不允，“君子不欲多上人，况敢凌天子乎？”

杜甫《送翰林张司马南海勒碑》一诗，“诏从三殿去，碑到百蛮开”，便涉及这段史实。然而即便“边亭流血如海水”，却“武皇开边意未已”，唐朝统治者继续大肆征兵，以图再征南诏。天宝十二年，即公元 753 年 4 月，李宓率军由交趾即今越南海路远道而来，再攻南诏。南诏联合吐蕃，共击唐军，最后以唐朝军队大败而告结束。唐代诗人高适的一首《李云南征蛮诗》，正是为那位“李云南”李宓送行而写的。

两次天宝战争，唐军十几万兵马全军覆没。如今大理新市区下关的天宝街一带，当时或许还是荒郊野地，于是，一个号称“万人冢”的大坑里，掩埋的正是数万唐朝将士的千古遗骸。唐代与杜甫同时的诗人刘湾，有《云南曲》诗一首咏及此事：

白门太和城，来往一万里。
去者全无生，十人九人死。

岱马卧阳山，燕兵哭泸水，
妻行求死夫，父行求死子。
苍天满愁云，白骨空堆积。
哀哀云南行，十万同已矣。

其中记叙的，正是刘湾从遂久（今云南华坪、盐边、永仁一带）进入云南，直达南诏太和城之沿途所见的悲惨情景：李宓的十万大军全军覆没，大理城下关一带的“万人冢”能掩埋的，毕竟只是少数。在远离城池的进军路上，在荒野山谷，唐朝将士无数战死者的森森白骨，零落地散于山间道旁，一任风雨浇淋，冷对苍天长空。孤魂野鬼，找不到回家的路途，游荡得满天满地。闻讯前往捡拾死者尸骨的亲人，面对此情此景，除了哀叹，还能怎么样呢？关于天宝之战的种种真实情景，除了唐朝军队中个别生还者的亲身讲述，恐怕更多的正是来自他们的亲人转述——由于含着满腔的悲愤，那样掺杂着生离死别之情的讲述，或许比生还者略带庆幸的回想更让人涕泪俱下。

而那时，伟大而又自负的南诏国王阁罗凤，正在洱海之滨的太和城，与他的百官以及臣民一起，庆祝他的胜利。我们能想象得到的是，其时苍山祥云献瑞，洱海碧波荡漾，喜悦浸透了南诏的山山水水。

剑川石窟第二号窟，镌刻的正是阁罗凤出巡图，场面宏大，气度非凡。在富丽堂皇的宫殿正中，阁罗凤端坐如山，威仪万端，其间的十六个人物，无论前呼后拥的王臣侍从、风流儒雅的文官，还是刚毅勇武的将领、卑躬忠顺的奉女，无不雕工精细，栩栩如生。其时的阁罗凤，正值南诏国力鼎盛时期，石窟雕刻中那种华丽的场面、宏伟的气度，正是阁罗凤执政时南诏国盛极一时的心态写照。他头戴豪华尖顶珠冠，即《蛮书》所记之“头囊”，显示的是一个边地王者的极盛之尊与踌躇满志。坐在他身边的，乃其弟阁陂和尚，外着大氅僧衣，内穿袈裟，手持净瓶，头顶“扛伞”，其尊严与地位，仅次于阁罗凤。《南诏野史》记载，说阁陂和尚“有神术，人马往来吐蕃，不过朝夕之顷”，两次天宝战争，传说都是阁陂和尚和阁罗凤的妻子“行妖术，展帕拍手而笑”，唐朝军队才被打败的。足见当时的南诏，佛教势力是如何的强大，在某种意义上，南诏正是一个“政教合一”的国家。

然而，对于那样的胜利，阁罗凤的心情是矛盾的。南诏的胜利固然让他庆幸，但因此而损害了南诏或唐朝的友善之交，又让他痛心甚至忧虑。一个稍有些头脑的帝王，都会明白自己的种种不足，大唐帝王的昏庸，既是造成大唐在军事上失利的原因，也是造成南诏与大唐交恶的原因。但从根本上看，那只是暂时的，大唐在军事、经济上的实力，其实远胜于南诏。阁罗凤早就从他不久前俘获的那个名叫郑回的汉人那里，知道了唐朝的真实情况。于是，在两次天宝战争大获全胜之后，阁罗凤在南诏国首府太和城内，立起巨碑一座，曰“德化碑”——看起来委实有些出人意料，其实正是阁罗凤内心世界的真实记录。在长达三千八百字的碑文中，阁罗凤再三表白他的“阻绝皇华彩之由，受制西戎之意”，说“我上世世奉中国，累封赏，后嗣容归之，若唐使者至，可指碑澡祓吾罪也”。面对如今立于古太和城遗址的“德化碑”，尽管因掩埋于荒野之间已久，早已碑石斑驳，字迹漫漶，而我们从那北靠浩浩洱海，头枕巍巍苍山的碑石上听到的，依然是那位端坐于剑川石窟二号窟中的阁罗凤威严而又深情的诉说：一切都是出于不得已而为之。阁罗凤的心境是奇妙的，既要显示南诏的威严与尊严，又要表白自己无意反抗中原，甚至指天发誓，愿与中原王朝结世代之好。然而，不管是战争创伤的恢复，还是要让遥远的中原对阁罗凤的愿望加以理解，都需要时间。两次天宝之战后，南诏与大唐之间音信断绝达 40 余年。对于中原和南诏，那都是一段痛苦的日子。

三

历史终于有了转机。

公元 779 年，阁罗凤之孙异牟寻继位为南诏王。异牟寻不忘祖训，

决心归唐——那既是阁罗凤在世时的耳提面命，也是“德化碑”留下的遗训。即便阁罗凤已撒手西去，异牟寻也可从对“德化碑”的反复吟咏中，从郑回对他的再三劝说中，随时提醒自己去完成那个大业。

剑川石窟一号窟，展示的正是“颇知书，有才智，善抚众”的南诏王异牟寻的踌躇满志。石窟中的异牟寻高冠圆领，宽袖长袍，面目端庄慈祥，显露的正是一派治国理政的君主之相。或许是出于对历史的沉思，或许是出于南诏在长达数年的战争之后也需恢复元气的考虑，异牟寻继任后实行了一系列改革，革除了旧有的风俗习惯，大规模地吸取汉文化，重用汉人在他的政权中任职。

一号石窟中立于异牟寻左侧，穿一身朝服的汉人，正是那位郑回。郑回原是大唐王朝西泸县（今四川凉山州德昌县）县令，后为南诏所俘，长期隐于汉奴群中，先是放牧、种田，后又开学馆，授儒学，甚至与当地蛮人首领女首领成婚，生儿育女，却一直没有暴露他的身份。阁罗凤在世时早就听说过郑回，对其“通经书”极其“爱重”，亲自聘郑回做他的孩子们的老师——看来，阁罗凤深谙教育是根本这个道理。于是，阁罗凤的儿子凤伽异、孙子异牟寻、曾孙寻梦凑等，都曾拜郑回为师。郑回对他的学生有极大的责罚权。他教学极严，遇到他们不好好念书，都要挨打的。然而，受过汉文化教育的异牟寻，并没有因此而记恨郑回，反倒在他成为南诏的最高统治者后，让郑回做了南诏大臣，任“清平官”。“清平官者，蛮相也，凡有六人，而国事专决于回”，那五个清平官如果事情办得不好，也沿用旧例，该要挨打的照样要挨打。异牟寻则“每事皆咨之，秉政用事”，足见郑回的地位之高。

其时，曾与吐蕃联合抗唐的南诏国王，在与吐蕃一起分三路攻打剑南道，并企图夺取成都失败后，被吐蕃王改封为“日东王”，兄弟联盟成了君臣之属；吐蕃还在南诏地区加重赋税劳役，修筑营垒，命南诏派兵驻防，双方矛盾日渐加深。分久必合，合久必分，历史的逻辑永远如此。郑回对异牟寻说，“中国尚礼义，有惠泽，无赋役”。异牟寻虽然觉得有理，却找不到一个化解历史旧怨的恰当时机。就在此时，内外交困的唐德宗采纳了“北和回纥，南通云南，西结大食、天竺，如此，则吐蕃自困”的策略，也有意与南诏交好。从贞元三年（787年）开始，韦皋数次去信异牟寻，劝其归唐，并用计离间了南诏与吐蕃的关系。吐蕃一怒之下，极力扶持原六诏中施浪诏的后代夺取南诏王位。在这样的情况下，经郑回的再三劝告，异牟寻决心归附唐朝。

贞元九年（793年）四月，南诏王异牟寻遣使三路，持信出使长安，要求“内附”，与大唐重修旧好。南诏是诚心的，至少看起来是诚心的——异牟寻总共派出了三个代表团远赴长安，每个代表团都携带着许多贵重礼物。那些礼物看上去无非是些南诏的土特产，仔细想想，却都经过精心挑选，或许都经郑回一一过目，也只有谙熟汉文化的郑回，才能在那些看似无声的礼物中，寓含着无比丰富的政治信息，让每件礼物都成了一种话语表征：黄金，象征的是南诏对大唐王朝金子般的忠贞；丹砂，表达的是南诏对唐朝的一片赤子之心；而用精美的金镂盒装着的帛绢，无疑就是南诏对大唐王朝像帛绢一样的柔顺。而所有这些，比起代表团带去的南诏药材当归来，显然都显得过于含蓄了：当归，当归，理当来归。总之，几件小小的礼物，简直就是南诏愿忠诚归顺的象征。

其时，唐王朝正被“安史之乱”弄得焦头烂额、疲惫不堪，对南诏一再表达的“内附”愿望，当然是求之不得。在天子的授意下，离南诏最近的四川节度使韦皋“恭承诏旨”，特派崔佐时为代表，前往南诏，于贞元十年正月与异牟寻会盟于点苍山神祠。抵达苍山脚下阳苴咩城的崔佐时，一定看到了那块耸立于太和城的德化碑。此时重读碑文，想必会与异牟寻有一番感叹唏嘘，就像所有负有亲善使命的使臣一样。而对异牟寻来说，与大唐王朝的重新结盟，既是遵循祖训，在政治上获得的一次极其重大的外交胜利，同时也迎来了南诏发展的又一次机遇——廓清了与大唐王朝的恩恩怨怨之后，他便能腾出手来，与南诏的另一个对手吐蕃做新的较量。果然，不久之后，南诏便以大唐王朝为后盾，出兵袭击了吐蕃驻神川驻军，重新确立了南诏在整个云南西北部的霸主地位。此后，南诏曾多次派贵族子弟前往成都留学，前后沿袭五十多年，然后有数以千计的学者学成归来，他们带回来的先进的汉族文化和先进的生产技术，促进了西南少数民族地区的政治、经济与文化的发展，也使一个统一的多民族的封建国家的西南边疆得到了巩固。

事实证明，那是一箭双雕的明智之举——至少在大唐王朝的天子看来，异牟寻是真心实意的、可信赖的，他的信誓旦旦绝不是一张空头支票，而是有其对吐蕃的军事行动作为“硬通货”支持的。至此，大唐王朝对这样一个曾与自己对峙已久的地方政权，才算真正放心了。那是需要长安做出新的安抚之举的时候。唐贞元十年（794 年），唐王朝又派尚书祠部郎中兼仰史中丞袁滋等，持节册南诏异牟寻为云南王。

袁滋是从云南石门关进入云南的。那是贞元十年九月，滇东北一带已是秋末。石门关，又名豆沙关，位于今云南盐津县城南 20 公里处，旧时，便是秦汉以来中原通往云南的著名通道。初初进入云南的袁滋，大约已意识到了他此次出行的非同凡响，于是在石门关路边的岩壁上凿石纪事，楷书八行，至今清晰可见——

> 大唐贞元十年九月廿日，云南宣慰使内给事俱文珍，判官刘幽岩，小使吐突丞璀，持节南诏使御史中丞袁滋，副使成都少尹庞欣，判官监察御使崔佐时，同奉恩命，赴云南册蒙异牟寻为南诏。其时节度使尚书右仆射成都尹兼御史大夫韦皋，差巡官监察御史马益，统行营兵马，开路置驿，古刊石纪之。袁滋题。

异牟寻对袁滋一行的到来，既非常敏感，又极其重视——自接替其祖父阁罗凤上任以来，那或许是他在政治、军事与外交上取得的最重大的胜利。现代所谓的“策划”与“操作”，从那时就能看得出来。袁滋一行进入南诏后，受到的是空前绝后的热烈欢迎，那样的高规格的礼遇，恐怕在南诏的历史上，也无出右者。只要看看以下这份粗略的日程表，我们就能揣摩出那种精心中蕴含的深层含义。

袁滋一行由豆沙关进入云南省后，先是受到了带着20匹大马，特意“出滇东”（盐津县正在云南东北部）迎接的南诏清平官尹辅酋及亲信李扎罗等七人的欢迎，并邀袁滋一行“沿路视事”——实际上，“沿路视事”就是当今的一路视察、检查工作，与钦差大臣无异。

十月十五日，袁滋一行到达安宁，安宁城使带领步骑兵千余人出城迎接。

十月二十一日，袁滋一行过舍川即今南华，南华各族人等数千人于“路旁罗列而拜，马上送酒”。

十月二十三日，袁滋一行到达云南城（今云南祥云县云南驿），节度蒙酋物带领千名军卒，出城十里迎候。

十月二十四日，袁滋一行到白崖城（今弥渡县红岩），城守尹差出城迎接。同时，南诏还派大将军李凤岚亲带细马千匹相迎。客馆前，又有军民五六百人相候。

十月二十五日，袁滋一行终于到了龙尾关，即今大理市下关，异牟寻派其叔父阿恩相迎。

十月二十六日，袁滋一行经过南诏太和城（今大理太和村）时，异牟寻从父兄细罗勿、清平官李异傍、大军将李千傍等，带着庞大的马队前来相迎，60匹战马披红挂彩，无异于当今的仪仗队。那时，在离南诏国都城5里之外的阳苴咩城（今大理），异牟寻率南诏政权的首席清平官郑回以及王室全体成员已等候多时。欢迎的队伍中，先导是12头装扮一新的大象，随后是乐队、仪仗队。身着金甲、披虎皮、执双铎剑的异牟寻站在欢迎队伍的最前面，其子王储寻阁劝紧随其后。袁滋到达时，簇拥着异牟寻的上千人的护卫队，一律在马上以深揖相迎。阳苴咩城几乎全城出动。

第二天，册封仪式和盛大宴会在阳苴咩城举行。袁滋受唐王朝之命，赐异牟寻以“银巢金印”——贞元册南诏印。异牟寻从此得到了大唐王朝的正式委任。剑川石窟一号窟中，立于异牟寻左侧一侍者，双手捧着一个系带方匣，或许匣中装着的就是那枚“银巢金印”吧？

十一月七日，袁滋一行即将返回长安，异牟寻派清平官尹辅酋等十七人，向袁滋等奉表谢恩，并向袁滋敬献了吐蕃当年赠送给南诏的金印及铎鞘、浪剑、生金、牛黄——异牟寻的用意，显然是向袁滋表白，我连吐蕃当年送给我的执政凭证都给你了，这下你该放心了吧？那让人想起某些即将婚配的恋人，向对方出示原来交往过的男人送给她的信物。至此，异牟寻还不放心，又派大军将王各苴带三百兵士为袁滋一行“提荷食物”，一路东去，直将那些中原使臣送出石门关。

——那场声势浩大的，迎送袁滋的细致得近乎烦冗的礼仪活动，在喧嚣了将近两个月后终告结束。在那一连串的迎送、宴请、馈赠中，南诏简直不惜代价，做到了倾其所有。至此，南诏重归中国。

一个曾经让大唐天子大伤脑筋、无计可施的南蛮之国的历史，就那样地嵌在了那片如今已毫无声息的石崖上，肆无忌惮的，纤毫毕露的。统治者的原意，当然是要让自己名垂青史。根据造像题记，石钟山石窟于晚唐即南诏国王劝丰佑天启十一年（850 年）动工开凿，历经五代、两宋，直至大理国段智兴盛德四年（1179 年）方才大功告成，历时三百多年。

——毫无疑问，剑川石窟那片丹霞地貌隐隐透出的殷红之色，正是历史自身的颜色，是天宝之战之后，南诏国大败来自中原的大唐军队，修建万人冢时，大理的土地被鲜血浸润而成的颜色，是阁罗凤以胜利威武之师在著名的德化碑上向中原王朝表白自己真情的殷殷之色，当然更是异牟寻以政治家娴熟的外交手腕，向大唐王朝敬奉忠心时的得意之色。

作为时代书记员的诗人与作家，当然不会把那场震动朝野的战争拒之于艺术之外。于是，剑川石窟的那片茜红，也是唐代的诗人们谴责帝王、吟唱生活的不朽诗篇的颜色。那是李白在《书怀赠南陵常赞府》一诗中的愤懑——

……

云南五月中，频丧渡泸师，

毒草杀汉马，张兵夺秦旗。
至今西二河，流血拥僵尸。
将无七擒略，鲁女惜园葵。
咸阳天下枢，累岁人不足。
……

诗中的“西二河”，今名西洱河，仍然无声地流淌着，也是他在《古风·其一》一诗中的哭泣之感——

羽檄如流星，虎符合专城，
喧呼救兵急，群鸟皆夜鸣。
……
借问此何为，答言楚征兵。
渡泸及五月，将赴云南征。
……
长号别严亲，日月惨光晶。
泣尽继以血，心摧两无声。
……

杜甫在他的诗中，一再地对“天宝之战”予以谴责。著名的《兵车行》表达的正是他对于当局朝政的愤懑——

车辚辚，马萧萧，行人弓箭各在腰。
耶娘妻子走相送，尘埃不见咸阳桥。
牵衣顿足拦道哭，哭声直上干云霄。
……

即使在“天宝之战”后的唐元和四年（809 年），在时过境迁、事

隔五十六年之后，白居易仍在严厉地批判“天宝之战”。面对《新丰折臂翁》中那位二十多岁时失去了手臂的八十多岁的老人，白居易在追忆历史时仍难于抑制他的心情——

新丰老翁八十八，……
无何天宝大征兵，户有三丁点一丁。
点得驱将何处去，五月云南万里行。
闻道云南有泸水，椒花落时瘴烟起。
大军徒涉水如汤，未过十人二三死。
村南村北哭声哀，儿别爹娘夫别妻。
皆云前后征蛮者，千万人行无一回。
……

顺便说一句，唐代诗人写过有关云南诗篇的诗人，还有韩愈以及晚唐五代的杜牧、李商隐、薛涛、温庭筠等。那时的诗人，似乎既是出世的，也都是入世的。对那场发生在眼前的战争，他们眼明心亮，似乎从来没想到去违心地歌颂。唱颂歌的当然也有，比如大名鼎鼎的诗人高适。记得幼读唐诗，高适一首《燕歌行》，曾搅沸少年热血：“男儿本自重横行，天子非常赐颜色。……校尉羽书飞瀚海，单于猎火照狼山。”何等了得！然而，他的《李云南征蛮诗》，不仅肉麻地美化唐王朝对南诏的不义之战，甚至露骨的吹捧祸国殃民的杨国忠。另一位与白居易齐名的著名诗人元稹，则对唐王朝与南诏交好这一历史事件一笔抹杀，轻蔑地把“西南六诏”比喻成是“僻在荒陬路寻壍”的“椎头丑类”，认为南诏“鸟道绳桥来款附，非因慕化因危悚”。另一位诗人储光羲，在《同诸公送李云南伐蛮》一诗中对杨国忠的吹捧更是无以复加。为节省宝贵的篇幅，此处不一一列引。文人也会堕落的。文人堕落起来，或许不会比别的人来得慢，有时甚至脸皮比城墙还厚。历史上，文人从来都既有为民众鼓与呼者，也有甘为统治者之鹰犬者，历来如此。今天，当我们谈论历史时，是不应忘记那些甘为荒淫无度的统治者走狗的所谓文人的。一切正直的、正派的文人，不当以史为鉴么？

四

此刻，在石钟山那片茜红色的石刻造像落成一千多年之后，南诏国已凝结在石窟之中。然而，石窟建造者的歌声，显然还飘拂在石窟之外。

我不能不感到惊讶：石头让人想到的，从来都是坚硬、是冷漠、是呆板——就像我初初面对石窟时感到的那样。石钟山却不。石钟山石窟却不。回头看去，随处可见那些被称为丹霞地貌的，巨大而龟裂的岩石，在千万年的风雨磨蚀之下，出落成了某种让人惊异的图案，美妙无言。那是一种看似冥顽其实却极富灵性的石头。有灵性的石头，遇到了有灵性的人、有灵性的艺术家，那是幸运，是南诏的幸运，也是剑川的幸运。并不是每一段历史、每一段生活都有那种幸运。是爱，让石头变得柔韧、变得温热、变得栩栩如生的，从中，我们感到了声音的飘拂，以及眼波的顾盼与流动。它们在向你微笑，向你诉说，也向你歌唱，甚至向你舞蹈。这是一种妙境，是剑川的石头给予我们的。这里面当然有奥妙，但对此奥妙，我们无以言说。而无以言说本身，也是一种奥妙。

千年过去，当年沸沸扬扬的石钟山沉寂了下来。离开石钟山时，我突然有些惆怅——石钟山那些伟大的工匠们都到哪里去了？该到哪里去寻找他们，寻找那些伟大的艺术家？没人回答。峡谷寥寥，唯山风自吟。然而，我不相信石钟山石窟的落成之日，就是艺术生命的终结之时。艺术不可能不延续，就像生命不可能不借助于阿央白得到繁衍。我苦苦地思索、寻找，寻找着艺术传承的脉络。当我在剑川民族木雕之厂和县城附近那个木雕之乡找到他们时，我的惊喜无以言喻。看着那些精湛绝伦、散发着山野清香和民间艺术韵味的木雕，我相信，那些木雕艺术家，正是创造过石钟山石窟的伟大艺术家们的后裔。不同的是，他们已把艺术的对象从石头转换成了木头。艺术的丝丝缕缕，艺术家灵动的才情与奇思妙想，依然在那里飞扬，就像阳光与空气，笼罩着那座小小的山村。从那里飞出去的木雕，玲珑剔透的，古意盎然的，装饰和点缀着整个豪放的滇西北，成为滇西北的一种必要的补充，也装饰着几乎每个藏族、纳西族家庭的梦——藏家的神龛与飞檐，纳西的门楼与木窗，甚至还装点着故宫，装点着承德的避暑山庄。想到此，我真为那个从电影《五朵金花》中走出来的阿鹏惋惜——那个“祖传三代是铁匠”，到处寻找金花的阿鹏，那个沉浸在爱情中的男子，怎么会是个铁匠呢？电影艺术家或许弄错了，或许是偶有疏忽，让阿鹏有了一段铁匠的身世；剑川的阿鹏，石钟山的阿鹏，完全应该是个石匠——石钟山的石匠，或者是个木匠——木雕之乡的木匠啊！

那么，歌声呢？当年的“天宝之战”，曾飞入诸如李白、杜甫那样的大诗人的诗句之中，那当然是歌。从石钟山来到宝相寺，已是三弦淙淙，歌声四合，深情、质朴，散发出土地生涩又略带几丝甜腥的气息。一年一度，石宝山歌会演绎着剑川人古老的习俗——歌声是夏季的石宝山对人们最寻常也最珍贵的馈赠。高原夏日烤人的骄阳无法阻止它，石钟山中夹着冰雹的暴雨不能阻止它，任何王公的强权与世俗的婚姻都无法阻止它。成双成对的青年男女，久别的情人，甚至辛苦了一年、儿女成行的夫妻，以及至今还在梦想着青春与爱的老人，统统都来了。那并不是我们所理解的消闲。他们聚集到这里来，有着更深刻的缘由。在我看来，他们是来祭奠他们和他们的先祖失去了的爱，也来寻找他们自己心中的爱。三天的歌会，是所有有情有义的人的节日。细细听去，恍惚之中，那酣畅淋漓的歌声，正是当年建造石钟山石窟的艺术家的歌声的延续。那歌声，正是从石窟里飞出来的，飞进农舍草屋，飞进万千百姓之家。如今，又飞得漫山遍野。石窟就是一首首歌，而在同样的意义上，石宝山的歌，也是一座座石窟，它们的名字，都叫艺术——尽管前者是凝固的，后者是飘动的，前者似乎是永恒的，后者是转瞬即逝的，但在我看来，那满山飘飞的歌，就是石头，有石头的凝重、石头的坚贞，也有石头的永恒……

角部

高黎贡大城和它的郊区

市区与郊区

飞机盘旋降落时，舷窗外的大地总让人惊艳万分。滇西保山雨后小晴，暮色初降，机翼下那片鲜亮的浓绿稠酽胶着，一如刚收笔的油画将干未干的油彩几欲流淌。那一瞬间，保山坝子在机翼下突然飞毯般腾挪而起，精灵般地翻转飘逸，直看得我目瞪口呆——大地真是有生命的，要不怎么会那样灵动、那样叫人心醉？

正是初春一月，北方早已千里冰封万绿隐退。新千年我的第一次出行，选定了高黎贡山。那个偶然的机缘来得猝不及防，又让我惊喜万分——人与人的相遇相知靠的是机缘，山情水意亦如斯。这辈子注定了酷爱山野丛莽，总盼着行吟山林，浪迹江湖，终老在闹市红尘想想都让我害怕。可满眼江山，到底哪道山哪条江能够入眼，怎么说都靠机遇。作家周勇那时一个电话打来：你去过云南那么多山，也来高黎贡山看看啊！我答应下来，慌忙订了机票，先去保山。从保山去高黎贡山南段还有一段车路，那倒正合我意，能一路观山观水，欣赏风景。还没行走在山水之中，快乐已接踵而来。那样的快乐几年才有一次，一次就足够滋润几年的尘世时光。

翻开地图一看，高黎贡山在云南西部，云南在中国西部，高黎贡山当然就在中国西部的西部了。看多了西部片，西部总让人有一种荒凉的辽阔、亲近的陌生，只从电影上感受西部，以为一眼就能把它看穿，其实大谬。比如我，听说高黎贡山已是许多年前，总以为高黎贡山是一座具体的山峰，在地图上一看，才发现那绝非一座孤零零的山峰，倒是一道巨大的山脉。“横断山，路难行，天如火来水似银……”正是高黎贡山与怒山、云岭一起，从北到南苍茫绵延，构成了横断山的主体。如今，那里已是一个国家级自然保护区。

飞机落地，脚踏着保山大地，苍茫间绿意漫漶的坝子远方，一抹灰黑中灯光闪烁。周勇说那就是保山城。乘车行去，如在那块绵软的“飞毯”上穿行。问保山城离机场有多远？周勇说开车十多分钟就到，这里是保山郊区。远处一道山峰一晃而过，问那就是高黎贡山吗？周勇说不是，高黎贡山还远呢，开车去要将近两个钟头。这么说，高黎贡山在保山的远郊，远郊的远郊。

从那时起，我对市区与郊区的胡思乱想开始像云彩一样飘荡。此后我多次去高黎贡山，都是先去保山，穿过保山郊区进入市区，当日或次日再从保山乘车去高黎贡山。那刚好是进入一座城市的逆过程：先从保山市区进入郊区，再从保山郊区进入山野，最后到达高黎贡山的某一个点。感觉中，高黎贡山是在保山远郊的远郊。去得多了，有一次竟突发奇想：市区和郊区凭什么而定，又凭谁而定？当然是人。不管意识没意识到，在自然与人之间，人都是“人类中心主义”者，他们以城市为中心，把城市以外的地方统统叫作郊区。如此，城市周边所有的山山水水，都成了“城市”的附属，包括高黎贡山。如果换个角度，以自然山水为中心，比如以我要去的高黎贡山为准，事情就会完全颠倒过来，不仅保山市区、郊区，甚至四周所有的城镇，都成了高黎贡山的远郊。哈哈，这倒有趣。

相对于城市市区，郊区通常指城市周围的地区，其中本无褒贬。其实不然。郊区尽管在行政管辖上从来都属于城市，城里人却从不把郊区当作城市。提起郊区，他们不是摇头晃脑就是挤眉弄眼，满脸的鄙薄与不屑。在他们眼里，郊区等于落后与不洁，等于无序与落伍，等于文明的死角、藏污纳垢之地。“宁要市区一张床，不要浦东一间房。”上海人这么说。其实何止上海？即便在保山，一个地区级城市，尽管其郊区在我看来漂亮明媚，苍绿的“飞毯”上星星点点到处是村庄，市区被郊区的山水田园村落屋宅环绕其中，怎么说都算得上是一种幸运，但从来没人会说那就是保山，就像人们从来都不承认郊区是城市一样。

城市的历史似乎从来都只是市区的历史，没人愿意去为郊区立传。那不公平。城市的历史包括市区，当然也该包括郊区。只去过一座城市的市区没去过郊区，说不上真懂那座城市。跟郊区相比，市区总是太小。再大的城市和街区，跟郊区相比都小得可怜。何况现代城市的市区总是大同小异，无非高楼、街巷、银行、商店、宾馆、酒楼、住宅、公园、娱乐场所，诸如此类。后工业化时代，城市的市区像一次成型的铸件，让人难以分辨。苏联有篇小说讲过一个故事：主人公慌忙中上错了飞机，原要去甲地却去了乙地。在那座陌生的城市里，他居然找到了在另一座城里想找的那条街、那幢楼，还用钥匙打开了一个同样号码的房间，进屋才发现那不是他的家。城市与城市越来越惊人地相似，同样的街道、建筑、商品、风貌，就像连锁店——世界成了一座隐形城市，每座城市都是它的“连锁店”。

想想，幸好还有郊区，郊区还没沦落成某个隐形郊区的“连锁店”。在某种意义上，城市与城市的区别就在郊区。一个没有像样郊区的城市，就像一个没穿衣服赤身裸体的人，不雅。当城市市区变得千城一面时，郊区却千姿百态风姿绰约。套用托尔斯泰的经典名言：市区都是相似的，郊区却是各种各样的郊区。或是一片田野，有星星点点的村庄；晨昏雾霭弥漫，如着轻纱，夜晚月色清澈，如在水中。那样的郊区像市区宽大的睡袍，给人以飘逸神秘之感。或是一座山甚至几座山，进出那座城市要穿过峡谷或隧道，或长或短；山成了城市的屏障，城市的空中花园。或紧挨着一条江、一条河，江河把城市跟郊区区别开来，联结城区和郊区的，是一座大桥，不管古老还是新建，都是对那座城市的预告；古时候，一座干涸的没有江河的城池，会想方设法挖一条护城河，河上那些可以升起或放下的吊桥，是城市的真正入口。或靠着甚至拥有一个湖，圆弧形的水岸温柔连绵，划出城市的边缘，高楼和街道就此止步；疯长的城市可以以湖为镜，照照自己干净还是肮脏、漂亮还是丑陋；人会到湖边散步、嬉戏、游泳、呼吸新鲜空气，面对湖水，照照自己的嘴脸和灵魂。城边也可能什么都没有，只有一片荒野，长着各种树木花草。一座新兴的城市，情形常常如此。那种原始的未经修饰的郊区，联结着城市与大地，称得上是真正的郊区。

真正的郊区就是大地，如今那样的郊区已难得一见。原本美丽的郊区往往好景不长，转眼就被城市侵占，蹂躏得面目全非、体无完肤。市区总是忘恩负义的，它们反过来骂郊区肮脏、杂乱、污秽、不文明，其实罪过不在郊区，而在市区。真正肮脏的正是“看上去很美”的市区，水泥森林，拥挤狭窄，人满为患，垃圾遍地，空气污浊，臭烘烘、闹嚷嚷，麇集着人世的各种丑恶、犯罪、偷盗、抢劫、诈骗、淫乱、钩心斗角、尔虞我诈……郊区却清纯得多，也美丽、独特、令人难忘得多。一片真正的大地有自我净化功能，尽管有时也尘土飞扬、道路泥泞，但那都是市区造成的。城市为了自己的体面，把郊区当垃圾填埋场，倾倒垃圾、粪便；当作坟地，埋葬死人；当作污水池，排放污水。惯偷、强盗、乞丐、逃犯在城里混不下去，就溜到郊区，藏匿在城郊结合部，最终的指向仍然是城市。经营有方的城市，郊区必定美丽；治理不当的城市，必有一个肮脏破败的郊区。郊区的形态，足够我们方便快捷地判定城市的性质，也总能让我们方便快捷地把一座城市与另一座城市区别开来。

如此说来，城市不能没有郊区。郊区是城市的母体，是它的子宫和胎盘。城市从郊区生长出来，也一直靠郊区养育。任何一座城市，郊区既是它的历史基座和浪漫源头，又是它的伦理和美学的延伸。可从城市诞生那天起，市区一直在不断地吞噬着郊区，用它的那些高楼大厦、街巷屋宇；郊区则与城市市区拼死搏斗，顽强地抵御城市的侵袭，拒绝成为它的附属品。当城市被人类污染、被现代文明践踏得一塌糊涂时，现代化的狂潮还来不及吞噬郊区的土地，郊区因而更多地保留着自己的个性。郊区的明媚风光对市区的人们永远是个诱惑。说到底，那是大地对人的诱惑。人从大地生长出来，回归自然是我们永远的渴望。当城市日复一日加重的拥挤、污浊和肮脏让人类无法忍受时，我们再也不愿挤在市区，总想从市区里冲出去，回到自然中去。我们既想占有城市的信息资源，又想享受郊区的空气与阳光，于是想方设法住到郊区：有钱的盖幢别墅，没钱的也可以去农家乐消闲度假，躲躲城里无尽的烦嚣殷勤的访客。郊区似乎转眼就时来运转了。但只要人类没从根本上打消、抛弃以自我为中心的狂妄念头，只要人类继续按照在城里的方式度日，不摒弃我们早已习惯的思维定式，清新宁静的郊区便会再一次沦落，我们的那个梦想也将成为枉然。

“孔子过泰山侧”

山再大水再长，肉眼能看到的总是局部。“想要清楚看见地上的人，就应该和地面保持必要的距离。”卡尔维诺这话倒正合我意。我先是从地图上看到“高黎贡大城”的。赵晓东那间大办公室，真正充足的正是满墙地图：从世界的、中国的、云南的，到保山的，到保护区的，常规图、航拍图、卫星遥感图，大大小小，五花八门，虽说眼花缭乱，到底让我看清了山之大城之小。等看到保护区的沙盘模型时，我更是吃惊不小——

高黎贡山在正中巍然耸立，保山和腾冲两座城，无非两个偎依在高黎贡山两麓的弹丸之地。保山在东麓中隔怒江，腾冲在西麓中有龙川江。山太大，城太小，想用一句话道明山与城的地理关系怎么都难。山沉沉一线，如巨龙飞舞，纵贯南北，城像两个小小棋盘分列东西。保山境内那一段属高黎贡山保护区保山管理局管辖，我把它叫作南高黎贡山。

如此，无论说高黎贡山属于云南属于保山或者腾冲，都有些狂妄可笑：讲年岁，山在先城在后，论高低，山在上城在下，真要说只能说

保山、腾冲在高黎贡山山脚，城不过山的附属。于是满脑子关于市区与郊区的胡思乱想渐渐清晰：世界的中心真不是纽约、北京、伦敦、巴黎、上海、莫斯科那样的大都市，倒是像高黎贡山这样的大山大江甚至整个大地。此说看似怪异，倒暗合了中国古代的法则："天地君亲师"，从来是天地为大，天为父，地为母，人为子，天地高踞于一切人事之上。混沌之初显然没有"城"，就是有人也没什么了不起，真在人心中的只有大地山川。

汉语伟大，伟大在至少从诞生之日起便严守这一古训。古代凡涉及地理方位的记叙，都以山、水为据。山山水水是大地的原点。不说江山、河山、天下从来都是社稷的代名词，即便对日常生活的描述，大地山川也不仅无处不在，还时时事事都在中心。"关关雎鸠，在河之洲"（《诗经》），河中沙洲上有鸟儿啼叫，一场爱情就在那里生长，与城无关。"在河之洲"指明看似爱情生长的地点，其实是爱情的源头；"河"的源远流长昼夜不舍，"洲"的云霞叆叇水汽氤氲，"雎鸠"声声啼鸣的清新灵动，共同道出了那场流传千古的爱情的灿烂景象和渊源所在。"孔子过泰山侧"（《礼记·苛政猛于虎》），不说孔子过某座城，只说他老人家从泰山旁走过，朴实无华中显出的是山的伟大。孔子作为"万圣师表"，当然够伟大，一旦"过泰山侧"，从真正伟大的泰山旁走过，无论那时阳光灿烂还是阴影浓重，巨大的山影衬托的看似是孔子的渺小，其实倒是他的伟大。那里没有城吗？有，却被搁置一边，足见泰山在人心中的地位，远胜于人类建造的几座小城。一个六字短句营造的画面看似模糊，却因泰山的在场而阔大生动，令人为之神往。"冬十一月己巳朔，宋公及楚战于泓"（《左传·子鱼论战》），泓水是一条河，在今河南拓城西北，仗就在那里打。一场在泓水河边进行的战事，因为河流的千古不息而流传至今。

汉唐以降，人开始自大自恋，以自我为中心，封自己是天下之主，腔调当然也为之一变。大地山川退到意识的尽头，人心中除了自己还是自己，至多再加一点人工建筑。说到一座山一条河，总以城池建筑为中心为出发点，去标注山水的位置。即便那些伟大文人，也难逃时代的浅薄与局限。郦道元称：“河水南经北屈县故城西，西四十里有风山，风山西四十里，河南孟门山。”（《水经注·河水·龙门》）眼中先有屈县，再以屈县故城为基点标定风山和孟门山。欧阳修一句“环滁皆山也”（《醉翁亭记》），风靡千古，细细一想，诗人无非置身滁州的醉翁亭，放眼四周都是山，人在中心，山在四周，山成了城的附属。公安派的袁宏道则说，“虎丘去城可六七里”（《虎丘》），虎丘离城大约六七里，城是他的着眼点，先于虎丘，从城里出去六七里才是虎丘，虎丘是属于那座城的。

人类一边把大地称作母亲，一边又把山水湖海划进某个城市，真狂妄可笑。还是上古春秋笔法好，山川大地在人心中至高无上，以此为据为凭为中心，去标定城的位置和人的行踪。数数中国的省名，山东、山西以山为据，河南、河北以河为据，湖南、湖北以湖为据；浙江、江苏、江西、四川、黑龙江、上海、云南，皆分别以山、江（河、川）、湖、海、云为据，怎么看都是大智慧、大手笔，比宣称自己是什么“京”什么“都”潇洒漂亮得多。依此当今许多地理概念都该有新的表述：天津在渤海北，上海在长江口，广州在珠江口，昆明在滇池之滨、碧鸡之脚。环高黎贡山皆城也，曰保山，曰腾冲，曰龙陵，曰大理、芒市，曰昆明、上海、北京。怒江在高黎贡山东麓。伊洛瓦底江的上游龙川江在高黎贡山之西。汤某原居翠湖边，后迁至盘龙江畔。如此等等。

以山水为中心，正是以大地为中心。山河湖海从不属于哪座城市，反过来，大大小小的城市村庄其实都属于山水，是山水湖海的附属、郊区。一座山犹如一座大城，山下的城镇村寨都是山的郊区，去泰山大城，先到它的郊区泰安、曲阜；去长江口，先去它的郊区上海；去滇池大城，先到它的郊区昆明；去高黎贡山大城，先到它的郊区保山，再到怒江。这样的表达看似古怪，却不只是“换”个说法，而是整个思维定式的改变、整个目光的转换。世界先有山有水，尔后有城。以山水为中心天经地义，理所当然。想到那里我兴高采烈，从此乐此不疲。每次去高黎贡大城，都先到高黎贡山的“郊区”保山，那是高黎贡山的“远郊”；再从“远郊”驱车前往高黎贡山。一路上有山岭、河流、坝子、田野、城镇，都是高黎贡山的近郊。最后汽车开始上山，直到没法开只能走路了——那才是高黎贡大城的“市区”。从远郊，到近郊，到高黎贡大城的“市区”，再去市中心、去“闹市”，那个过程，正像我从外地回昆明，先到机场、车站，经过市郊，然后进入市区。

于是，我在那天的笔记中写道：“孔子过泰山侧。”2000 年 1 月，汤某过高黎贡山侧。

遥望“高黎贡大城”

真把高黎贡山看作一座“大城”，进城前我还只能在它的“郊区”遥望它。我看到的，当然只是高黎贡山的局部，它的空间形态。空间形态容易看见，看到它的时间形态却很难，它无声无息，却在暗中支撑、控制和把握着它的所有空间。

高黎贡的空间形态，无非就是那些山岭、峡谷、沟壑和溪流。山是什么?《辞海》说：“①地面上由土石构成的隆起部分。②地理学名词。陆地表面高度较大、坡度较陡的隆起地貌。自上而下，分为山顶、山坡和山脚。它以较小的峰顶面积区别于高原，又以较大的高度区别于丘陵。”显然，那只是山的地理学解释。要了解一座山，仅止看到山的空间形态显然是不够的，犹如我们看一个人，不能光看他的身高和相貌，山也一样。一座山的历史，绝不只是山体的地理史、岩石的地质史、河流的流域史，就像一个城市的历史绝不止于几幢房屋、几条街道。一座山，当然不只是那些岩石、山峰、沟壑、溪流，还包括它的余脉所及，从它庞大的体量和空间辐射出去的，所有那些仅靠肉眼几乎无法看见的东西。山还会以它特有的方式，把它的精神、气韵和能量，指向山的四周，指向山坡、山脚和山下的许多地方。就像城市市区、市中心，那些最初的时尚流行，最终会以各种方式影响郊区人们的生活一样，经济的、文化的、风俗的，甚至娱乐的。一座山的大城也一样。作为大地真正的“闹市”，它在成千上万年中，一直规定和影响着它的“郊区”人们的生活。那种影响深刻而又不易觉察。

从远处凝望，高黎贡大城磅礴崔嵬，气象万千。大城东西宽十余公里，南北长三百公里；日出月落，云起霞飞之间，群峦叠嶂连绵蜿蜒，一如城楼雉堞，蔚为壮观。高黎贡山至少造就了两条大江，东麓的怒江和西麓伊洛瓦底江的上游龙川江，两条江如两条护城河绕城而流，浩浩荡荡，千转百回，气象森严；怒江一直向南，进入缅甸后称为萨尔温江，在毛淡棉附近注入印度洋；龙川江源出腾冲市北，向西南流至云南畹町附近与芒市河汇合后称瑞丽江，最终流入缅甸，注入伊洛瓦底江的上游。它们最终都流出了中国，成为国际性河流。至于小江小河，则无计其数：山间崖畔，溪流横切，道道白浪翻滚，飞瀑直下，处处紫烟生腾。有时抬眼一望，遍山大树如亿万伏兵，密集拥挤；四时花草如庭院清供，葳蕤纷繁；而那些不断游走着的熊啊老虎啊羚牛啊麂子之类，则是那座大城的巡行者，或威严万端，雄镇一方；或灵性千重，行踪诡秘。肉眼不及之处，有成千上万种昆虫，羽翅蜂鸣，姹紫嫣红的花朵，争娇竞妍。

赵晓东告诉我，高黎贡山因南北狭长，地跨亚热带、温带、寒温带，垂直高差显著，地形复杂多变，由此造就出多样化的、千姿百态的局部生态环境，适于各类不同习性的动植物居住，千万年来一直熙熙攘攘，“人”气兴旺。它与著名的亚马孙河流域等地齐名，被全世界公认为“世界十大生物多样性重要地区”之一。一如北京被称为政治文化中心，南京被称为“金陵石头城”和“六朝故都”，高黎贡山也有许多惊世骇俗、让人肃然起敬的雅号：“哺乳动物直选分化的发源地”“世界雉雀类的乐园”，而诸如“第四纪冰川活动时期原生动物的避难所”“地球南北生物交汇的大走廊”那样的名号，记录的则是当地球生命遭遇突如其来的灾难时，高黎贡山显示出的那种堪称大无畏的英雄气度和母性情怀。

远在地球冰河时期之前，已有数不清的动物、植物在高黎贡山栖息定居。相比之下，它们是幸运的：高黎贡山复杂多变的地形造就的多种多样的气候，为千千万万动物植物提供了各个不同的生存环境和丰足无虞的食物链，即便在距今约两万至一万八千年前的新生代第四纪冰河时期，它们的日子依然过得无忧无虑。而对地球的众多动物和植物来说，那却是个灭顶之灾：不仅整个欧洲和北美，就连中国的不少地区都被冰川覆盖；大地冰封，气温骤降，食物断绝，一朝之间，南北许多动物部族都失去了生存的家园，颠沛流离无家可归。它们千里迢迢，向孤岛般的高黎贡山迁徙。雍容大气的高黎贡何等气魄，一如盛唐的长安，从不封闭绝世，不仅以它严峻的温情庇护着所有土生土长的“居民”，还敞开怀抱，欢迎、吸引、容留了来自东西南北多个动物、植物区系的“难民”，让它们在那里安营扎寨，生息繁衍，成了地球上最大的一座动植物“避难所”。

如此，无论土生土长的居民，还是千里来奔的远客，经过那次严峻的考验和无情的淘汰，能在高黎贡山生存下来的，自然都绝非庸常等闲之辈。以至如今，高黎贡山的高山绝顶、密林深处，有的是谱系悠远的古老部落、身世显赫的华丽家族、禀赋特异的独行侠。诸如国家一级保护动物羚牛、小熊猫、白眉长臂猿，被称为活化石的国家一级保护植物桫椤、秃杉和红豆杉，二级保护植物云南山茶、云黄连，世界上独一无二的大树杜鹃、滇藏木兰，都世代居住于此。云南乃花的王国，高黎贡山正是云南八大名花山茶、杜鹃、木兰、兰花、百合、龙胆、报春、绿绒蒿原生种的原产地。据最新统计，高黎贡山仅种子植物就有 4303 种，特有或主要分布于此的达 500 多种；竹类植物计有 12 属 40 余种；可食用真菌植物即蘑菇达 141 种，占云南全省 359 种的 39.4%；有动物 140 余种，仅兽类就有 115 种，占全国兽类种数的 20.10%；鸟类 343 种，是云南鸟类资源最丰富的地区之一；两栖类爬行动物 28 种；鱼类 47 种；昆虫则无计其数。这里所说只是种类，一如说有一地有多少个民族，至于它的总数，想必是个天文数字。相比之下，整个保山地区（现为保山市）至今也只有 14 个世居民族，总人口不过 400 余万，根本不能与高黎贡大城相比。亿万生命祖祖辈辈住在这里，作为高黎贡大城的真正主人，抽枝展叶，开花结果，结巢做窝，觅食交欢，生儿育女，打斗嬉戏，就像人在大街上自由行走一样。它们在那里生长、衰老和死去。那里是它们的天堂，正像城市中心是人的天堂一样。

想一想，世界上有哪一座城市能与高黎贡大城相比，有它那样的辽阔与深邃，那样的富足与多姿，也有它那样的灿烂与辉煌？没有。自以为聪明的人类，在远离高黎贡大城的地方结庐而居，终于有一天，他们为此困惑了、遗憾了：只做高黎贡大城的“郊区”公民，他们并不满足，他们自诩为大地的主人，山脚是他们的，山顶也是他们的，“郊区”是他们的，“市区”也是他们的。可没有高黎贡大城的户口和通行证，他们只能住在它的“郊区”，它的下面和外面，山坡，山脚，山的四周和边缘。不知从哪一天起，自恃强大的人类，开始向“大城”深处进逼，他们身背猎枪、弩箭和斧锯，手提扣子和毒药，闯进“闹市”，要把所有的动物、植物赶尽杀绝。那种横蛮的闯入，无异于“入侵”。残酷的争战就此开始。曾经无忧无虑的乐园，如今风声鹤唳；自由自在的迁徙繁衍，如今成了奢望。偶尔它们想溜进故园怀想一下往昔的风花雪月，却惨遭驱赶甚至枪击。偶尔它们也拼死出击，或溜出山野，踏平几片庄稼，或潜入村户，咬死几只鸡鸭；遇到凶残的人，也胡乱咬上几口，还以颜色。不可一世的人类并未幡然悔悟，反倒变本加厉，以更野蛮、更残酷、更大规模的围捕与猎杀，向大山真正的主人报复……大山无言，却有心。面对无义的人类，大地发怒了：森林消失，鸟儿惊飞，浓荫不再；天气暴戾无常，暑寒无定；或暴雨成灾，或水源枯竭；泥石流肆虐，房地毁于一旦。人类这才意识到，高黎贡大城的一草一木、一水一溪，都与他们休戚相关。山上遭劫，明天之后就轮到他们自己。

痛定思痛，他们这才划定范围，禁止人类闯入。他们把那样一座山或一片大地，叫作自然保护区；把在那里工作的人，叫作自然保护工作者。高黎贡大城内外，一个崭新的格局从此到来——那是 1986 年，离高黎贡大城从地面隆起已数千万年。2000 年，当我在新千年初春一月看见它时，看到的只是它的空间，对时间的触摸还有待时日。

有淡墨水印的手卷

一幅烟雨牛鹭图

一眼看见那幅大地上的水墨小品，我还真有些忘情：烟雨中一头灰黑的水牛孤零零地站在路边，脚下是无边无际待耕的田野。它怎么没有回家，回到主人身边，回到有草料的畜圈里？黝黑的身影像一具活体雕塑，“蹄子插在土中，凝视着双角倒影，忘掉了自身”。身后的木犁是另一件静物，犁把翘翘直指云天，晶亮的犁铧斜插进泥土。耕作像是在不该停下的时候骤然停下——高黎贡山西麓的雨来去无定，说下就下，说停就停，农事却不能等待。阵雨初停自不必说，稍小些就要抓紧犁田耙地。农人大约直到雨下得太大才去躲躲——不知是躲在某棵大树下眼巴巴地等着雨停，还是蹲在自家老屋屋檐下抽着旱烟？只有那头老牛留在那里，忠实而又无奈。人有时真是太粗心，为什么就让牛站在雨里，站在泥水之中？其实旁边就是一道弯弯的田埂，只几步就能让它站到干一些的地方。现在它只能一动不动，任如梭的烟雨把它淋得透湿，浑身的短毛紧贴在身上，看上去倒比裸体更像裸体。雨顺着老牛的脊背直往下淌。老牛的头、角、嘴、穿着牛绳的鼻子、无望的眼睛、牛轭、滚圆的牛肚子，都在淌着水；耷拉着的尾巴像一根水管，水流成线。

一群白鹭就在那时飞来，从荫绿模糊的背景划过，银白的身影如同闪电，在老牛四周上下翻飞盘旋。一动不动的老牛连眼都不眨。白鹭越飞越低了，通红细长的脚爪伸出来，像飞机降落前放下了起落架。老牛哞叫了一声，像给老朋友打着招呼：地我刚犁过，有的是虫子！白鹭齐声欢呼，盘旋俯冲终至落定，一如几页湿透的情书，撒在老牛的四周。那只胆大些的竟在牛背落下，单腿而立，引颈而望，活像个临时风向标。然后它开始走动，以淑女优雅的碎步，在牛背上从尾部踱到双角之间，然后再次返回——或许它眼里的牛背根本不是牛背，怎么走都是一条宽敞的步行街。

不知道面对那个场景我到底看到什么？时装设计师或许能看到一场山野T台秀：高黎贡山西麓，牛和鹭的联袂献演，大与小的默契组合，既有静与动的古老元素，也有黑与白的时尚流行。诗人呢，说不定会在便条簿上记下突来的灵感：持重与轻盈相辅相成的野趣，敦实与机巧搭配的哲理，憨厚与灵慧共生的诗情；画家将一幅水墨在心头铺开，顺手拾起《老牛白鹭图》的几个细节：细雨如烟，老牛如定，木犁如船，白鹭如歌，翻开的土垡如波如浪……只有哲人没来，他们正在斗室里思索未来。我像什么都看到了，又像什么都没看到——我在想着那个农人。在远处躲雨的农人一直没有入画，但我相信他一直在场。眼前的一切都与他有关，他才是那个场景真正的主角。21世纪，风雨中的老牛木犁，暗示的是古老的农耕的伟大。大山下的土地是农人唯一的财富，其实不也是整个人类的唯一财富？那个场景尽管太古老、太原始，一无现代文明的气息——没有拖拉机，没有化肥，没有杀虫剂，没有汽油味儿，没有订单农业，没有CEO，没有与污染一起抵达的富裕，有人在渴望它的改变，有人在期待它的延续——都在两难之中，但有一点倒是明白的：为什么一定要按某种“世界标准”，认定那就一定是落后、是原始？正如汤因比所说，如果让我选择，我愿意活在中国宋朝。何况无论怎么说，“天然要比人工更美丽些；在一个动物身上，动作的自由就构成了美丽的天然”。一种生活方式只要让人快乐，就是合理的。

忘情地凝神、凝视，仿佛怕它转眼终会消失，就像它所象征的那种生存方式终将消失一样。拍一张照片吧，或者干脆就像我那样，用目光把它留在心中：那是少小离家的游子思念中的家园，在遥远的梦中看上一眼，暗夜醒来，泪水也会悄然洇湿枕角——一片自由自在充满闲趣却供养着我们的田野，怎么都是从简朴的远古出走的现代人永远的牵挂。

洇湿的红春联

风雨不解客意，竟突然来得大了。进村拜访一户农家，细数过先祖故人，闲话了油盐家常，正要向主人告辞，生生被檐下一道突然挂出的雨帘挡去了归路。车停在很远的公路边，小路泥泞难行，殷勤的主人便说，下雨天真是留客天，雨小些再走吧。于是在农家屋檐下倚门而立。眼前雨中的山野，已如电影中转换的镜头慢慢淡出。雨在近处，也在远方，从从容容，不紧不慢，如烟如雾如织。屋檐下的雨帘飘飘斜斜，掀起又垂落。有时太阳冷不丁探出头来，雨帘顿时给照得明晃晃的，像一挂水晶珠串。对面那户人家，门楣上的春联在风雨中半角翘起，半截红湿，只看不清对联上写了些什么，整整一个旱季过去，年前贴的春联尽管早已褪去鲜红，但在那片灰而亮的背景里，倒像两方淡淡的闲章，深深地盖在农家的门楣，让贴它时的欢喜和希望，在那门前屋后一直弥漫到了如今——无论随后的一年是丰是歉、是福是祸，有一幅喜庆春联的日子，倒足足经得起一年三百六十五天的回味……

主人在身后的堂屋坐着，不时也走出来，望一眼门外。顺着他的目光望出去，大地明媚，梯田闪亮，远处青山朦胧，湿润而沉静。同在一个屋檐下，主人和我看到的定然不同。秧已插过，水已放过，他看到的是秋天金黄的收成，我却在那时想起了家乡。汪曾祺游云南时说，“故乡无此好河山”。我家乡有这样的田畴，没这样的雨。记得当年只身初来滇地，生平头一回听说了旱季和雨季。转眼三十多年过去，早已鬓生华发，不知异乡羁旅何日能归。

身边一阵响动，赵晓东也走了过来，倚门远望。我感到了他平静的呼吸，回头朝他点头笑笑，都没说话，仿佛怕一不小心，搅乱了那场太阳雨的和谐与明亮。男人和男人间常常无须多言，一个习惯的手势，一个会意的眼神，足以代替千言万语。几次同行，早已了然这个守山人对雨季的那种旁人难以理喻的牵挂。一年到头，只有雨季他才敢出来走走——秋冬季节天干地燥，容易引发森林山火，他日夜难得睡个囫囵觉。其实，山不是他家的山，树不是他家的树，倒自愿地背着管理保护区那份无形却沉重的责任，一干就快二十年。现在他看着西麓的雨，不知思绪又飘到了哪片山地，落在了哪片森林。我也一样。风把星星点点的雨，拂在我脸上，撒在我身上，也吹进了我的心里。有一阵突然觉得那不像是季节的风雨，倒像是一场温润明媚的人生暗示。赵晓东站在那里，既为了陪我，也为了他的事业，我站在那里又是为了什么？其实早已人过中年，曾经天高地远的心思情味都日渐简静。躲进小楼读读喜欢读的诗书，弄点或咸或淡的文字，是一种日子。走进山野，走进现世，与冷风冷雨为伍，与泥泞山路为伴，吮咂品味一下大地的酸甜苦辣，任轰隆隆的时代列车从心上碾过，留一行辙印，作几篇短文，是另一种日子。经过二十多年的山野历练，赵晓东完全可以坐在家里，写几篇像模像样的论文作为后半生的装点——如今的科研也是讲究成果的年代。那样的文字对时代或许无足轻重，尽管对我对他皆字斟句酌发乎于心，但即便再有斑斓的文采天大的魅力，也像年年都贴的春联，总有风雨褪色的一天，留下它纯出一种自欺的精神的富足。其实人和人之间，度日所需的物质就算有别也差得不多，区别只在精神。你关心了什么，思考了什么，你的心灵生活就有什么样的质量，什么样的品味。赵晓东在保护区风风雨雨的二十年，关心的正是眼前这片大地的安危。那简直就是一种带有理想色彩的诗情。蓦地想起多年前读到梁遇春的一段话，倒很是切合眼前的心境："所谓生活术恐怕就在于怎么样当这么一个临风的征人罢，无论是风雨横来，无论澄江一练，始终好像惦记着一个花一般的家乡，那可说就是生平理想的结晶，蕴在心头的诗情，也就是明哲保身的最后堡垒了；可是同时还能够认清眼底的江山，把住自己的步骤，不管这个异地的人们是多么残酷，不管这个他乡的水土是多么不惯，却能够消瘦地站着戛戛然好似狂风中的老树。能够忍受，却没有麻木，能够多情，却不流于感伤，好像楼前的春雨，悄悄下着，遮住耀眼的阳光，却滋润了百草同千花。”①

雨终于小了，回头跟主人告别，不料那门楣上，也是一幅褪去了鲜红却在风雨中嚓嚓作响的春联。于是那晚的笔记本上便多出了两行字：早见梅残候馆，柳拂溪岸，草薰风暖春联淡，乡愁渐远渐无，迢迢春水不断……

龙川江的流法

雨中的龙川江持一把锈色长刃，划破了高黎贡西麓山野翡翠般的浓绿。我听见了中国丝绸被撕裂的声音。在雨季，高黎贡山西麓这条最大的江，伊洛瓦底江的上游，浩浩荡荡浑黄一片。翡翠般的山野间这泥汤一样的江水，就像如今的长江、黄河和大大小小的河流。小时候老家的长江水碧沙清，后来我再没见过那样的河流。中国的每条江河现在几乎都像龙川江，要么赤红如血高涨鼓凸，像随时都会爆裂，要么骨瘦如柴奄奄一息，似乎眨眼就会断流。我想其实那只是龙川江的一种流法。龙川江最古老的流法并非如此，那时它清碧透明，跟周围的山野完全融为一体。它就是一匹绸缎。现在它只偶尔还能那样流，比如冬天，雨季到来之前。那时临水而望，看得见江里的一切——覆满青苔的卵石，罗带般的水草，斑斓的精灵般的游鱼。它一路流去，神清气爽，优哉游哉，有的是乡村绅士的闲情雅趣；它从不大声喧哗，清澈地诉说像古老的长调一样优雅；一路还有夹岸的森林掩映护送，有不尽的花瓣草叶嬉戏逗弄，偶尔穿过一道乌黑的风雨廊桥，听到马帮行旅暮归农人凌乱的脚步，才会用几道浪花表达它的欢愉。有时它一个侧转，分身进入一条灌渠，走进高黎贡山下的田野，摇动水车，推动石磨。现在它狂躁凶悍，涛声十里，粗哑沉闷，远近相闻。停车走到江边，圆弧形的江面高高拱起，几近直立，飞溅的水花水雾拂得我一头一脸。我指的并非单个的涌浪，是江面整个地抬升隆起。想想并不奇怪，那是高黎贡山西麓所有有名无名的溪流的汇合——龙川江附近的山野，不在自然保护区范围内。那里是集体林、自留山，树早被砍得差不多了。其实雨季的高黎贡山西麓，任何一片山野，都有千万条小溪，像千万条小蛇在脚下游曳、穿行；远山上看得见千万道季节性山瀑，像千万匹白绫从陡崖抖落。每道小溪每道山瀑，都是龙川江的上游和源头。我必须不停地跨过那些水沟小溪，它们最终都流进了龙川江。在城里我们也能看到江河，却从来看不到上游和源头，永远只有一小段，像整匹布上裁废的几尺布，死眯漾眼，毫无生气。现在我既能看到龙川江干流，又看到了它的成千上万个上游和源头。那让我想到山上，想到“从前”，想到时间和河流的上游、远古和原初。那时的江水绝非这般模样，它有过许多别的流法：在树叶上滴落过，在森林里漫漶过，在草丛中沉思过，在覆满青苔的岩石上跌跌撞撞过，在无名小溪里蹦蹦跳跳过，但从没混进过泥石流，一路狂奔冲撞过。那样的小溪小沟都在上游。上游是个美丽的字眼。罗马寓言家费都拉斯有则寓言，“狼在上游，羊在下游”。现在好了，“狼”在下游，“羊”在上游。还有卡尔维诺，在给安贝托·艾柯寄书时在书上写道：“致安贝托：上游的读者，下游的卡尔维诺。”我们该向上游致敬，向上游清清的无名小溪致敬，向上游的时间和时间的上游致敬。那时它们清亮得像智者的思绪，不是在地上流，是在某个翡翠容器里流。在山泉水清，出山泉水浊。一到“下游”，就浑浊不堪泥沙俱下了，裹挟着泡沫饭盒、烂塑料瓶、破塑料袋、废旧包装、口香糖纸、安全套这些“现代”垃圾，进入时髦浪荡的人生。“下游”再也看不到石头和树、水草和鱼。鱼被打尽，树被砍光，石头和水草也许还在，却再也无法看到。龙川江和所有的河流，都在痛苦地回想它的前世，思考着它失去的今生和来世。河流很早以前的时光，上游的时光，已是遥远的回忆。多年前我曾想变成高黎贡山上的一滴水，但我决计不流入那样的河流，宁愿顺着大树的根系进入树叶，在阳光下蒸发，像一片云雾那样远走他乡，直奔海洋。

廊桥如梦

小河在那里拐了个弯。廊桥穿过渐浓的暮色横卧河湾，夕阳下如黄金打造，熠熠生辉。我知道我总算没有白来。听说那座桥纯属偶然。下午四点多，越野车一下爆了两个胎，没法走了。等着修车的时间像等婴儿降生，分秒如年。我们抽烟、闲聊，走来走去，等了一个多钟头，不知还要等多久。横在我们面前的，不是回家的路程，倒是慢腾腾流淌的时光长河。朋友就在那时说起了廊桥。我们如遇大赦，沿着那条与回家方向相反的路，欢呼着向那座桥飞奔而去——为了前行，旅人有时就得那样倒回去，倒回到时光的长河中去，隐隐觉得其中有点哲学，来不及细想。

说不清那天我们为什么执意要赶在天黑前去看那座老桥——它不属于那些名垂一方的标志性建筑，唯一的原因，或许是老旧的东西都容易消失，我们又想尽快跳出那段等待的沉闷。说起来，无非渴望见到一个让我们“跳”出那片山地、那种沉闷的随便什么东西——它既非从那片山地生长出来，又与那片山地有着某种联系，那或许就是那座桥。那座还没看到的桥，给我一种在绝望中获救的感觉，它在那时出现，简直就是一个前定、一个机缘。路难走。穿过雨后的田野，沿着泥泞不堪的小路，我们一路小跑着奔向那座桥。最后一段路要翻过一座不大的山，两边都是树。森林莽莽，暮色初降。乡间石板路只剩下一些孤零零的石磴子——那让我想起了穿行在崇山峻岭中的古道，想起了在高黎贡山看到的所有那些有名或无名的桥，从惠人桥、双虹桥，直到在某段小道上跨过的一块石板，几棵老树……我真的无法判断会看到一座什么样的桥，反正只要是座桥就行。

爬上山顶，透过树缝看到的那座风雨桥，比我想象的要辉煌得多。夕阳辉煌，老桥如金。它脚下，在那条突然变得宽阔的小河上，玲珑娇

小的廊桥简直像个玩具。河水浑黄，从很远很远的山里流过来，到那里突然变得舒缓开阔。背景是一座并不太高的山，暗绿着，小河穿过桥洞，沿着山脚流向远方。河水不时泛起几点亮光，银箔似的一闪，然后消失，几分钟后又在另一个地方出现，尽管比先前更暗淡，由于背景加深，依然有些耀眼。黄昏中的老桥是深灰色的，或说是黝黑色的——我有点儿说不清。傍晚的光线瞬息万变，如同这个世界。我频频按动快门，仿佛老桥随时都会从眼前消失。

然后，我们飞跑着下山，沿河岸而行，仿佛再晚一点，一切都来不及了。“我怀着夕阳西下的情怀，追随着那沉浸在金光闪闪的感伤中的河流。……空气轻吟，恰似日落的景象，为傍晚发人沉思的美所触动的人在哼唱一首别离的曲子。大地化为一支歌，一支动听的死亡之歌。”从河岸上望过去，老桥竟突然高大起来。夕阳没入桥后那座小山，金黄的阳光，从山背后射过来，像从山里面喷出来那样，为老桥斜斜地打上了一道侧光。

现在我能清楚地看见它了，一座风雨廊桥，全木结构，新翻修过的雨棚是石棉瓦的，那就像穿错了衣服，多少有点儿失态。不知什么时候，两个乡村女孩已在桥头相向而坐，大红大绿的衣服，在渐渐暗淡下来的黄昏里，有些说不清是什么颜色。她们在说着话，还打着手势，就像某些电影里用长焦镜头拍摄的画面。靠我们这边，桥下的河滩地里，几头老牛在静静觅食。“老牛缓慢地、安静地过来喝水。它们把脊背挺直，喝着水。水在极轻微地颤动。最后，它们凉快了，似醉非醉，又同时抬起头，像来时那样，乖乖地离去。”两个姑娘，或许就是牛的主人。那个画面像一幅水墨，透露出浓重的古典情味。河边小路高低起伏，两个姑娘在我的视线中也就时隐时现。走近那座老桥时，她们竟不知去向，剩下的只有那些牛。又有一群暮归的牛，正好从桥的那边走上老桥。牛蹄敲打桥面，起起落落，轻轻重重，发出嘟嘟嘟的声响。牛铎深沉。牛铃清脆。那段“打击乐”一如天籁，那种单纯的迫近的悠远，正是老桥的歌唱。

不像怒江上的铁索桥，那座风雨廊桥没有辉煌的战史，在高黎贡山东西两麓，它不过是上百座桥中的一座，倒几乎都曾给南方丝绸古道带来过某种形而上的、精神上的远方和明天。现在我在老桥上走着，双脚踩着老桥的木板，像手抚一位老人发皱的肌肤，轻微的吱呀声是他骨节的响动——临近暮年，生命正在离它远去。桥头一块石碑上，刻写着老桥的全部履历：小河叫孙家坝河，发源于高黎贡山，注入龙川江。桥名“通济”，初建于民国八年，1989 年重修。

天快黑了。返回时再次爬上那座小山，回头又看了一眼那座老桥。夕照完全消失，老桥在河水的最后几点亮光里，只剩下隐约的轮廓。它很快就将没入黑暗，时间的和历史的，倒突然在我心里变得清晰明亮：似乎在哪里见过那样一座桥，和一个与它相连的故事，隽永的，伤感的，充满了人性的——不是《廊桥遗梦》那个舶来的故事，想象中的那个故事只与滇西那片土地相关，与暮归的牛和两个放牛姑娘相关，与她们在那片晚霞中私语着的，她们的先祖父兄汗血交融的经历相关，与她们憧憬着的，完全属于花季少女的，像晚霞一样灿烂的隐秘心事相关……

东南亚南亚文化及西亚文化交汇融合的当口之便，和顺早已领风气之先。清末国难深重，新思潮遍及域中，和顺岂甘落后？先是留日归来的同盟会员寸馥清等于1905年在和顺创建“咸新社”，社址设于一经改建的古庙，购置成批新书供社内外人士阅读。民国初，旅居缅甸瓦城的和顺青年寸仲猷、李清园等组建的“青年会”发展到和顺，于1924年创办“书报社”，自上海等地订购书刊供乡人阅读。“青年会”后改组为“崇新会”，会员渐多，影响愈大，遂将“书报社”扩大为图书馆，仍以“咸新社”社址为馆址。经在国内外乡亲中宣传鼓动，为图书馆捐款、捐书、捐物一时蔚成风气。据和顺图书馆十周年纪念刊《本馆经济史略》一文记述：图书馆“成立初期，经济方面既不名一文，对于书报的购定，也没有事前周密的筹备……”一切皆“由本乡募捐基金”：驻缅京瓦城商界巨子尹玉山省下做六十寿辰庆典的费用，捐赠图书馆建筑费三百元；本乡乡民张德善摒弃传统婚礼举行“文明结婚”，节省费用一百元亦全数捐出；寸秀芳女士捐赠图书费二百五十元及复印器一架；至于老人弥留之际遗嘱捐款、父子同捐、兄弟共捐、夫妇合捐者，更数不胜数，桩桩件件都令人动情。本乡则“由两毫起码，名人老财不过五元……全乡募化结果得到二百余元”；“一切图书报章，多由各方捐赠……各热心同志将所有新旧藏书或借或赠，陈列馆内”。而“建造书架所费不赀，亦皆由各同乡同志赠，本馆并未支出分文”。现馆藏诸多古今图书，如百衲本《廿四史》《武英殿聚珍全丛》《云南通志》《九通全书》《续藏经》《四部丛刊》《万有文库》《汉魏丛书》《佩文韵府》等等，尽皆那时募捐而来。图书馆的日常工作则“由热心赞助的各同志……轮流负责，每二人共同义务经理一星期”，所有工作人员都只尽其责，不取报酬。但腾冲地处边陲，邮传滞迟，内地报刊到和顺俨然已成“过时”之物，远难满足关心时事新闻者之需。恰本乡旅缅华侨尹大典在缅甸配制成短波机一台，带回乡后应图书馆请求，于1934年慨然捐出。此后尹大典与几位热心者便每晚收录，夤夜刻印赶制成新闻报纸，以“和顺图书馆电讯三日刊”之名分送各处，甚而外县如保山、龙陵等均来函索取。“七七事变”后时局突变，电讯新闻由每刊一纸增至二三纸不等，更成为保腾一带供不应求的新闻资料。直至后来办起的《腾越日报》，也由和顺图书馆提供电讯新闻。至此和顺图书馆不唯是腾冲最大的文化中心，也成了腾冲最大的电讯新闻中心。

——有时我想，真不知那时和顺人有的到底是怎样一种锋锐的意气豪迈的风采？那些石刻线装的古书蜡纸油印的电讯，怎么看都透着他们对往昔揪心揪肝的惦念，对未来如饥似渴的憧憬，不足万数的人口，竟恨不得将古今中外所有的精彩与无奈、整个世界的风风雨雨都装在自己心中！

现存的和顺图书馆乃1938年建馆十周年时于旧址改建而成，那座中西合璧、坐南向北的二层砖木馆舍，规模更大，风韵更浓，新颖别致，又完全融入和顺既有的古朴。大门沿用旧有牌楼式老大门，在本就坐落于团山脚缓坡上的和顺建筑群中，那组依山势而上层次分明的建筑气韵非凡，更为和顺增添了时代的动感，加上宝顶飞檐、绿柳粉墙，馆前宽敞的花园外建一三孔平顶拱门，额上嵌有李石曾书“文化之津”石刻，正拱门头上悬胡适书“和顺图书馆”木匾。落成之际，腾人张天放当即为《和顺图书馆十周年纪念刊》题词：“在中国乡村文化界堪称第一”。

——难怪当年和顺的年轻人在这里一朝读过赫胥黎的《天演论》、达尔文的《进化论》、邹容的《革命军》，出去便成了大倡科学民主的凌厉先行，或纵横学界或驰骋沙场，皆胆略惊人手眼非凡。如今，外界商战激烈人欲横流，阅览室倒依然静悄悄的，本色的木制桌椅边，戴花镜的乡党农人手捧发黄的旧报线装的古籍，正孜孜地温习着历史——早上放的牛还在窗外的田野觅食，等太阳落山便和他一起归去。如今，全套的《万有文库》，木刻的《二十四史》，孤本、善本都老了，唯为添置它们募捐掏钱的侨领还活在后来者心里。于此再拍栏杆：和顺传奇太多，足够拍百十部大片，部部都该是大制作，非请大编剧、大导演、大明星才能搞定。去过好多图书馆，惟这间乡村图书馆让我从此对文字更加心存敬畏，不敢胡乱动笔，就明白许多所谓的文字，都是该扔进字纸篓的。

穿过和顺的那条古道

三拍栏杆，是夜晚。灯下研读腾冲和顺的史料典籍，恰像倚着和顺的又一道栏杆与历史倾心对谈——那栏杆尽管非以火山石打制，倒实实也是以血性凝铸、用心智砌筑，足可让心久久依凭、细细品读，将和顺深藏不露的人文风景一一深味。前人留下的典籍毕竟是典籍，靠得住多了，何似如今那些东鳞西爪玩弄感性的文字？和顺如今游人如织，去一趟回来谁都在写。虽说和顺那种热烈的幽静无处不在，转眼就能消弭外来者都市式的浮躁与轻狂，而当今借助流水线生产的出版物终于泛滥成灾，真能专意寻访潜心著述以自己的心写和顺的魂者，又有几人？看来看去，也只有女作家何真那本《驿路商旅第一村——和顺》。真喜欢她那柔韧的执着不言的坚持：以十年时光读和顺，最终也不敢大包大揽，精雕细磨拿出的那本不大的书，虽非字字珠玑，却让人一读就放不下。于是日后再在和顺曲折的小巷、阔大的宅院去来出进，便只一意地看专心地听，叮嘱自己少些声张多点恭敬，绝不可似游荡江湖的文化掮客那样见子打子现炒现卖。有时找个古旧院子摸进去，“弯楼子”“三成号”什么的，遇着有人了无论男女老幼，端个小板凳往那里一坐，只满怀敬意地跟主人家聊聊家常嗽嗽历史。正午天井里，一方当顶的阳光，正和主人回想的眼神中那点睛光一起闪烁。夕阳投在古旧老院的彩花玻璃上反射过来，仿佛是和顺历史中那些明媚耀眼的光斑。聊着聊着就深深地沉到了海底——偌大一个和顺，看上去尽皆清清爽爽的青瓦白墙，通通透透的阔门敞轩，殊不知那清爽通透间涌动着的，倒是一片看不见的历史之海、人性之波，深藏着和顺几百年的夕阳月色，代代人的苦甜辛酸，牵连肺腑，也带着血丝。在那样的“海”里泡久了，方可得和顺的元气精华，提笔却依然小心翼翼，只掬沧海一瓢饮——那一饮就醉了；朦胧间像何真说的，将和顺宽大的历史厚袍轻轻撩开一道缝，只一眼便看尽了和顺满目的离情别愁：“一个汉人的村庄，系在地老天荒的古道边，后面是天界一样的高山大江，前面是蛮烟瘴雨的夷方，中间一座座大大小小的火山脚下，只留有不多的田地。当弯腰躬耕而又收入微薄的和顺的先祖们从土疙瘩中直起背来的时候，总在想，山后面是什么呢？”

终知道和顺乡前那条土路，凝聚的正是南方陆上丝绸之路的一段灿烂，既紧连着中华历史的深厚血脉，也交融着与域外民族交往的风风雨雨。没准儿当年缅王象队前往朝贡中原皇帝扬起的滚滚尘埃，至今还飘荡在和顺老人的记忆之中。既是路，自然可进亦可出。那条携蜀风滇雨越高黎贡山逶迤而来的古道，伸展到和顺似已是天涯尽头，却如一支射出去的箭，掠过和顺时仍飒飒作响呼呼有声。内里的田土早已开垦殆尽，外面的世界到底有多阔大、多精彩？和顺人于是有了止不住的冲动，竟收拾起行装随古道一起跨国而去。勤勉智慧能吃苦的和顺人秉承炎黄美德，不仅从此在异国谋得了生计，也在域外开创出了一番大业。最早始于明洪武年间，和顺已有多人在缅甸王宫里供职做事，从充任“宫廷通事”（即翻译），到担任“鸿胪寺序班”（即国家礼宾官），直至成为“四夷馆教授”（即培养外交人员的先生）；到20世纪中叶统计，和顺“这个乡在‘家’的有五千多人，在‘夷方’的却有七千人”，东南亚，日、美、英，足迹遍及世界——读到那里，我不禁伸了伸舌头。和顺的往昔千丝万缕，一旦从中理出了“走夷方”这个情结，再经经纬纬里里外外地把那些出走异国的男子、留守家园的女人的故事娓娓道来，字字句句，便尽是些令人肝肠欲断的悲欢离合，让人欲歌无声有泪难流的沧桑故事。看来什么书该由什么人写，多由天定。即便才子才女，也不是什么都能写写什么都能成的。不好让施耐庵写儿女红楼，自然也不好请曹雪芹做权谋三国。读懂了和顺漂泊的艰辛，守望的孤寂，写幽怨则倍加幽怨，状悲壮便更显悲壮，再不是浮皮潦草的敷衍，也不是一无根基的感叹。心在如井的大院沉淀过，笔任异乡的风雨浸泡过，运笔方能圆润饱满，落笔处才总有风生水起花开花落。还是那个和顺，那些宅院、那些人家、那些故事，抓住了“走夷方”这根筋，号到了文化这道脉，再看再读再写，都变厚了、变浓了、变醇了：雨洲亭前的别离，年年交织着风雨闯荡的艰辛与沉浮，尽管也有大斗金银伴着的声色犬马，说不尽的倒是青石板路上代代漂泊者的悲欢离合；画栋雕梁间闪耀着的，何止是闯荡异国的动荡沉浮，更是中华一族生生不息的顽强生命；洗衣亭下的捣衣声，捣不尽凭栏苦守的清冷幽怨，怀旧的斜阳下是怎么都晒不干的湿漉漉的相思……

奇怪倒在，那样的年代，偏远的和顺也不乏时尚追求——与其说那是来自异国的豪华奢侈对简朴本真的浸润与覆盖，倒不如说那是和顺借着外来物件的装点演绎着自己固有的古老而又简朴的精雅。时至今日，尽管那些“百年前就落脚在这个山村”的，“来自罗马、英国、德国的百年老钟还在墙上摇晃着钟摆，三炮台、骆驼牌的香烟筒装着些纽扣、顶针，美孚洋行早已锈迹斑斑的铁桶装着泔水，一不小心踢着主人家的洗脚盆，上边竟然刻写着德文”，以至随处可见“那些被报纸糊裱着的雕花灯罩来自捷克斯洛伐克，美国的多用灶，德国的压面机，伦敦的牛皮箱、缝纫机、洋线、咖啡壶，更别说印度的托盘、缅甸的镜子，还有不知哪国的水晶玻璃砖镜子……”但和顺骨子里流淌的怎么都还是中国的血脉：苍翠的山教会我们简静的端庄，幽碧的水让我们见习浑厚的透彻。讲到“在一农家晾晒着包谷棒子的厢楼上一脚踢到一对帽盒时，足足愣了有半分钟”，那是装英国绅士礼帽、装贵族女子有羽毛丝带蕾丝花边的帽子的帽盒，何真说她“在《傲慢与偏见》中读过，在哈代和高尔斯华绥的书中读过”，其实我们也在《红楼梦》在《牡丹亭》中见识过。传统的简朴毕竟远胜于当今豪华的粗鄙，中国式的精雅怎么都不等于眼下无度的奢靡。那些舶来品诉说的无非是个梦，丝丝缕缕都缠着对古雅文化的怀想、对现代文明的憧憬：“和顺人就是这样把梦带回家的”，他们曾“把世界上三十多个国家的一百六十多种商品带回自己的家园，如今留下的只是当年生活品质的碎片，曾经的时尚和曾经前卫的残骸”。看来时尚不只是时尚，倒常常暗藏着文化品位和生活方式的梦想。古老的和顺绝不是抱残守缺的和顺，它敞开胸襟吸纳的正是来自五洲四海的精华。后来呢？又一次的闭关锁国，那些物件都成了“罪证”，耗费一个民族长达几十年的如金时光，终于演就了当今豪华的粗鄙奢靡的雕琢——于此怎能不再、再拍栏杆？

在熊熊的历史火光中

夜已深，放得下手中那些书，放不下的是对和顺的怀想。眼前尽是书上的铿锵文字，心里盈满了和顺的鲜活故事。当写就典籍的一支支笔向历史深处探去，我心也便往更深处游动，那一游便探及了心灵，探及了良知与正义。一个村庄再怎么偏远，也无法游离于时代之外。说和顺，怎么绕得开曾在滇西翻卷的战争风烟？“时代的车轰轰地往前开。我们坐在车上，经过的也许不过是几条熟悉的街衢，可是在漫天的火光中也自惊心动魄”——张爱玲说的毕竟属个人感受，闪烁在和顺集体记忆深处的，倒正是历史真切的熊熊火光。小小和顺离京不止万里，近代中国的每次风云动荡，倒无不在此引来惊天回响。历史就那样造就出和顺的代代精英。和顺家喻户晓的名人多了去了，从曾做过缅王三朝国师的尹蓉，到辛亥革命作为滇南临安起义和腾越起义的策划推动者，蔡锷的“护国军”第一军秘书长，被章太炎称为“滇南一支笔”，抗日战争时拍案痛斥日军罪行忧愤成疾而亡的李曰垓，再到以一卷《大众哲学》风云中国的艾思奇，都是和顺的骄傲。其实和顺岂止这几位名人，倒有的是至今也不大为人所知，如今尽管蒙上历史尘埃，当年却也有被惊心动魄的火光映照得通体晶莹的魂魄。

——那幅绣有孙中山题词“华侨领袖，民族光辉”的金线寿幛的故事，初初一听，就叫人止不住有千曲百回的萦念、百感交集的感动。那幅丝线手绣金线镶嵌以“八仙拜寿”图案为底的寿幛，怎么看都是一幅苏绣绝品，“文化大革命”中硬是缝在一床破被子里多年，才侥幸躲过了那致命的一劫，保存到了如今。同时保留下来的还有两件宝贝：一件是影印的，由李根源代笔、由沈钧儒公证的寸如东遗嘱，一件是民国革命军政府总裁岑春暄的“民国策勋”四字题赠。尽管历经风雨，那件寿幛一旦抖开来展示在新时代的眼前，不惟让满屋生辉、众人惊叹，也抖开了老同盟会员寸如东的传奇人生：和顺少年寸如东十多岁到缅甸经商，因为人平和且做事勤勉，不到三十岁已是缅甸华侨巨商。光绪十一年（1885 年），缅甸沦为英国殖民地，华侨商人备受欺凌，清廷却无力保护，血性的寸如东在山城四处奔走，联络广东、福建、云南华侨一起，会见英方驻缅甸统帅，义正词严地要求其保障华侨生命财产安全，英方迫于舆论压力，只好公开声明从此将约束自己的军队，不准侵害华侨利益。寸如东由此名声大振，被推为缅甸中华会馆会长。与此同时，寸如东在家乡提倡妇女解放，反对缠足，所兴办的和顺明德女子学校乃云南最早的女校，学生一律免收学费，还免费供应早晚餐。世纪之交，寸如东有幸结识的革命党人居觉生、吕志伊和黄兴，皆“孙中山先生的左右臂”，从他们身上看到了新世纪的希望，毅然加入了同盟会，并利用自己的影响，与他人一起，很快就帮助孙中山先生在缅甸发展了一千余名同盟会会员。寸如东的家由此真成了革命党人的家，凡革命党人到缅甸，不仅衣食住行概由他负责，分文不收，还屡为革命筹集经费：仰光《光华报》、留日学生的《云南》杂志皆由他捐资创办；保山起义、河口起义甚至广州黄花岗起义所用经费，都有他和同盟会员们捐赠的巨资。辛亥革命原拟在滇西起义，后因跨国运输军火受阻，才改到广州进行。1911 年，为响应辛亥首义的腾越起义成立的都督府，因军饷无着，向缅甸华商告急，寸如东与几位同盟会员一次筹集六万余银圆，日夜兼程送回腾冲，才稍解燃眉之急。后蔡锷、唐继尧等邀寸如东出任高官，寸如东却坚辞不受，回缅甸继续筹集军费。一个商人，一生矢志革命，办报纸，兴学校，结社团，捐巨资，说起来就连当年催生和顺图书馆的“书报社”，寸如东也是发起创办者之一——这一切到底是为了什么？换来的，无非他六十大寿那年，国民政府和孙中山、黄兴等人赠送给他的那面寿幛，再加一张孙中山亲笔签名的照片。这位一生都在经商的和顺人，说他堪称一位不折不扣的革命党人也决不为过。如此说来，那幅重新展开铺满了时代阳光的寿幛，展开的又何止是寸如东的百年传奇，还是侨乡和顺的整整一部近代史——到此再拍栏杆，再再再拍栏杆！

和顺版的“最后一课”

法国作家都德的短篇小说《最后一课》，曾让我和多少热血男儿一样读得泪流满面，殊不知多年后，真实得让人揪心的“最后一课”竟会在和顺真实上演。和顺荷塘边的雨洲亭，活脱又一块以烈火与惊雷铸就的火山石，让寸树声这个名字至今矗立在和顺人心中——雨洲正是寸树声的字。

1896 年生于和顺的寸树声，青年时因学习优异，经李根源介绍于 1918 年获官费到日本留学，先后就读于东京师范大学、九州帝国大学，获经济学学士学位。其间他加入郭沫若的“创造社”，并与同乡张天放一起主编革命刊物《曙滇》，间或还指导正在日本求学的艾思奇等学习马列主义哲学和政治经济学。“九一八事变”后，寸树声毅然回国，在北平大学任教，并兼校长室秘书、研究室主任等职，曾与邢西萍、张友渔、千家驹等自费出版《世界论坛》旬刊，译介国外左翼文章，宣传进步思想；又与马叙伦等发起组织“北平文化界救国会”，支持“一二·九”爱国学生运动。

“七七事变”之后，北京沦陷，寸树声到南京寻求工作的幻想破灭。之后他到西安，在西安临时大学、西北联合大学等校任教授。不幸又因“支持民先，思想不纯”被教育部解聘。面对专制制度，心灰意冷的寸树声于 1939 年回到云南时，终日“徘徊在‘到滇缅公路上去经商’呢”还是去干别的什么的苦痛之中。恰逢故乡和顺乡中学筹备委员会来电邀他回去任和顺私立益群中学校长。该校为腾冲宿儒李仁杰在缅甸华侨组织“崇新会”的捐助下创办，意在帮助当地穷苦学生读书，由李根源亲任校董事长。此时寸树声“对教育已经厌倦”，先是婉辞谢绝，禁不住故乡再三呼唤，方回乡就任该校校长，并兼任和顺中心小学校长、和顺图书馆馆长。恰如他说：“事情的大小是在乎表现价值的大小，不在乎规模计划的大小”，“小的事情若把他内在的价值表现到最大限度，也算是一种才能”。到任伊始，他便委托吴晗、曹靖华在昆明聘到一批因抗战来滇的外省专业人士到校授课；又亲往缅甸在华侨中募集经费，从上海、昆明等地购置图书。一番苦心经营后，益群中学、和顺乡图书馆在全国声名大振，社会名流、专家学者纷纷题词撰文，至今犹存。

回头看，仿佛从那时起，寸树声就已着手为“最后一课”备课——以他的才智，也以他的血性：他的教育改革和乡村实验，强调“不应该使学校成为象牙之塔的特殊的存在，使学生成为高蹈的，与社会及生产脱离的特殊人物”，而是注重通过教育的影响达到社会的改革；他亲任“公民”课教师时摒弃说教，重在以现实社会现象和政治格局对照，让学生受到潜移默化的影响；他对学生要求极严，规定学生一律以地产土布为衣料，以抑制浮华之风；并要求学生关心社会，每周清扫住家附近环境，改善乡村卫生面貌，还组织学生消防队多次上山扑打山火；他重视学生的体育锻炼，带头开辟操场、挖游泳池，让妻子出任体育教师，带着学生在操场上蹦跳，震动了当地村民；他顺应和顺华侨通商的需要，在校开设当时中国独一无二的缅语课程，让学生掌握对外学习的工具；还购置收音机，每天把国际国内动态抄录在纸上，分送邻近乡村和县城机关，并通过演讲向学生和村民传播时事知识。

当一切似都准备停当，寸树声为学生上“最后一课”的那一天终于到来。1942 年初，入缅中国远征军失利后被日军尾追着向国内撤离，5 月 3 日畹町沦陷，次日芒市、龙陵失守，日军兵锋直指腾冲。此时腾冲一带中国武装尚有千人，何况腾冲边民素有保土卫国传统，足可依险阻滞敌军数日，待援军赶到。无奈腾龙边区行政长官得消息后不仅秘而不宣，竟加紧征夫拉马抢运亲眷财富，6 日借口因公赴昆明逃之夭夭。迟至 7 日夜县长邱天培才开会宣布龙陵失守，当即有人提议派兵截断咽喉要道腾龙桥，在龙江西侧布防，还据此分配了任务，不料当夜邱天培即带上自卫队及警察潜逃。

5 月 7 日日军逼近腾冲，消息传来时，益群中学上课钟声像往日一样敲响。寸树声走上讲台，低哑沉重的声音满怀义愤，无异于誓言："时局的情形你们都已经知道了，我们以为不能来到腾冲的敌人已经只离我们三四十里了。学校从今天起，只有停课。平时对你们所说的话，希望你们不要忘记。你们要在艰苦的环境里磨炼你们的精神，在斗争里发展你们的力量。我相信每一个黄帝的子孙，是不会当顺民的，不甘心做奴隶的……"台下学生尽管痛哭失声，倒也把老校长的话句句记在了心里。仁人志士与贪官豪强的区别就在这里，当官员仓皇逃命时，寸树声的"最后一课"为学生而上，也不啻是为和顺、腾冲甚至整个滇西而上。5 月 9 日上午，寸树声的"乡村实验"被迫夭折，匆匆离开腾冲徒步向高黎贡山走去。风吹乱了他的头发，吹不干学生送别的眼泪，但诚如他满眼泪水预言的那样，"在沦陷的日子里，和顺没有人当顺民和奴隶"。5 月 10 日，仅二百九十二人的日军没费一枪一弹即占领腾冲，尽管群龙无首的腾冲此时只剩手无寸铁的百姓，但有骨气的腾冲人宁可舍家出走逃难，硬是只给日军留下一座空城、死城。逃难艰辛，侵略者也反复劝令迁回，许诺恢复集市解决民困，但始终没人愿意回到自己熟悉的古城里去当"顺民"。

——驿路上的和顺，商旅的和顺，曾经文化的、时尚的和顺，也是刚烈、悲壮的和顺。终归是老庄子风流——再再再拍栏杆，把和顺的栏杆拍遍。

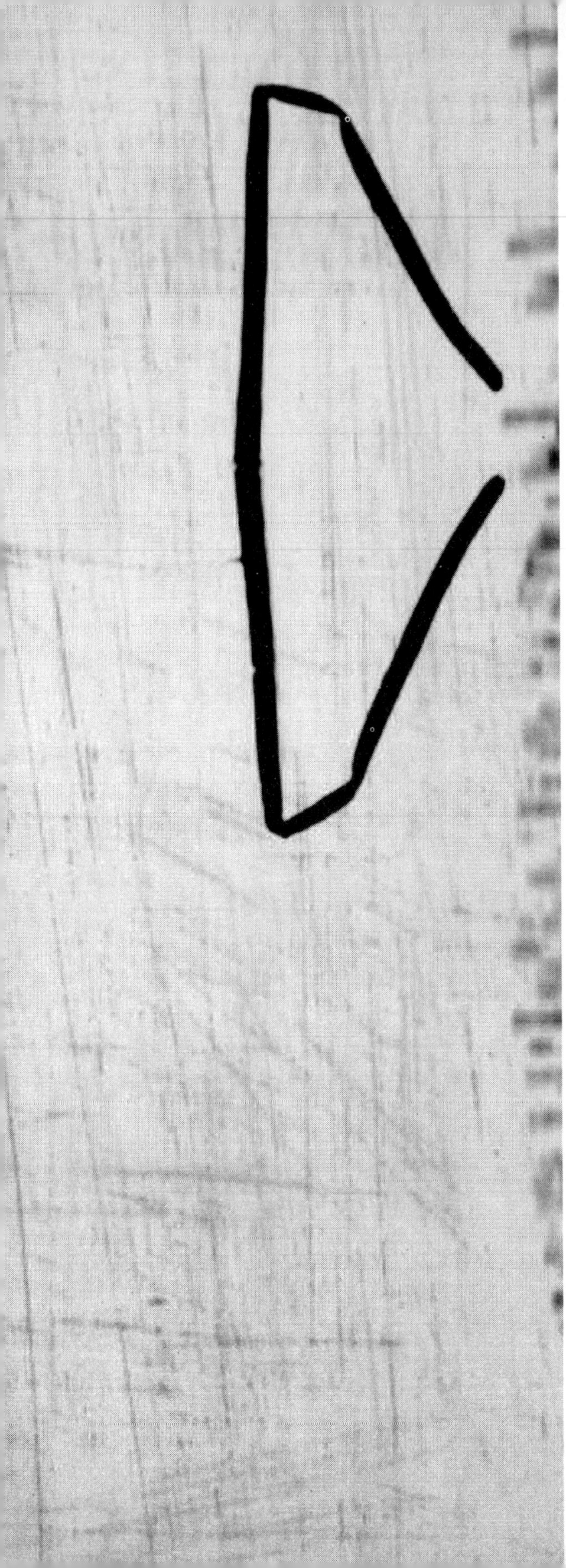

徽部

金沙行吟

金沙江尽管没有穿过楚雄市，楚雄却一直习惯于把金沙江作为自己的象征

金沙江从青藏高原一路奔来，一路从遥远的雪山奔来，沿川藏边境蜿蜒南下，穿越美丽的迪庆香格里拉，入滇，至丽江石鼓急转北流，在虎跳峡激起令人惊异的浪花与想象后，再度南下，终于进入川滇之交那片裸露的山地。20 世纪 80 年代中期，我开始了在那段金沙江边的游历，在那段地跨四川攀枝花市与云南永仁、元谋两县的狭长河谷，和朋友们一起，度过了许多青春、激情、充满人生梦想的日日夜夜。那用双脚徒步走过的上百公里山路，那些我至今难以忘怀的日子，那些被风沙掩埋、被江水溅湿，在闷热中蒸腾着的时光，至今仍被我作为珍贵的一页，小心翼翼地藏在我人生经历之中，成为我此生的一笔财富。心灰意冷之时，我会翻开它，温习它，重读那些我至今也没能完全读懂的章节。回想起来，我正是从那里开始认识金沙江，并从那里沿金沙江溯流而上，走向丽江，走向迪庆的。那是一段与我后来在丽江、迪庆看到的金沙江大不一样的江流。如果云南境内的金沙江是一部恢宏博大的交响乐，如果上游是节奏紧密急促、意韵铿锵的快板，音符飞溅，激情飞扬，那么这里便进入了沉郁、抒情的慢板，主题得以进一步丰富、扩展与深化，我相信，在那里，金沙江水的本性得到了更鲜明的流露。同是

金沙江，那段河谷两边，没有了梅里雪山、白茫雪山、哈巴雪山、玉龙雪山那样壮丽的雪山的护卫，也没有了一眼望不到边的原始森林的覆盖，甚至连给它增添了无尽神秘的高原云雾也杳无踪影。它赤身露体，毫无遮挡，是什么样就是什么样。由于两岸没有了那些令人惊叹的景观的映衬，那段江流被耀眼地凸显出来，显得更朴实，却更纯粹、更单调，也更苍茫。水流依然是湍急的，可看上去它却是平静的，甚至是温情的——不少初来乍到者往往因此对它掉以轻心，结果在那里丢掉了性命。与上游相比，它已冲出横断山腹地的那片陡峭崎岖，进了一段相对平缓的山地，江水落差骤然变小。它已不再只是一味地奔流、奔流，偶尔它会突然在某片沙滩停下脚步，在某段回流翘首回望，稍事喘息，做些调整，甚至陷入某种神秘的沉思——一路奔突，实在是跑得太快了，许多事来不及细想深究，那时，惟前行是第一位的。经过那段奔行，它无意中裹挟的，或是打着各种旗号混进来的乌七八糟的东西，实在太多太多，泥沙、巨大的卵石、腐烂的树木草丛、沿江的垃圾污秽，甚至动物或人被泡肿泡胀泡得完全变形的尸体……一切皆假它之名耀武扬威，横行于世，招摇撞骗——世上，有一个英雄诞生，必有十个假英雄假它之名横行。金沙江于是稍稍放慢了脚步，以便抖落那些借它的冲激之势被裹挟下来的东西，轻装前行，开始一次新的远征——这次远行的尽头是大海，那里有它渴盼的朝阳夜月、狂风巨浪；它且行且歌，时而奔突跌宕，时而沉静如练，那种跃动与沉静、喧嚣与无声的交错和映衬，把那段江流显得更加多彩多姿，繁复斑斓。即便江水的颜色，也发生了改变——在上游，它的颜色是纯净的，要么因森林的覆盖变得苍绿，要么因雪山的映衬显得森黑，到了元谋，它变成不确定的了，混杂，捉摸不透，要么是土红，要么是一种让人说不清楚的青灰，海拔骤然降低。在上游，雪域高原赋予它的那种硬派小生般的冷峻，那种刀光剑影般的凛冽，暂时被收敛、被掩藏起来；在那段窒闷得让人喘不过气来的干热河谷，尽管它显得大汗淋漓、呼吸急促，却多多少少显出了一点柔情，一点人间气。站在河谷里上下一望，江水依然前不见头，后不见尾。四周，土红色的山峦一座连着一座，山上虽无大树林莽，却终年水雾蒸腾，那种弥漫于整个河谷中的蓝色氤氲，让金沙江河谷显出一派伟大、奇特的、非人间的苍凉。

——那就是属于楚雄的那段金沙江。金沙江尽管没有穿过楚雄市，但楚雄一直习惯于把金沙江作为自己的象征，而那段金沙江盘曲的江流、复杂多变的水势，也正是楚雄那片山地的形象写照。事实上，穿越楚雄市境东北部的龙川江，正是金沙江的一级支流。至于楚雄境内最终汇入金沙江的小支流，就多得不计其数了。那些一脚就可以跳过去的小河沟，那些看上去随时都像要断流的季节河，是那么不起眼，但毫无疑问，它们依然属于金沙江水系，楚雄的文明因而也是金沙江浇灌出来的。就像一个人，即便远离祖居地千里万里，皮肤、相貌都发生了巨大变异，但身体里流淌着的，将永远是一腔祖上的血：豪放，雄阔，一往无前，所向披靡。

想到那里，我才明白我和一位布衣智者的相约原是终身有效的

衣莫若新，人莫若故。我与锦堂相约去金沙江边行游，还是十多年前的事。那天他突然对我说，哪天，我们一起去江边走走！

我想，那当然就是一个约定了。

相约着是美丽的。

人的一生，几乎都在与人相约：幼时相约于父母，长大了便相约于兄弟，中年相约于知己，老来便相约于儿女。相约有长有短、有虚有实，也有真有假、有明有暗。就像侠士相约于江湖，比如说是相约于气节，书生相约于诗文，比如说是相约于清雅，悄然的地老天荒之约或许无非情欲，政客的歃血会盟之约其实倒只在乎权柄；如果勋章是将军的相约，赃物是窃贼的相约，那么股市行情则是巨商大贾的相约，主子的脸色就是势利小人的相约了……相约有时是幸运、是责任、是生生死

死，有时却也是阴谋、是苟合、是作奸犯科。锦堂是我的“布衣”朋友，他的相约当然也是布衣之约，不像时下的阔佬动辄发出的时髦邀约——或一帧大红烫金的请柬“恭请光临”，或一个摩托罗拉打来电话说“不见不散”，无非酒楼喝酒、茶室品茶、度假村度假之类，热闹一番而后作鸟兽散。锦堂乃性情中人，常常一诺千金，既没有轿车接送，事后也无要事相求，无非因了相投相知，便推辞不得。于是那又是性情之约。

问锦堂去哪条江边，答说当然是金沙江边。我便大喜：吾有此愿久矣。世人多知云南多山，不知云南也多江。那时，锦堂就在滇川交界一带成昆铁路靠金沙江的一个小站做事。记得早年坐车路过，见山里有两条线逶迤而行，一条线在谷底，是金沙江，一条线在山腰，是铁路。我曾去过怒江、红河，去过瑞丽江、大盈江，一直没去过金沙江。可那段金沙江我总觉得眼熟，或许我前世去过，会在那里找到我的“三生石”。细想才明白，我是在长江边长大的。七八岁时开始到长江边嬉戏，一脉大江、一片河滩，便是我的乐园。少年时，一根扁担、两只木桶，趁着夕阳赤脚如飞地将江水挑回家中，入夜的水缸里犹有落霞满天的深红。母亲对常常弄得一身灰土的我说，你看你那样子，非跳到大河里才洗得干净！大河就是长江。黑手脏脚洗不脏一河长江水，而即便是夏日泥沙滚滚的江水，也能把我洗得干干净净。我就是在长江里这么“洗”出来的。稍长，听说生命的大半都是水，聪明的祖先便择水而居。又闻世上都市差不多都依江而建，即便穷乡僻壤的村寨人家，也离不开一道河湾、一片湖水甚至一孔泉眼。那么，我生于长江长于长江，便是幸运了。朦朦胧胧地想过，一个没有江河横穿而过的城市，大概是枯燥乏味的，一片没有流水如歌的风景，大概是没有韵味的，而一个没有水一般奔流的勇气、水一般连绵的韧性，也没有如水柔情的人，大约也是一个枯燥乏味的人吧。

锦堂说起金沙江，脸上会泛出一种光彩。如果一条江只能适于一个人，那么世上的大江大河则多属名人。多瑙河属于施特劳斯和他的圆舞曲，某条无名江湖属于孔子和他“逝者如斯夫”的咏叹，长江和湘、资、沅、澧属于被流放的屈原和《涉江》，浔阳江当然就属于青州司马白居易和他的《琵琶行》了，可金沙江未必就不属于“布衣”锦堂。他在江边一住二十多年，从胡子拉碴的小伙子变成想成家讨媳妇的男人，后来又变成俱乐部主任。而发出那声邀约时，他的身份只是一个普普通通的养路工。岁月如流，世事沧桑，锦堂却还是锦堂。他会拉小提琴，会拉手风琴，会唱歌，还有一把木吉他，即便静悬墙角，也兀自叮咚作响。但他最喜欢的还是写诗。看上去他绝不像个诗人，我是说不像那些特意把自己弄得很像诗人的诗人，比如头发长、衣服大、裤脚宽、说话阴阳怪气之类，但锦堂绝对是个诗人。有段时间我常常读到锦堂的诗。他写《梁祝》——

一首词被岁月拆散
一出戏唱了天空又演土地
小生旦角都老了
也未有最后的结局

那边十里长亭还在
在一张茶馆里乘凉
梁祝却早已化作双蝶往流霞里飞去
留下几句生与死的旋律
许多人就这样信了

我也就这样信了。我说那好吧，一言为定，但我有个条件：尽量走路，不坐车或少坐车。锦堂满口答应我没问题，就看你怎么样了。问他什么时候去，他说时间由你定，来之前给我打个电话就行。

事情就这么定了：到江边去，到锦堂的金沙江边去。那以后，我常和锦堂一起去金沙江边。我们没有任何目的，没有深重的历史感，当然也就没有什么负担。不必像孔夫子那样出口必是名言，也不必像屈原那样满怀忧愤地问天问地。在自古就是“流放之地”的云南，我们的行吟却不是流放。实在要说也是自愿流放——将我们被红尘包裹的心、被欲望封堵的灵魂，流放于洪荒大野，流放于自然纯真，流放于大江大河。我们只是看山看水，和那里的人聊聊天，走走玩玩看看。我们没感到任重道远，当然也不是没有一点野心——想到那是金沙江上一处与名人无缘的河段，我们或许将能填补某种空白。如此，我和锦堂的相约便又是江河之约。

十多年后的今天，锦堂再次邀我去江边走走，我才明白十年前那个布衣之约还没解除。我还没找到我的三生石。我说倒是真想再去走走——现在江边怎么样了？锦堂说，你去了就知道了。说那话时，他的眼睛睁得大大的。他一说话，眼睛就睁得大大的。对着那双大眼睛，我从来不敢说谎，也不敢敷衍。锦堂说起“江边”时，样子总是很神秘。那种神秘只有天知地知他知我知，我们对此总是心照不宣。可我知道他说的江边跟我说的江边并不完全一样。他说的是一个确切的地点，专指金沙江边的一个小镇，我的“江边”要大得多，是沿成昆铁路靠金沙江那一段，中间有好多个小站、好多个村子。

什么时候你能去了，打个电话来，锦堂说。那声音恍惚从十年前传来，让我如在梦中。我以为真是梦中，后来锦堂说不是，他真的约过我，我也答应了他。我说我真想去，可一时半会儿还真去不了。等你有空能去了，就打个电话来，他又说，我会到车站接你。现在我管了一个舞厅，装修过的，我会叫好多姑娘来一起跳舞。你现在会跳舞了吧？他又神秘地笑笑。那是我和他之间的另一个秘密。我说好吧。

醒来我一下子想起了好多人好多事，淋淋漓漓，都是我几次去江边时碰到、看到、听到过的。当时不大以为然，现在忽然都想起来了——也用不着翻箱倒柜，稍一扒拉，就都栩栩如生地跳到了我面前。记忆这东西挺怪。我还想到，十多年了，江边的人和江边的事，好像从来都没有——至少也很少——进入锦堂的诗行，也就是说，一个常在江边行吟的诗人，竟很少为他身边那条大江写诗。他对长长的一条金沙江一直保持着沉默，对去了一趟金沙江回来能写几大本诗的人来说，那有些不可思议。锦堂为什么没写我不知道。智者总是沉默，沉默也是诗。锦堂虽是“布衣”，却也是个智者。

想到那里，我才明白我和一位布衣智者的相约原是终身有效的，那便又是终身之约了。

金沙江河谷是一本书，记载着亿万年前一场被叫作“河流袭夺”的伟大战争

我是金沙江河谷的一个不倦而又愚笨的读者。

金沙江河谷是一本那样的书，完全敞开，却不乏遮蔽；字句晓畅，又深奥莫测，就像古代哲人长长的手卷，漩涡是它的秘语，巉崖是它的符咒，江湾是它的起承转合，激流便是它的底气内蕴；它解说着一部刀剑铿锵、血肉横飞的战史，记载着亿万年前一场被叫作“河流袭夺”的伟大战争。

大自然的征伐杀戮也如人世，惨烈悲壮，胜者为王败者寇。而古代哲人对那本战史的解说，其逐段逐句的明白晓畅与通篇行文的山重水复、诡谲多变，却常常让我苦苦思索，无以索解；查遍整个手卷，竟查不出谁是那场“战争”的真正赢家。

无数次，我走进那本书里，读啊读，读啊读——在烈日中，在月光下——用眼，用心，也用我的全部智慧……

却总也没法悟透。

平原上是只有河滩没有河谷的——如果我们不把那一片干涸、宽阔的河滩叫作河谷的话。比如中原的黄河，那伸展万里的河水，铺展出了绵延千里的平畴，但我没法说那是河谷。河谷从来都是围追堵截的山岭与冲激奔突的河水反复较量留下的一个古战场。那样的战场随着河水的前行而延伸。真正的河谷，通常都是一个深凹的、瘦长的，横向由山

峰阻拦而纵向随河流长短延伸的细长空间。除非从飞机上往下看，否则，站在金沙江边，一眼能看到的河谷就永远只是短短的一段，犹如一截刚蒸熟的香肠，通体透亮，热气腾腾。它展现在我们眼前时永远都是局部的、片断的，甚至是破碎的——两端被火红的山峦阻断，或被干热河谷里常见的那层蓝色水雾深深地掩藏，若隐若现。一道又一道山梁深插谷中，在肉眼所及的尽头组成一个又一个倒置的“人”字，它们由大到小、由浓至淡，渐致于无。江水也就在淡淡的、倒置的“人”字里神秘地消隐。它让我想起天空中由迁徙的鸟儿用身体写成的“人”字，雁过无痕，在空荡荡的空中，它转瞬即逝。河谷里由夹岸的山峰写成的“人”字却难以涂改，它几乎自古就写在那里，还将永远写在那里。

——两个“人”字，一个在空中，一个在地上，一个倒置，一个平铺，一个飘逸潇洒，一个沉实厚重，都写得漂亮。作为“人”字的变形，它们都非由人所写，这不免让我稍稍有点悲哀——真正的“人”字，那个充满了人类灵魂气息、有着鲜活的人的生命意味的“人”字，无疑该是由人类自己来写的，却不知道人类自己是不是能写得好？

金沙江河谷常常空空如也，总让我想起那首名叫《一无所有》的中国式摇滚。河谷里的那首摇滚已经唱了亿万年，或许还要唱上亿万年。除了河水、空气和云朵在自由地行走，河谷里最常见的浪漫听众唯有兀鹰，凶猛的兀鹰很少在河谷上空悠闲地游荡，它们常常停在河谷上空一动不动，就像摇滚乐中的一个全分休止符；倏忽间休止符便一个俯冲，以雷霆万钧之势向地面坠落，转眼便逮住了一只正仓皇逃命的野兔。那只野兔呈褐色，跟河谷的颜色几乎完全一样。能亲眼看见那个血淋淋的场景是一种奇遇，它惊心动魄，转瞬即逝，却又矫健刺激，永存心间，仿佛是那首名叫《河谷》的摇滚乐的精彩伴舞。在那个无声乐段的末尾，兀鹰再次凌空而起，飞向它悄悄营建的某个神秘的居所——某堵绝壁上连野物都无法抵达的岩洞，某棵凌风大树上与日月为伍的鸟巢。与河谷里偶然可见的山里人的小屋相比，兀鹰的巢所似乎更精致，也更让人叹为观止。然后，它一边慢慢咀嚼那首摇滚乐的内涵，一边准备享用它将要烹制的那顿美餐。那时，兀鹰想必会在心里讪笑那只野兔，以及一切过分美丽、过分精致，也过分娇弱的生命，那样的生命不属于金沙江和金沙江河谷，它们与金沙江的苍茫、粗粝和蛮荒格格不入。那样的生命不慎进入河谷，唯一的结局就是死亡，充其量也只能当一回匆匆过客。至于人，那些贸然闯入河谷的赵钱孙李周吴郑王，那些男男女女老老少少，常常以为他们才是河谷的主人，其实他们除了拉下几泡屎尿，留下一些转眼就被风吹散的喧哗和歌唱，甚至无法让他们的足迹有稍微长久一些的保留。

有时，河谷里的胜者看上去仿佛是岸边的那些树，我说的当然是攀枝花树。至于那些从古至今被人类歌唱描画的松柏之类，在那里似乎没有了立足之地。唯有攀枝花树，它高大笔直冲天而起的树干，简洁到即便是高明的画家也难以用几笔就能勾勒的枝杈，它深褐的，既粗糙又难看的树皮，总让我想起金沙江边那些饱经风霜、身躯佝偻、一脸皱纹的淘金者。他们用最简单的器皿在金沙江河谷里编织着最灿烂的黄金梦，一旦进入那个梦就很难再醒来，直至老死。与他们相比，与淘金者永远也开不出花、结不出果的梦相比，在金沙江河谷贫瘠的河滩和几乎没有任何表层泥土的山坡上，攀枝花树能长得那么高大简直是个奇迹，它竟然会开出那样恣狂无忌的花。高原的十二月滴雨不下，没等攀枝花树光秃秃的枝干上长出一片叶子，却转眼就开满了花——没有任何预兆，也没有任何过渡，说开就开，就像一支支倏然点着的火把。它从不让人对它有所期待。那些花红得刺眼、大得惊人，第一次看见它时，我简直怀疑它的真实性，我以为它是假的，事实上它比真实还要真实。形容攀枝花的开放用不着含苞欲放和蓓蕾初绽这类美妙的字眼，但要描述满谷满树的攀枝花造成的既热烈又苍凉的气氛，却让我找不到词语。有时我想，如果攀枝花是个人，它一定是个性情乖戾独往独来的家伙。我从内心里不太喜欢攀枝花树，除了做枕头时会突然想到它果实里那灰白松软的绒毛，平时我很少想起它，而一个人一辈子并不需要做几次枕头。但我又不能不敬佩攀枝花树。只要想到金沙江河谷，我就没法不想到它。它属于那种并不怎么讨人喜欢，却又让人不能不想起它来，甚至无法摆脱的那类角色。那样的角色还真不少，没有它们，世界或许会失去许多精彩，变得单调沉闷，索然无味。我得承认，攀枝花开在冬天的金沙江河谷还真与那条河谷非常般配，换了任何别的花，比如春兰秋菊、牡丹芍药之类，金沙江河谷势必会显得不伦不类、贻笑大方，就像一个面目粗硬、手脚皲裂却披着锦袍绸缎的农妇。

有一天我突然想到，河谷里真正的胜者或许是时间而不是攀枝花树或别的什么，尽管时间既看不见也摸不着。当我在那段河谷里漫游时，我充分而又深切地感受到了时间那种无声无响又叫人心惊肉跳的流逝。河谷里的时间总是过得飞快，一个上午、一个白天甚至一个星期几乎转瞬即逝，同样的时间在城里，竟然那样地难挨，犹如北方漫长的冬季。我想那或许是山崖不动、河水似流非流的缘故，其实河水永远都在流。在有些地段，金沙江以某种吓人的速度奔腾咆哮，白浪如雪，涛声如雷。更多的时候它却无声无息，显得安详平和，与世无争。那无边的慈祥和巨大的悲悯让人油然想起千载修炼已成正果的法师长老。然而，我在每分每秒钟里看到的河水都不是最初的河水。当我盯着某个地方深情凝望时，河水早就流到了很远很远的地方。时间也一样，它不动声色地切割着山崖，创建着河道。与其说河谷是河水冲刷出来的，不如说河谷是时间冲刷出来的。

金沙江河谷总是静悄悄的。死一般的寂静让人觉得在这个狭长的空间里什么都没有，也什么都不会发生。关于这一点，只要看看河谷两边的山峰就会明白。那些风化得非常厉害的山，至少在我徒步走过的那一段，情形就是如此：岩石裸露，岩裂纵横，简直是百孔千疮；岸边光滑的岩壁上留有洪水肆虐的恐怖印记，在更上方的悬棺，却记录着人类的脚步所能达到的高度。那就是河谷，就是河水造成的河谷的奇观。

古地理学家声称，白垩纪时的长江与金沙江原是被川滇古陆山岭隔开的两条河流，它们互不相隔，长江向东，古金沙江向西，四川盆地和长江下游也远远没有沟通。直到白垩纪末期，青藏高原在喜马拉雅山运动中强烈隆起，四川盆地渐渐抬高，河流下切，长江的溯源侵蚀力陡然增强，它切穿山岭，袭夺了四川盆地的无数水流，形成了长江三峡大峡谷带，后继河流向源头发展，破坏了川滇古陆山脉间两条古代河流的分水岭，才让两河贯通。那就是距今六千七百万年至一亿三千七百万年间发生的一场“河流袭夺”，它无异于一场战争。河水终于胜利，而任何胜利都要付出代价。河水在袭夺了广大的山野间无数的河流，开创了崭新的河道之后，也把自己的每滴河水、每道浪花甚至每缕水雾都死死地限定在河谷里。如此说来，胜利的似乎又是河谷。世上永远没有单方面的、完全一边倒的胜利。河谷决定着河水的流向，反过来河谷又受到河水日复一日、年复一年的冲刷和侵蚀。终有一天，哪怕是在千百万年之后，旧的河谷将被河水冲决抛弃，河水改道，新的河谷便再次形成。如此反复，河谷与河水就在这种你来我往的游戏中彼消此长，不断地转换着角色。然而，河水永远是河水，河谷也永远都是河谷。

在镇子上瞎逛了半天，肚子饿了，眼睛也饿了

出了红江车站往北去，在山脚和田野里走上一个钟头，就到了金沙江边的龙潭镇，当地人叫它江边，那像是龙潭镇的绰号，就像人有绰号一样。那次我们一起去的有好几个人，临近中午前到那里，远远就见一片土坯墙的房子，东倒西歪，破旧不堪，犹如庞贝废墟或是吐鲁番附近的高昌故城遗址。正是旱季，天干地燥，土地龟裂，小镇蓬头垢面，风卷尘土漫天飞扬，让人睁不开眼。锦堂领我们在镇里转了一圈，没什么好玩的，我们大骂上了锦堂的当——这家伙太寂寞了就把我们从省城叫来陪他打发时光，有人说。锦堂并不争辩，憨憨地笑笑，说我们到金沙江边去吧。我们就跟他到江边去。

从镇到江边要下一个很陡的坡，坡上尽是卵石和沙子，溜滑，一不小心就会滚到金沙江里去喂鱼。我们在江边站了一会儿，看江看船看撑船人，看江水蜿蜒东流，看远山如黛如烟。锦堂问，壮观吗？我们都

不做声。事实上，那一带江边颇有些荒芜。阔大的荒芜无疑也是美，城里人习惯于精心侍弄的小花小草，习惯于小鼻子小眼、小声小气的白皮嫩肉，对可靠与壮美似乎已失去感觉，眼光变得非常功利。我想的是，江边人守着一条大江，为什么要受干旱之苦？不知道。世上许多事都是一个悖论。

太阳越来越毒，晒得我们头晕眼花。回来时，小镇街檐下的狗，懒模懒样地躺在阴凉里躲晌午，又红又长的舌头像一道道火焰。我们饿了，到处找地方吃。找来找去，找到一家叫“为民”的小饭馆。我们兜里的钱不多，看到“为民”的招牌，立即有了信任感。

小饭馆其实并不太小，只是当街的灶台冷火秋烟，看得出生意不是太好——除了十天半月一次“赶街”，小镇平时都没什么人。店堂里三四张白木桌子，刀劈斧凿之痕犹在。苍蝇不慎，食客却没一个。“热闹馆子冷清茶”，这样的饭馆按经验万万不能进去。我们却高兴得很，因为只有我们几个人，可以随便坐随便聊，没人干涉——多好！

——许久之后我才明白，那不是直至的理由，其实我们是看见了那个年轻的老板娘。要命的是她不仅年轻，还有点漂亮。美需要背景，大师笔下肌如凝脂的美人，背景微微是一片森黑或墨蓝。老板娘的漂亮只在那样的地方才被凸显出来，放在某个城市里，或许就没人要看了。我们在镇子上瞎逛了半天，见到都是些歪三斜垮的人歪三斜垮的房子，肚子饿了，眼睛也饿了。要不，我们有什么理由走进那样一家小饭馆呢？

老板娘早就迎了出来。看样子她二十多岁，穿一套半旧天蓝色棉毛运动衫，男式领口半敞，裤管一支挽到膝下，露出两条白而结实的腿，不施胭脂粉黛，也不搞“微笑服务”，却“粗头乱发，不掩国色”，只淡淡地问我们是不是想要吃饭，口语也不像当地人。我们的眼睛转得咕噜有声，问她有什么好吃的。她说了些什么，我已记不清了，大约是说还有点肉和菜吧，那等于没说。其实她说什么都无关紧要，哪怕她说只有几棵白菜，我们也不会另寻他处。我们似乎就是冲着她才进去的。饭吃得正香，屋子里响起了娃娃的哭声，原来她都有娃娃了。不知为什么，那让我们很惊讶，很不情愿，却又无法回避那个事实。她把娃娃从里屋抱出来，隔着一张桌子，撩衣襟就给娃娃喂奶。我们的人瞅准机会，抓紧时间跟她说话。她很大方、很坦然，一边喂奶，一边跟我们闲聊。都是些不着边际的闲聊和瞎扯，只求跟她说话，不在乎她到底说些什么。我们问她生意好不好，是哪里人。原来她真不是当地人，家在离江边很远的一个县城，那里盛产白花花的大米。问她这里的日子好不好过，她说不好过。她毫无忌讳，口无遮拦，问什么她就说什么。有时我们没问她她也会自己讲起来，比如她跟她男人怎么相识、怎么恋爱、怎么结婚之类。看来她有点寂寞，寂寞总让人有倾吐的欲望。只有一句话我们一直没问，那就是她的男人是谁。我们似乎不想面对那个事实。那种心理有点古怪，有点不正经，有点坏，甚至有点“那个”，可那正好是我们那时的心境。明明她抱着孩子，明明她讲了她和她男人如何相识、如何恋爱、如何结婚之类的话，我们还是没把她当作已婚女人，潜意识里压根儿就不相信、不承认她有了男人，即使有也最好不要那时回来，回来了也别让我们看见。我们采取的是不承认主义。在我们眼里，她根本就不属于那个地方。

就在那时，一个粗壮汉子挑着一担空箩筐进来了。我们以为又是一个过路食客，一看老板娘那神情，就知道必是她男人无疑——她回过头来，眼睛一亮，旋即站起来，敞开的衣襟不及扣好，就迎了上去，连脚后跟儿都显着兴奋。那男人却冷冷地盯她一眼，有些恼怒地把担子哗啦一声摔在地上，扭头就进了里屋，砸在地上的扁担啪地跳了起来，差点儿打在我额头上。一会儿那男人又走了出来，像是被惹急了的狮子，在屋里转来转去，目光凶险，脸色阴沉。他不时朝我们盯上一眼，然后就故意找岔子，大声武气地训斥她，声若京戏里的花脸黑头。老板娘也不说什么，轻言细语地答着话，像是什么也没发生。直到最后我们才明白，那汉子是冲着我们来的。我们怎么啦？既没少给钱也没打破碗，不过没事找事地跟老板娘聊了聊天。再说，老板娘也乐意跟我们聊。可我们没法儿跟那头狮子做任何解释。如果知趣些，我们就该结账走人，可我们就是不想动，相互努嘴咂舌、挤眉弄眼，都一个意思：就不走，看这小子能把我们怎么样！当然，到最后也没怎么样。真要打架，我们显然都不是那汉子的对手。

后来，我又去过一次江边，也去了为民饭馆，老板娘还在，却没见过那个怒气冲冲的汉子。奇怪的是，老板娘竟还记得我。再后来，我就很久没去过江边了。锦堂偶尔来我家玩，说他们又去过老板娘那里了。说起老板娘，我们就互相神秘地笑笑。锦堂暧昧地说，老板娘有一次还问，那个高个子怎么没来了？我说我不相信，这话肯定是你编出来的！锦堂说，是真的，不信你去看看就晓得了。我虽然不信，心里却有点高兴：老板娘还真记得我？后来我写过一篇小说，主人公就是一个开饭馆的，年轻的，穿一件蓝色运动衫，后来又撩起衣襟给娃娃喂奶的老板娘。真正的老板娘当然不会读到她，读到了她也不知道那是写的她。为此，我偶然想起来会有点儿悲哀。我们都是俗人。即使不俗，也未必能目不斜视。记得读书读到日本小说家武者小路笃实写的一则故事，一个行人为了逃世而入山苦修成道，一天云游经过某地，见一浣纱女足胫甚白，便为之目眩神驰，凡念顿生，飘忽间便跌下了云头。那故事简直就像是写的我们，只不过我们原先既没成仙，后来也没“跌下云头”罢了。

在那里看电影，看的其实不是电影，而是“看电影”

金沙江边有两个大湾子：大湾子村和大湾子车站。站在车站站台上，可以看见金沙江，看见江对面的山，通红通红的，像大火烧过，金沙江在那里拐了个大弯，甩下一片沙滩；也能看见大湾子村——就在阔东部长着很少树的地方，有一大片黑乎乎的屋脊。

大湾子车站的人对大湾子村熟悉得要命。他们是邻居，邻居就要常常走动。听说铁路上有个工人就讨了村子里的姑娘做老婆。一亲带遍故，那个工人于是跟全村人都成了亲戚，他们都找他搭便车、捎东西，俨然是大湾子村的驻站代表。他们是看电影时认识的。半山上的大湾子车站和金沙江边的大湾子村，都常常放电影，那就是那两个叫“大湾子”的地方的人交流感情的好时候。我头回去大湾子车站，正好赶上大湾子村放电影。吃晚饭时就有人来通风报信了，大声喊着：“好消息，今天晚上……”当然是露天电影。那时在城里，我也很少看电影，许多精彩的电影我都没去看，但那天一听说大湾子村有电影，我就很激动。我至今也想不通，我为什么会很激动。

电影在一所小学校的操场上放，操场四面都是一人多高的土坯墙。我们去晚了一点，场子里已挤满了人。大湾子村大概不会有那么多人，估计邻近村子里的人都来了。好容易找到一个人少一点的地方，我们就津津有味地看起电影来。是老片子，片名记不得了，看了一阵我觉得有点不对劲，银幕上的人怎么全都左撇子呢，吃饭、抱女人、打枪、纳鞋底……全都用左手。原来我们跑到银幕后面去了，还自以为得计。那样看，电影上的事，整个世界就都反过来了。反过来的世界是个非常幽默非常滑稽的世界。

很久以后，我听说有一首叫《露天电影院》的歌很流行，中央电视台播过好多次。我一边听，一边后悔怎么就没想起这个争议，生生让那些比我年轻好多的人白捡了一个便宜。不过也没关系，我看的露天电影《露天电影院》里是绝没有的。

大湾子村露天电影院人多，狗更多。不知道那里的狗为什么会那么多，好像全世界的狗都到大湾子聚会来了。银幕两边，靠前面的人觉得看电影太近的地方，一片片躺的都是狗。狗当然不看电影，电影里的事情再伟大、再辉煌、再缠绵，都与它们无关。开头，狗们还立在那里，眼睛瞪着那块充作银幕的巨大的白布，看着看着就没兴趣了。这一点在场的人和狗心情完全相通。在那里看电影，看的其实不是电影，而是“看电影”。从这个意义上说，在场的每个人都是导演，都可以把别的人或是狗看成是电影里的人或是狗，也都是演员，可以成为别的导演拍的电影里的角色。这就比看那种看了好多遍的电影要精彩得多。

所以，我那天看的电影其实不是那部老掉牙的、银幕上不断像下着倾盆大雨一样出现擦痕的片子，而是那些狗。那些狗成了我正在看的那部电影的主角、配角和群众演员。那部“狗电影”的剧情可以简介如下：狗们正在一个露天电影场上聚会。白狗、黑狗、花狗，老狗、大狗、小狗，盛况空前。后来电影开始了，狗们开始看白布上那部人演的电影，它们奇怪那上面怎么没有它们的主人。一只老狗用狂吠宣示了它的抗议。几对狗情侣却漠然置之，正趁着黑夜调情，就像我们在真正的电影院里常常看到的那样。大多数狗觉得事情很无聊，连评论也没有必要。它们开始躺下睡觉，四肢撒开，身子着地，呼呼大睡，有时又从梦中突然醒来，像名人那样地干咳几声。为了地盘大些，睡得舒坦些，狗们不时发生一点小小的争吵。一些狗在场子里疯狂地追逐、奔跑、撕咬，一些狗乐得看热闹，也使劲儿狂吠。在这一点上，“狗事”和人事没有两样。无心恋战的狗便起身在场子里走来走去，步态有如风度翩翩的绅士，满肚子的烦闷和焦躁，又满脸的深沉。隔了一会儿，一对狗情侣竟在众目睽睽之下毫无顾忌地做起爱来。那只爱发议论的老狗冲过来声嘶力竭地吠了几声，台词估计是“狗心不古”或“世风日下”之类。这就惹恼了一批爱情至上主义者，它们群起而攻之，围着老狗狂吠不已。老狗寡不敌众，仓皇冲出重围，落荒而逃。狗们各自回家。但通向四面八方的山路上，直到深夜也还有零星的狗吠……

多少年后想起那顿晚饭时，回味中除了米饭和鱼汤的鲜美，还有些别的什么东西

我们在金沙江边逛了一天，回到江边时已是傍晚。河谷燠热的白天已经过去，太阳斜挂在对岸山脊上，红得像正月十五的红灯笼，像沾酒就会脸红的女人的脸。从江对岸抛过来一道金闪闪的光带，沿着它似乎可以走进另一个世界。但即使天堂就在眼前，我们也再也走不动了。

我们几乎已整整一天都没吃饭，饿得要死。锦堂突然变得非常可恶，说龙潭镇是绝对吃不上饭了，所有的饭馆包括那个“为民饭馆”都早已关门，要吃只能回车站去吃。但要再走六七公里的路，我们准会都累得趴在路上。我们坚决反对。江边一片寂静，码头上还停着几条木船，最后的晚霞把那几条船衬得像几个薄薄的剪影，剪影尾部闪出的一点火光点燃了我们的希望。我们决定去碰碰运气。

不见船上有人。那是条小木船，顺着靠岸这边的船帮直走到船尾，才见有人蹲在那里烧火做饭。暗红的灶火由下而上照亮了那人皱巴巴的脸，看上去就像一个魔鬼，面目狰狞。那天锦堂一路都在给我讲“水大棒”的故事，那时我就想起了那些“水大棒”，他们因各种原因淹死在金沙江里，先是沉底，然后被江水泡得又白又大地浮起来，一直顺水漂流，遇到回水塘，就在那里不停地转圈儿，仿佛那就是地狱。幸好我的肚子那时还保持一点理智。我说，老人家，做饭吗？他抬起头来问，有什么事？我说没什么，看看你做饭。那话他显然不信，他翻了我一个白眼，一声不吭，继续做他的饭。

我们就找些话跟船老大瞎扯。他倒也还爱说话，跟我们讲金沙江，讲江边的往事，说那一带就是当年诸葛孔明南渡泸水七擒孟获之地；讲我们白天路过的一处江边陡崖下有道暗河，江水从那里流进去就不知去向，你说怪不怪；讲那里鱼多，也大，少说也有一丈多长，好几百斤。你怎么不去那里逮鱼？我们问。他说，哪个敢去，以前有人去过，结果船毁人亡，大鱼还是大鱼，鱼王还是鱼王。他说，那些大鱼都是些鱼精，鱼精的头儿就是鱼王，每隔两年，从那里经过的船都会有年轻漂亮的女人莫名其妙地掉下水去，她们是给鱼王做媳妇的。他说，鱼王那个杂种也喜新厌旧——你信不信？你不信，我信！他指着我们中的一个女士说，鱼王大概不喜欢你这样的城里姑娘，太瘦，要不……他讲得不动声色，我们听得毛骨悚然。为让他给我们做顿饭吃，我们必须经受那些惊吓，要付出代价。我们小心翼翼地迂回前进。谈话越来越投机，但一提到吃饭，“魔鬼”就坚决拒绝。他说，他根本就没有米，更没有菜，拿什么给我们吃？我们说，我们会给钱的。他说，给钱也好，不给也好，没东西怎么给你们做饭？

一无所获，只好收兵回朝。沿着靠江水那边的船帮，我们悻悻而行。就在那时，我脚下突然被什么绊了一下，一看原来是根绳子，从船舱里牵出来，横过船帮，一直落进江水。绳子绷得很直，像是承受着什么重物。我们刚才是从另一边上的船，这才没看见那条绳子。我轻轻拉了拉，绳子下面好像有东西。再拉，竟拉起一个小尼龙网兜，兜里有七八条鱼，差不多都有一尺长，都还活着。我从没见过那些鱼，有的浑身没鳞，有的身上长满花纹，有的像全副披挂的古代武士，样子都非常古怪。这都是些好鱼，经常在那一带玩的锦堂煽动说，越是没见过的鱼越好吃。

我们小声讨论起来，各自寻找着理由，一心要吃那几条鱼。我们知道，如果明说要吃那几条鱼，船老大肯定不干，可不明说又别无他法，想来想去还是直截了当为上策。我们设想了各种可能性，准备了几套方案，不管船老大如何狡黠，今天晚上非吃那些鱼不可。

返回去，跟那个“魔鬼”谈判。“魔鬼”一听我们发现了他的鱼，就像做贼被人当场捉住，顿时哑口无言。他满脸皱纹爬动，嘴唇张张合合，却又无声。看来他农民式的狡黠毕竟有限，连我们为他设想过的那些理由也一条都没能说出来。他完全可以顺口编出一套理由把我们顶回来，但他没有。我预感我们已大获全胜。他嘟囔道，我的米不多了，菜也只有一棵白菜……我们说有多少就多少吧，谢谢你老了。我叫他放心，我们会给钱的。他问给多少，我问他要多少。我想这回该他狮子大开口了，就像那个鱼王。他默默盘算着，末了说这些鱼都是好鱼，是鱼王的子孙，我自己都不敢吃，少了二十块钱，你就免谈。原来才区区二十块钱，我答应翻一倍，给他四十。他吃了一惊：真的？我说，当然是真的。

他的灶是个铁三角，坐在一块铁板上，上面支一个黑乎乎的铁锣锅，年深日久，锣锅上积了厚厚一层锅烟。火苗如舌，舔舐着黑得发亮的锅底，仓皇而又贪婪，就像那时我们的目光。偶尔有几粒火星飞出船舱，转眼又在夜空消失得无影无踪。船老大告诉我们那些鱼都有名字，什么无鳞鱼啊、“花手帕”啊、“乌棒”啊……它们都是从鱼王那里偷偷跑出来的，他说，现在鱼王管得严，鱼越来越少，我已经很久都没打到过这些鱼了。

那天晚上，我们吃的是香喷喷的锣锅米饭、炒白菜和用金沙江水煮的金沙江里的鱼。那是我至今为止吃过的最香的一顿晚饭、味道最鲜的鱼汤。临走时我们如数给船老大钱，他只收了二十块。他说，算啦，我算是得罪鱼王了，我说清楚，我只收了米钱和菜钱，鱼是鱼王的，你们自己跟鱼王算账去。

多少年后想起那顿晚饭时，回味中除了米饭和鱼汤的鲜美外，总还有些别的什么东西，那既不是米饭也不是鱼的味道，而是有些更为悠长也更为甜美的滋味——其实那晚的鱼汤里，除了几条鱼，除了一点盐和姜丝，就没有别的东西了。

不知道鱼王什么时候来跟我们算账？

她几乎是在发抖，犹如一只刚在枝头歇落，又被追赶者惊飞的小鸟。她到底害怕什么？

金沙江上游树多林密，砍下后大多数靠江水漂放，是谓“漂木”。漂木分两种：“排漂”和“散漂”。“排漂”扎成木排顺江而下，首尾不见，浩浩荡荡，放排人经年累月与江为伴，简直就是玩命；“散漂”则无须人力，独自一“木”无依无靠，却弄不好就会搁浅。顺金沙江而行，一路都能看到孤零零的漂木，埋在沙土中的，泡在回水塘里的，没人营救就休想再转出去，成为孤魂野鬼。那些硕大的木头会引发一种欲望：一根好几方，足够一个家庭全部家具改朝换代。只可惜就是白送，我也拿不回来。

那天一路走去，远远见江边有个村子，又听见有钟声，估计有个学校吧，我们就朝那边走去。

果真有个乡村学校，校门前聚着一群孩子，都在朝我们这边张望。等我们快到了，他们竟一阵交头接耳后突然跑散，剩一两个站在那里，像是哨兵。也难怪，山里的孩子怕见生人。我们继续往前走，径直进到院子里，眼见一个孩子再次拔腿飞跑。他怕什么？难道我们是老虎？进校门再往前走，见一间屋子门口站着一个女教师，很瘦，面有惊惶之色。奇怪，她也害怕？阵阵浓烟 从屋门上方飘出来，我立即想到了火灾，大叫里面是什么烧起来了？她说没什么，她在做饭。她结结巴巴，气喘吁吁，简直说不出话来。我们说能进去坐坐吗？她摇摇头，伸开双手拦住我们。我们感到很奇怪，她是怕我们在她那里吃饭吗？我说我们吃过饭了，只想跟你聊聊天，她说："哦……不……屋里太乱了，也没地方坐。"她坚持不让进。我们当中一个女士上前公关，七说八说，她才让我们进去了。

的确很乱。除了一张木板床，也的确没地方坐。床头有个用旧木箱搭成的小桌子，上面有半截点过的红洋蜡、几节粉笔、几本书和厚厚一摞学生的练习本。即便如此，她也不至于害怕到那种地步——她几乎是在发抖，犹如一只刚在枝头歇落又被追赶者惊飞的小鸟。她到底害怕什么？我们不得而知。她让一直围在门口的学生找来几个草墩，我们终于能坐下跟她说话了。直到听说我们是从省城去那里玩的，不过是路过这里随便看看，她才惊魂稍定。看来，先前她是把我们当作手握某种生杀大权的人了。随后她又以为我们是视察民情的"工作队"，起劲地向我们诉苦，似乎每个住在省城的人都随时能跟省长见面，省长也会对我们言听计从。她恳求我们设法把她调到她丈夫那里去，说着竟哭了起来。原来她不是本地人，丈夫在离她几十公里的一个中心教书。结婚几天后，她独自来到这所乡村小学，两个星期才能回一次家。她丈夫曾经表示愿意到这里教小学，为的是跟她在一起，她没答应，怕影响了他的前程——他是正经的师范生，她不过是个初中生，让他为她丢掉中心的教职，那太可惜。

预想的闲聊已无法继续下去。同情有时正好与无能同义。我想，我们能帮她什么忙呢？我只好顾左右而言他。艰难可以让她落泪，不该让她发抖。我还是不明白她到底害怕什么？小屋是卧室兼厨房，贴墙根儿横着一根漂木，表皮泥沙俱在，地上犹有潮痕。木头已被劈开，茬口纹理分明，破开的小块木头正是她用来烧火做饭的柴火。炉子小，柴火湿，屋子里烟雾腾腾，灶火时燃时灭；我的眼泪都要出来了，当然，那是柴烟熏的。

我一直在想她为什么那么害怕。门外小操场有的是地方，她该把柴火拿到院子里晒晒，做起饭便会轻松一些。我想。她见我们盯着那根漂木看，身子又抖了起来，说那是学生家长见她没柴火烧火做饭，帮她弄来的，她说她知道……可是……这么说，她害怕的恐惧来自那根“漂木”？一个活人，干吗要害怕一根死木头？

直到离开那里很久后我才听说，江边真有人偷偷把那些漂木弄回去，盖房子，做家具，甚至卖钱；问题是江边也有林业部门的稽查队，“偷”漂木者一旦被抓，罚款会罚到让人心惊肉跳，哭天喊地。看来，那个女教师是把我们当作“稽查队”了。真正的“稽查队”抓到她会怎么办？不知道。但她无疑时时都在被那个前景折磨着，一直生活在某种恐惧之中。

人最怕的是人。

为到那片沙滩，小船在金沙江上走了一条 S 形的路

那条小船是突然闯进我的视线的。

夕阳艳艳，晚照如火。江雾氤氲，暮色四合。在金沙江边溜达了整整一个下午之后，我正在江边那道陡坡上疲惫地往上爬。我突然有些迷蒙。金沙江在我身后流淌，看不见，也听不到水声，但我能清楚地感到它就在我的身后。在云南高原，它是那片山野至高无上的君王。通常它是狂暴的、凶险的，但在那段江湾却似乎是舒缓的、牧歌似的。坡太

陡，我停下来想歇歇脚。转身，我告别式地想再看一眼那条大江。太阳西斜，红红地挂在远方——远方红光灿烂，水雾迷蒙，群山被水波光影搅得有些虚幻，有些模糊不清，江水就从那里流来。斜射的阳光有点刺眼，金光万道，一如千万精灵在江上舞蹈。对面的江边，那道陡峭的山崖背对着阳光，阴郁厚实，一片森黑，如同一扇巨大的屏风，静默无言。过了一会儿，我才看清那道山崖是暗红色的，近于紫褐。某种深沉的紫褐。而在那道山崖脚下，江边一片小小的沙滩却闪着幽光，柔和白净，透出那个场景中唯一的一片柔情。江面很亮，一派金黄。而那片以金沙江、山崖构成的画面，那时都沉浸在一片似有似无的水雾之中。那是一片令人惊叹的，显现出古典情韵的景致，出自大自然的鬼斧神工——即使大师巨匠，也难营造得既雄浑深沉，又和谐柔静，隐隐透出一点灵动的禅意。没有人。人在那样的画面中似乎没有什么地位，我想。

小船就在那时突然出现了，在远远的对岸，像从江水里冒出来，从水雾迷蒙的半空中掉下来，来自光，来自水，来自那片迷蒙，带着一点虚幻的意味。

我没想到会突然出现一条小船——开始我甚至不相信那会是一条船。它只是一个黑点，一个很小很小的黑点，如同金沙江里常见的一块漂木，一片柴火。但后来我总算看清楚了，那真是一条船，一个人驾着，正从上游飞一般地向我所在的下游漂来，快得让我惊叹刚才看上去还沉静舒缓的江水其实竟那样湍急。江面是宽阔的，足够的宽阔，即便一百条那样的小船也可以容纳。奇怪的是小船没有径直朝下游驶来，它紧靠着左岸那道陡峭的崖子飞速而下，下，下，再下……眼看就要撞到崖子了，我一声惊叫——当然，无论怎样惊叫，它也听不见。它依然还在下，下，再下……差不多马上就要与山崖相撞时，小船突然一个转弯，在百分之一秒的瞬间改变了方向，掉头朝着我所在的江岸这边驶来。我暗暗地长长地舒了一口气。

它是要到我这边的江边靠岸吗？是要过渡，还是要沿江而下，去某个我不知道的地方？无论如何，船将很快从我所在的江边经过。既然他冒着那么大的风险横过了大江，我倒要看看船夫究竟是怎样一个人。阳光跳跃，像精灵。光波水影把那条小船弄得闪烁不定。眼睛因一直追踪它有些发胀，却一眨不眨，生怕它从我眼前突然消失，就像它突然冒出来一样。但它再一次改变了方向，掉头朝江对岸划去。横越那段江面并非易事。江水看似迂缓，但小船应该知道江水绝不像想象的那样平缓，平静只是表象，内里却湍急凶险。他弯着腰，双桨起起落落，一如鹰翅有力的扇动。水花淋漓，尾对着我的小船，看上去也真像一只鹰，在江上起起伏伏。一边依然被江水往下冲，一边沉稳地朝对岸划去。它显然是借着某股江流之力，才能如此轻松——看不见船夫的脸。我在金沙江边见过那样的船夫。那该是一张平常的脸，与你我无异，被高原阳光晒成古铜色，除了双眼，双眼闪闪发亮。船夫显然非常熟悉那段江流，知道哪里有回流，哪里有暗流。他把所有那些可能阻隔他的江流变成了他的帮手。这个狡黠的家伙！大江在他眼里或许并非一条完整的江，而是由无数道水流组成。他用目光剔解了那条大江，把大江剔解成无数道我们看不见的江流。江之于他，犹如牛之于庖丁。小船很快便到了对岸，在那片柔和白净略显温情的沙滩那里靠了岸。为到那片沙滩，小船走了一条S形的路。再看金沙江，上面似乎有一个大大的S。至于那条小船到那片温情的沙滩干什么去了，已不关我的事——至今留在我记忆中的，只有那条大江，那条小船和那个大大的、横亘于整个金沙江的S。

“大漠孤烟直”与金沙江无关，“长河落日圆”倒是对它的真实写照

至今，我仍然醉心于在金沙江河谷做那样的漫游。只要有空，有机会，我随时都愿意去金沙江边走走。作为长江的上游，它总让我想起远在长江边的家乡，想起那条从上游流去的故乡的河。金沙江边孤零零

的火车站，站着几个每分每秒都在等着火车到来的铁路员工；一天只开两次船，然后就在那里晒太阳的船码头，铺满了沙子和脚印的木跳板，守着一盏孤灯熬过漫漫长夜的打鱼船；浩荡而又阴险的江水，乱石嶙峋的河滩边，有一个又一个彝族村寨。与别的地方相比，元谋的金沙江边有云南许多地方都没有的壮阔，尽管有些荒凉，有些贫穷的壮阔，但元谋却有一条大江，那才是真正的富有。你在山上行走，在江边跋涉，饥渴难耐，孤独无助，但只要想到身边有一条中国最大的大江随时在陪伴着你，你立马就会热血沸腾。“大漠孤烟直”与金沙江无关，“长河落日圆”倒是对它的真实写照。当云南后来有人提议徒步走金沙江时，我早已把从元谋到四川攀枝花的那一段金沙江游了个遍。我的筋骨在那段游历中变得粗糙、强健，思索在那段游历中变得敏锐、沉实。任何时候，只要想起元谋如同桑拿浴蒸房般的干热河谷，想起冰凉彻骨的金沙江水，我都会血脉涌流。金沙江河谷是个绝好的天然桑拿浴蒸房，人在那里走上五六个钟头，无异于做一次漫长的干蒸，足以让你臃肿的身心脱去多余的水分和脂肪，那是方便而又让人懒惰的城市生活注进你身体里的，而流经元谋的金沙江又会悄悄注入你的心胸，涤荡你的胸怀，滋润你的灵魂，让你神速地恢复灵性。身体的减负和灵魂的澄澈，金沙江河谷总是让人双重受益。每次从那里回来，我总是文思泉涌，灵感飞扬。最终，它们都奇妙地化作了一行行文字。作为一个外地人，我与一片云南山水之间如此长久又如此之深的交往，正是从那时开始的。

光禄古镇的如银秋夜

一

回廊那会儿正渐渐暗了下来。头顶那方天空，原是湛蓝，渐成暗蓝，突转米灰，再由米灰到烟灰，到雅灰，到水洗黑，此刻又转成一片略略透明的幽蓝；而凝望那阵光影变幻的瞬间，头顶那方天空竟若一幅硕大丝绸，缓缓飘落小院，柔软、滑爽，似伸手便可盈握，尔后放开，任其重归浩渺，依然柔滑可人，平整如初。

——是在光禄古镇，在古镇的张家大院，在张家大院的那道回廊。

长而幽暗的回廊上，唯我独坐，亦独享。

那是二楼。下面院子里，原先开着的那盏弱弱的灯，似也暗了下去，隐约一点微光，只让我的目光，正好能顺着四面回廊踽踽而行，如同白天走过的古镇的那条回形街，任你怎么走也走不到尽头。目光就那么绕啊绕，直到绕出一片暮秋的古意。

独坐于斯，沉浸于四周那片幽冥，心中亦一片苍茫。说不清那番古意与苍茫，竟从何而来。月亮或还没升起。我是说，月亮那会儿或许还在山的后面，还没照进那个院子——就连那也全然只是想象。初到一地，我甚至都还没弄清方位，也不知晓那晚是不是真有月亮，只是猜想，更没想到光禄那晚的月色，后来竟有那样如银的璀璨。其时，我的眼中，甚至心里，只觉回廊空空，除了我自己，没有人。我是说，光禄古镇的那个老院子，老院子里的那个夜晚，那时竟都归我一人独享。

突然想到，哦，真够奢侈！“奢侈”这个词打心里冒出来时，我还真有点儿得意——一种足以向人炫耀的得意。可那到底是怎样一种奢侈，我还说不清。说奢侈至极，嫌空洞；说绝顶奢侈，太夸张。我便反反复复地捉摸，说是奢侈，竟是一种怎样的奢侈呢？

那是幢很老很老的院子，老到葳蕤的檐沟草已有覆盖，老到柱础石早生出斑驳的苔痕，老到风可来住，鸟可来巢，老到我还没生，连我的父母，甚至父母的父母的父母都还没生，它就在那里。百年，甚至千年，层层叠叠地，沉淀下绵长时光，朝朝暮暮间，经受着日月磨洗，风雨浸淫。其间，偌大个世界，不知有过多少沧桑变故，那个小院倒依然还是小院。尽管，听说不久前也有过一次整修——它也实在太过苍老。于是很自然的，我想到了奢侈。有时，奢侈近乎豪华，而真正的奢侈又何止于豪华？豪华是物，奢侈是心。奢侈从来不是昂贵，无法以金银计之；而豪华，也从来不是排场，不是物的无度堆砌。我倾心的奢侈，恰恰是那样古老的清雅、简静的纯粹。也不是说那晚那个院子里，只有我一个人。不是。是说真在那会儿静心享用那段时光，享用那种静雅与幽冥的，或唯我自己。古镇已恬然睡去，小院亦悠然入梦。而我，却独坐回廊，面对楼下那个任回廊四面环绕的天井，目瞪瞪地凝望，没心没肺地发呆。

其实我说的天井，亦非寻常意义上的天井。我是说，院子里确实有个天井，通常意义上的天井，除此还有一片真正的天，在头顶；一口真正的井，在院中。我是在这个层面上，说到“天——井”的——哦对不起，这话听上去似乎有点儿绕，但事情就是这样。天在我从回廊斜看出去的头顶，透明的幽蓝，深邃的纯净。而那口井，其实是看不到的，可它就在院子正中，上覆一方石板，厚厚的，随意，不规则，板面似一方棋盘，四周有几个鼓形石凳。真要看到那口古井，须预先挪开那方石头的棋盘。白天我曾想看看下面那口井，也试着两手一起用劲，移开那块石板，结果它纹丝不动，我只好作罢。历史很沉。往昔被封得很死、很深，也许就藏在那口井里。也好，那就别动，就让思绪去想象古井中那些幽凉的过往。

而此刻，凝望幽蓝天光下隐约可见的空荡荡的棋盘，我仿佛正面对一盘棋局。不知是谁有幸，曾在那里捉对厮杀？那样的对弈，想想都叫人迷醉。楚河汉界，将帅象士，车马卒兵，满眼风烟，四方烽火，那是怎样一番潇洒的厮杀，无声的博弈？能坐在那里下棋的，如果不是仙人，也是脱俗的凡人，而四围的观棋者，或怎么都有些来头……其时其地，在凝神观局的间隙中，深藏于井的光禄的过往，那些活生生的历史，会否偶尔也打古井深处冒出来，从他们的眼前像一片云彩般地飘然掠过，甚至在他们心里久久地回荡？

不知道。

二

我就那样坐着。慢慢地，方觉寂静开始聚集，尔后涌来，从四面八方，从蛮荒，从远古；从秦，从汉，从唐，从宋；从南诏国，从大理国；从姚州，姚安府，涌来。思想到那里突然一惊：觉察到那种寂静，甚至说出那种寂静，会不会将那千古寂静毁于一旦，就像波兰女诗人维斯拉瓦·辛波丝卡在《三个奇异的词》（李晖译）一诗中写到的那样。

当我说出“未来”一词，
第一个音节已属于过去。

当我说出“寂静”一词，
我便将它毁掉。

当我说出“无”这个词，
我造出某物，非“无”所能包含。

我想不会。但愿不会。真正的寂静，哪会轻易便被说破？能轻易说破的，如维斯拉瓦·辛波丝卡所说的“寂静”“未来”和“无”，或都稚嫩、年轻、单薄，经不起言说。而我面对的光禄的寂静，虽已苍老，但历经百代沧桑，依然矍铄硬朗。一个老人，对天真无邪的孩子的惊扰，总是淡然以对的，断不会让稍许一点响动，便弄得一惊一乍。我的些许眼神和心思，不会惊动那个老院子的屋檐、窗棂上薄薄的岁月积尘，更别说古镇积淀的厚厚岁月。如是，当我说出“寂静”一词时，院子依然寂静如初。我不愿，也没将那份寂静“毁掉”。那样古老的寂静，既如宋人洪咨夔《夏初临》词所谓的“铁瓮栽荷，铜彝种菊，胆瓶萱草榴花。庭户深沈，画图低映窗纱”，亦如菩提净水，天界微风，可深深浸入人的骨子与魂魄。那是历史在姚安，在光禄，反反复复喧哗过、闹腾过、轰轰烈烈过、冲撞突袭过后的寂静。那是数千年往事，如同一场连台本戏刚刚落幕、灯光暗去、座椅空出、演员卸装、观众离场后的空寂。而我，或正是某个观众、某个看客，曲终人散，却久久不愿离去，仍痴迷地坐在那里，回想、回味着那一幕幕大戏：那些或宏阔高亢或沉缓幽怨的唱腔声韵，那些生旦净末丑或颦或怒或柔或威的招招式式，那些冷兵器叮叮当当血光四溅的打打杀杀，那些任你九曲回肠也牵挂、纠结不起的历史的起承转合……

三

从当年的剑南（今四川南部），经苴却（今永仁）入滇，直到光禄古镇所在的姚安县，地图上那带状的一撇，乃当年中原王朝插进云南的一个楔子、一个触角，也是一条脐带、一道走廊；历史的恩恩怨怨都曾在这里纠结，世事的风风雨雨都曾在这里聚散。

张家大院之外，不出一箭之遥，沿南方陆上丝绸之路方向修筑的现代公路，白天车流如织。两天前，我正是沿着那条路，来到古镇的。而两千年前，灵官古道上络绎不绝的行旅，自蜀地南行，经越巂，过苴慢地注进那个天井，先是圈圈涟漪，尔后是片片微波，继而汇聚成潮，波翻浪滚，一寸寸地往上涨、涨、涨，直至满溢，漫过回廊的石阶，没过我的脚踝，然后是小腿、腹、胸、头，直至将我整个儿地淹没，再往我心深处灌注，用那份明澈、那份清亮，还有那份怎么都说不清的，似乎是对自己也是对他人的爱。

不是那种狭隘的爱，不是俄罗斯著名诗人茨维塔耶娃·玛琳娜·伊万诺夫娜在《我想和你一起生活》一诗中写到的那种爱。

——我想和你一起生活
在某个小镇，
共享无尽的黄昏
和绵绵不绝的钟声。
在这个小镇的旅店里——
古老时钟敲出的
微弱响声
像时间轻轻滴落。
有时候，在黄昏，自顶楼某个房间传来
笛声，
吹笛者倚著窗牖，
而窗口有大朵郁金香。
此刻你若不爱我，我也不会在意。

那样的爱谁不渴想？但我说的并不是那样的爱，至少不完全是。

六

在我不能说短的人生中，那是头一回。恍然之中，甚至觉着，我或就是那个院子，那个天井；或者，那个院子，那个天井，就是我。是我的前生，也是我的未来。

如此说来，古镇也在经受着那时我正在其中的孤独？我想，很可能。我在想象某个友人，而光禄，亦在等待一个知音，来一场对谈。白天，我在古镇的回形街上漫步，无目的地随意走过几圈。那是个假日，也有游人，三三两两，但所幸不多。而那个长假，在中国的许多地方，都在上演一场人挤人、车撞车的荒诞剧，甚至连寺庙都人满为患，连上香都要排上几个钟头的长队。到底是为什么呢，那些拥挤，那些热闹？当我随心而行，享用着光禄的清寂、清雅时，想想远远近近那些正在拥挤中、喧嚷中和无奈中苦苦挣扎的人们时，不免暗自一笑：我们这个民族，似已不知何为清雅。

我惧怕那样盲目的疯狂。那些猎奇猎艳的旅游者，或许至今都还不知道号称“一座姚安城，半部云南史”的姚安以及光禄那种清幽的绝妙。姚安，包括光禄，如一个自重的知性女子，不愿媚俗。它以它的本色示人，至多也只是淡妆。它拒绝流行的浓艳，却因饱读诗书，深藏着雅致的知性。整个光禄，至今也没像当下许多古镇那样，满街满巷地挂上招徕游人的红灯笼，那种虚假的喜庆一如卖春的挑逗，昭显的是地道的轻浮甚至轻佻。姚安和光禄依然是家常的，却又是智慧的，是好客的，却又是自在的亦自重的。说到底，那依然是姚安人的姚安，光禄人的光禄。

那天清晨，我去光禄的菜市逛过一圈。蔬菜水灵。肉品鲜嫩。早点香脆。古镇飘荡着一股诱人的淡淡香气。是食物的香气，也是宁静生活自身的芬芳。我喜欢那种味道，那种本真生活的味道。要不是彩梅昨晚就打过招呼，说今早要一起吃早点，我真想买上几样，喂喂我饥饿的眼睛。买菜的人们，手挽个小篮，悠游自在而行，碰到熟人打个招呼，说几句闲话，尔后继续他们的清晨之行；任笑语声、打招呼声，在古镇飘散而去，听上去倒怎么都让人温馨。他们有他们的生活逻辑，就像那个古镇，生活也正沿着它自身的轨迹，缓缓而行。那时我想，那一切都让人惬意。姚安也好，光禄也罢，如果也像当今许多地方那样，每天涌进成千上万人，弄得古镇水泄不通，或搞得珠光宝气，妖艳十足，那么地地道道的姚安人、光禄人，将何以度日？而我，又哪还会有那样恬适的心情？

七

一个地方，倘不能为本地居民提供安定的日子，一味靠整容、靠涂脂抹粉、靠故作姿态去迎合游人，一心只想把那个地方打造成旅人的目的地，其实大谬，最终也必酿成悲剧。而至少对我来说，与其去看那些涂满脂粉的假妩媚，我倒更喜欢去品味那饱受岁月摧残的真沧桑。事实上，一个地道的旅行者，想看到的也只是别一种生活，别一种生存方式，是斜倚门楣的邻家小女，而非T台上、秀场上浓妆艳抹走着猫步的时尚模特。模特虽美，毕竟不是日常生活中人，只能在强烈的灯光下，在脂粉的包裹中，勉强可看。哪怕一个纯朴的村姑，也比一个眼睛、鼻子、嘴巴、胸脯、屁股都经过改装者，更有人味，更可亲近。

一个地方，一片土地，跟人一样，也需要成长。喧腾过后的清寂，或会让它有某种失落，那便是孤独的缘由。而一个地方，也像一个人，会在那样的孤独、独处中成长。我遇到光禄，光禄在那个静夜接纳了我，或都出于机缘。一个人，在遇到有缘人之前，已先自遭遇过无数无缘之人。无缘不是我的错，也非他的错。缘，是机遇亦是准备，是巧合亦是寻常，是偶然亦是必然。缘是我和那个有缘者之间的注定，不信或太信，都是虚妄；尽管自己走去，按你的个性，你的既定，走下去，缘，就在前方等你——已然有些时候，甚或有些焦急。既是注定，便必有相识与相知。

比如，那个叫高奣映的人——我终于明白，我之所想的那个人，或就是他，高奣映。

此刻，夜色中，他是在作画、著文、吟诗、授业，还是打坐？

八

多年前，我在楚雄、在紫溪山一带寻访时，便已闻高奣映大名。却一直无缘见到他。

在光禄，在龙华寺，终于见到他时，他已是一座铜像。

龙华寺，也叫活佛寺，又名卧佛庵，始建于唐天佑年间（904—907），占地面积 4372 平方米，建筑面积 2797 平方米。据传，元初，元兵攻入大理，南诏段氏王朝相国高泰祥殉国，其八子一女，星散逃生。其女悲痛国破家亡，兄弟离散，乃出家于卧佛庵。幸好一家兄妹九人，皆安然无恙。明崇祯高僧寂空、智聪等闻知，遂结庵于此，勤修戒律，开山扩寺，改称“龙华古刹”。

步入古寺，清幽古意便扑面而来。我相信，在那同一时刻，中国已没有那样清静的寺庙。网上，诗人李晖的一首诗证实了我的猜测。

佛门内外人声鼎沸
和尚们没了清静可守
日子该多么为难呀
那么多的人烧香拜佛
黑头发白头发黄头发没头发的
求富求贵求名求达求子求孙求长命百岁
菩萨们肯定都烦死了——

那可不？真会烦死了！

我庆幸，那天，当中国大地上的许多寺庙都已成闹市，人头攒动之时，我在龙华寺遇到的，倒是一片真正的清雅：一对年代久远的石狮，雄踞于山门之前，守候着寺门和山下那片宁静与祥和。田畴如画，村陌蜿蜒；炎夏远去，秋荷仍在。洞开的山门门额上，“龙华寺”三字苍劲有力，而两侧一幅由清朝邑人由人龙所撰的对联，“佛生极乐世；

山辟大唐年”，道出的既是境界，也是时间。进得山门，“龙吟”“虎啸”两幅壁画栩栩如生。回首一望，邑人赵子骍题写的对联：“到此方知官是梦，前生安见我非僧”，透出的就不只是个人的一时感慨了。

渐行渐深，终于见到高奣映时，他竟是一尊铜像！半倚半卧，臂曲腿弓，看上去恰如一个大大的“安”字。哦，对，就是一个“安”字。安枕无忧的安。安居乐业的安。安贫乐道的安。作为高氏后裔，这个原可追求功名者，最终选择的是“安”。而其头下葫芦上所铸铭文，更是道出了他的心思：“有酒不醉，醉其太和；有饭不饱，饱得潜阿；眉上不挂一丝丝愁恼，心中无半点点烦嚣，只是一味黑甜，睡到天荒地老。”

那天，彩梅边款款而行，边侃侃而谈——这位学音乐的女史，虽质秀于内，却素言锦行，显见对光禄的前世今生，对龙华古寺的一切，对高奣映的一生，早就烂熟于心。

高奣映，清顺治间人，一说白族，一说彝族。康熙十二年（1673 年），高奣映承袭姚安土司同知世职，后因参加平定四川米易、会理的暴乱，擢升提刑，分巡川东。1677 年吴三桂之乱平定后，高奣映回到姚安，执政期间，致力于维护民族和睦、边疆稳定，得授布政司参政道一职。但高奣映志不在政，37 岁即将土司职位交予儿子，归隐结嶙山，自号结嶙山叟。作为明末清初姚安一位有作为的世袭土司，他好学术，爱读书，喜授业，学养深厚，且乐于助人；其亲授弟子遍及滇、川、黔数省，出过多个进士、举人。一个身在偏远之地的学人，集儒、释、道于一身，于理学、佛学、文学、历史等各科皆有建树，一生还留下大量诗文，著述达 81 种之多。其至今尚存代表作有《金刚慧解》《太极明辨》《鸡足山志》《滇鉴》《迪孙》《妙香国草》等，涉及文、史、哲、佛、理、道，以及心学、音韵、训诂等领域，其思想深度、高度和意境都令人敬佩。

更稀罕的是，那尊铜像，乃高奣映生前自铸。查遍青史，搜遍枯肠，竟仅千古一人！

所谓“一枕黑甜”，出自苏轼《发广州》一诗：“三杯软饱后，一枕黑甜余。”软饱，指醉，黑甜，指睡。据东坡自注，“俗谓睡为黑甜”。

细斟高奣映生前自己为自己铸一铜像之举，真聪明绝顶，智慧到家！怎么说，铸魂于铜，都比留体于世、留名于史好。将一具冷尸留给后人观瞻，实在愚蠢；而几行再好的文字也嫌单薄，且史官易删易改，稍做手脚，轻则面目全非，重则从此湮没；一幅再传神的画像也觉表面，后人三笔两画，就能将其涂抹成一个怪物。何如一尊铜像？沉甸甸的，栩栩如生的，就摆在那里，可观，可感，可触。他就是他。你可以将它打碎，甚至融化成水，就是不能删改——一如海明威所说，你可以战胜他，但永远不能打败他。

一个人，一生一世，到底是为了什么呢？高奣映的一生，或是对人生的一个详解。可惜高奣映出生也晚，徐霞客来到龙华寺时，自无缘看到高奣映的那尊铜像。要不，他们肯定会有一番对谈。而我想象中的那番对谈，又会谈些什么？作为一个旅行家、一个地理学家，忙于在大地上也在人生中行走的徐霞客，他肯定会留下些感触，哪怕只言片语，然而，他没有我那样的好运气，终究在历史中错过了。

九

夜已深。光禄凭栏，望见的岂唯秋月？真想让那个夜晚成为一个银色的永夜。尽管我没能在那道回廊里一直坐到天明，但从那个静寂的如银的秋夜开始，我的魂魄，便已融进那片如银的月色之中。那些在幽暗中闪亮的银箔，既是光禄的月光，也是由光禄启动的无尽思绪。远离光禄后的日子，偶尔，人会突然陷入某种焦躁，某种莫名的不安，却找不到任何缘由。后来方明白，是了，那是我在想光禄了：那个古镇，那座院子，那片田野，那座青山，那座古刹，那些荷花，当然，还有那些人……一旦忆起，身与心，既完全沉浸在那个让月光浸润的天井里，又像飞到了龙华寺中，既在与友人一起漫步山野，又在跟高奣映铜像做无声交谈。刘禹锡有谓：“宠过若惊，喜深生惧。”生处时代变迁之中的高奝映，未能做一个名震一方的封疆大吏，却成了一个学富五车的至性儒者，自有他的道理。所谓“暴至之荣，智者不居”也。而生养那样一位甚至于一批至性儒者的，正是光禄的那片土地，那方山水，那种日常，那种淡定，那种无处不在，却既淡亦浓的性情。

时下，在极度的喧哗与嚣繁之中，倘与他，与所有我认识或不认识的光禄人再度相逢，话题无数，最想聊的，或还是那个如银的光禄秋夜，是那种晶莹的人生、人性与人情。平生澹泊，粟饭藜羹，且当美酒佳馔；倾心山水，或将梅梢花坠，拟作沧海巨变；权位更迭，时事冷暖，过眼即成烟云；浩荡江湖，茫茫人世，唯恋至情至性——高奝映、赵鹤清那样的高人雅士，马旷源那样的性情中人，彩梅和那个照管张家大院的中年女士，以及所有那些认识或不认识的光禄人，会这样说吗？

一个老毕摩的N种表情

一

“暖暖远人村，依依墟里烟”——每往幽远乡村，总会想起陶渊明老先生那些静雅悠闲的田园诗章。可乡村与乡村，怎么都不一样。如今许多乡村，早已不是唐诗宋词里的乡村，更别说见到《诗经》那枚清丽皎洁的老月亮了。多次在乘车路上，一眼看见当今那种被戏称为“伊利莎白”（即“一律刷白”）的所谓“新农村”，就像猛然见到一位原本朴实俏丽的村姑，却突然抹了满脸的廉价脂粉，叫人哭笑不得。不知怎么的，去直苴那天，我反倒没那种担心。甚至，虽说一路也都沉浸在陶渊明那静物画般的诗句中，倒怎么都没想到，平生头一次对一个老毕摩的造访，会在一间烟熏火燎的农家厨房里进行。多年来，我已惯于在乡间做那样诗意的行走，身体一旦逃出钢筋水泥的城市，灵魂便会在山野中惬意地游荡。此前，我于那场拜访有过种种设想，比如恰好遇到一场祭祀，在某个绿树环绕却直面天地的地头，在某座虽不宽敞却喜气洋洋的院子，甚或某间肃穆的、供奉着神灵与先祖牌位的堂屋……唯独没想到会在一间厨房，一个最形而下的所在；就像事先，不管我在心里描画过多少种头次拜访一个老毕摩时他可能会有的神情，从神秘、深沉，到矜持甚至诡谲，唯独没想到会那么家常一样。

或许，我本该天马行空，对直苴那个很“牛”，名声很大，号称“一个村子，一个世界”，吸引了国内外众多学者前来探访、考察的彝族村寨，更多一些离奇甚至惊悚的预设。可当远远出现在视线里的直苴村，并没让我觉出任何异样时，神经便断弦般松弛下来，想象的浪漫翅膀也悄然垂落——在这个过度炒作，满眼浮华的年代，许多时候，我宁可把事情想得简单些，甚至打个对折，以免到头来太过失望。秋色正浓，历经几年干旱的滇北一带，天干地燥。下一个雨季，要好久之后才会到来。呈S形穿谷而过的直苴河水，虽也有枯索的清莹，却已无法听见小河明亮如歌的淙淙流淌。传说中，直苴村下那段河水与周边几片深褐暗红的田垅天然形成的那张“太极图”，也已难觅踪影。大地已嘶哑了它歌唱的嗓音，也耗尽了它作画的色彩。远远望去，幽蓝深邃的天空下，直苴村寻常不过的农家屋舍，坡瓦屋顶半黑半灰，土坯墙垣或黄或白，鳞次栉比地顺着直苴河东北方的那座山坡，层层叠叠，堆垒而上，估摸有百十户人家，密集、拥挤，可说到底，也就是个大村子而已。

二

弃车从直苴小学校到抖勾若毕摩家，只能步行。用我后来学会的一句当地话说，那段路尽管“老实很不远”，可临近中午，顶着彝家威武的日头，沿着屋宇间渐行渐高的逼仄巷道，高一脚低一脚地，如同穿过长长岁月般地穿过整个直苴村，去到最西头的老毕摩家时，我竟已有点儿气喘吁吁——岁月不饶人，我已像那个村子一样地老了。直到听到一声“到了”的喊叫，我才松了一口气；但比气喘吁吁更让我惊讶的，则是那个即便极尽想象，也全然没想到的奇异场面：推开院门，院子静悄悄的，除了一地明晃晃的秋阳，没有人。屋门轻掩，鸡埘半开；倒有整整一个秋天，垂挂在屋檐下；包谷金黄，辣椒艳红，向日葵灰白；一台脱粒机形单影只地蹲在那里歇息——刚过去的那个秋天，它肯定累坏了；回头询问般地看了一眼同行的殷必聪先生，他似有所悟地说，人嘛，怕都在厨房忙着做饭哩。

他的那句话我没法不信，尽管对他一路的闲侃，我都将信将疑——

这个地地道道的直苴人，生于斯长于斯，十二岁才开始学说汉话，如今却已算得上是个彝族文化的民间学者；直苴的一切，没他不知道的。一路上，关于彝寨直苴的历史、风俗、婚恋，以及对毕摩抖勾若的介绍，皆出自他的讲述，却都混杂在他荤荤素素、真真假假的故事之中，好听是好听，常常让我们开心大笑，却须用心分拣、筛选——那些专意为让我们忘记路途遥远的戏说与调侃，毕竟不是都能写进信史的材料。

但他那句话我却没法不信。

好吧，那就不去堂屋，径直去厨房。

三

相比于院子里近乎灿烂的明亮，厨房倒暗得可以——后来我才发现，那完全是我的错觉。猛然看去，厨房里影影绰绰，如一场乡村皮影戏，看不大真切。厨房中央，有几点暗红火光明明灭灭，更兼一团青灰烟雾缭绕氤氲。我说的不是水汽，而是烟雾——在厨房另一端的几口大锅旁，人影幢幢，水汽腾腾，显见是在做午饭。青灰色的烟雾与白花花的水汽决然不同，一眼就可分辨。就在那团青灰色的烟雾中，有个模糊到几近凝固的人影。整个地，他被那团烟雾包裹着，看上去活像一个正不分日夜辛勤吐丝的蚕茧，而那个人，正是那条吐丝的蚕。那个真实而又虚幻的场面，开头还真让我以为有些神奇——我的天，看来，毕摩就是毕摩，就像一场既现代又古典的戏剧，毋须报幕，也没音乐，不知不觉间，就在那踏进剧场时，就已悄然开始了？

毕摩乃彝语音译，“毕”为“念经”之意，“摩”为“有知识的长者”。所谓“毕摩”，特指那些专门替人礼赞、祈祷、祭祀的祭师。他们神通广大，学识渊博，主要职能乃进行做毕、司祭、行医、占卜诸般活动，亦会整理、规范、传授彝族文字，撰写和传抄包括宗教、哲学、伦理、历史、天文、医药、农药、工艺、礼俗、文字等典籍。毕摩既掌管神权，又把握文化，既司通神鬼，又指导人事。在彝族人心中，毕摩是整个彝族社会中的知识分子，是彝族文化的维护者和传播者。

我立马觉着我又一次错了——彝乡的神异，恰在我期盼时，却让我失落；又在我失落时，让我期盼。一个俗人与一个神异之地，好像总是踏不准节奏，跟不上趟，踩不着点。那会儿，面对那个蚕茧般似真似幻的景象，正寻思该怎么应对剧情参与那场互动性演出，只听殷必聪显然是用彝话说了句什么，蚕茧里的那条“蚕”也应了一句什么，便问，你们在说什么？殷必聪说，这就是老毕摩，他在帮着做荞面粑粑。我刚有点儿兴奋的神经再一次松弛，怎么是这样？刚刚开始对下一步剧情的浪漫想象，再一次偃旗息鼓，戛然而止；思索像一块无用的石头一样越窗飞走，脑子里重陷一片空白。我简直有点儿郁闷。即便朋友确凿无误地说，那个蹲在火塘前烤制荞面粑粑的老人就是老毕摩时，我仍有些回不过神来。那个寻常场景引发的，是一连串的诧异：一个正在做荞面粑粑的毕摩？实在太荒谬了！须知，毕摩乃彝族山寨最尊贵的长者，苦荞不过是高寒山区一种最常见的食物，二者竟然会连在一起？我能想象的，至多也就是在祭祀活动中，毕摩将一块荞面粑粑摆上祭坛，或象征性地奉献给列祖列宗。我因而无法接受一个毕摩蹲在厨房里烤制荞面粑粑的怪异。但眼前的事实确凿到无可争辩：没有什么神话剧，没有！一切都不是某部戏剧的神奇开头，倒只是彝家山寨生活场景的一个寻常片断，日常得不能再日常。

但我依然不想罢休。带着那种疑问，我凑到老毕摩跟前，暂没试图跟他寒暄搭讪，只是静静凝视着他的那张老脸。

四

那张脸其实很彝族，也很毕摩。我是说，除了一个老人通常都有的满脸深深浅浅的皱纹，他有个略有些向里钩的高鼻梁，嘴唇薄而宽，双眼细而窄，却因此显得更为深邃——不知那是生来如此，还是被烟熏的。确切地说，那正是我想象中一个毕摩的模样。奇怪在我从那张脸上，没读出哪怕一丁点儿神秘与乖戾。

我说的当然是他的表情。他的脸上，有的只是看破世间万象的平静，曾经沧海难为水似的淡然，既无面对一个陌生人的紧张，也没听闻我们一行人是特意去拜访他的惊喜。他不喜不悲、不卑不亢、不怒不怨，静若一池秋水、一片行云。以他的年龄，人世的一切他都经历过了，正在或即将发生的一切，似乎都不在话下。问题是，他既然早已超然于世象物外，却不似一位禅定的高僧，也非一个超越人世的修行者。眼下，他关切的竟然只是一个荞面粑粑，是那个具象的“当下”。“当下”总是转瞬即逝，却是生命唯一拥有的存在，因为，人，既不能活在过往，也无法活在未来。

要准确精当地描述那种神情，我真的颇感困难。当然，你可以说他的那种神情，是专注，是淡然；但那样空洞的词语，与我实实在在感受到的那种神情，实在不配。我宁愿说那就像一片正从蓝天悠然飘过的云朵，自如、潇洒，只静心享受着那一刻的随风飘拂，既不去想它的前生，它可能来自一条山溪、一个水塘，也不去想它的未来，它可能变成一阵雨，汇入江河，甚至大海。他没那么复杂，而要简单得多。简单正是这个年代的稀缺。我断定，那会儿他想着的，只是“当下”，是他面前的那个荞面粑粑，一个可以食用的香喷喷的“当下”。他甚至顾不上瞧我一眼，只是目不转睛地凝望着那个荞面粑粑。灰绿色的，躺在那口平底铁锅里的荞面粑粑，亦静若处子，任由他偶尔翻动一下，旋挪一下。香味悄然溢出，虽淡，却与柴烟一起，飘荡得沸沸扬扬。后来，他终于也会偶尔抬起头来瞥我一眼，那时我方看见，他的眼睛里有两粒暗红，既像火光，又像余烬。我突然发现，他面部另有一个独特之处：那些皱纹，他脸上那些皱纹，以高高的鼻梁为中心，既像是放射状散开，又像在做螺旋状回环。在深凹进去的两颊，那样的回旋形同一个时光的漩涡。我的思绪于是再次启动，突然想到了大地。老毕摩的脸就像一片大地，一片直苴的大地。他的表情或许就是大地的表情，而大地，即便像是直苴那样一片有着神性的大地，看上去也从来都很平静，不会喜形恰是史诗必须具备的基本品质。我用耳朵捕捉着他的歌唱，却用眼睛尽可能地凝视着他的脸。那张脸依然平和。除了嘴唇，他的身子，他的整个面部，都处于静止之中，仿佛凝固的波浪。他脸上那些放射状和螺旋状的皱纹，也在那时完全凝固，一如铜浇铁铸。唯有那双细细的眼睛，尽管离开了我的视线，但我却能感受到他晶亮的眼珠偶尔的转动。他似乎是在搜寻、凝望，凝望着某个不知名的秘密远方，一个我们无法了然的异处，一个只有他才知道的神界。他的心，他的魂灵，或已去过那里很多次。他熟悉那里的每条小径，每条溪流，每片草地，每棵大树，甚至蝴蝶、露珠和雨滴。那里有的，和他心里有的一样，是那种荒凉的，令人震撼的巨大沉默。那或许是天国，是神界，是他向往的某个地方。我断定我已感觉到了，感觉到了他的忧伤，他的怀想和他的乞愿了。我说过，那时我还不知道他唱的是些什么，但我明显地感觉到，那是一场私语、一场倾诉；是在对一个人说话，对一个他爱的人，一个爱他的人，一个他至今无法忘记，而且在回忆中越来越清晰的人。比那人在世时更清晰—— 一个人对一个生者的记忆，很难达到那样的程度。事实上，我们对一个时时都在身边的人的记忆，常常是粗略的，甚至大而化之的。我们自以为那个人已完全刻在自己的记忆中，甚至能描画出他的模样；其实不然。相反，真能促成一种刻骨铭心的清晰记忆的，恰恰就是失去。在失去之后，当一个人真正离去，离开了我们，那种失去之后的他或她，反倒会在回想中变得更加清晰，且越来越清晰。怀想有着某种类似重新创造的功能，此刻，抖勾若就在那样的创造之中。他已灵魂出窍。我亦魂不附体。我在追随着他，追随着他的歌声，也追随着他的魂魄。唱着唱着，他的眼里已盈满泪水，却坚决地不让那苦涩的液体轻易地流出。他用一道唯人神兼备的理智的闸门，蓄积着那种情感，就像一个高山之湖。透过那道堤坝、那道闸门，我发现他泪水的反光，已在我眼前闪烁，让人无法不为之动情。我不行，真的不行，我的泪水已开始溢出眼眶。或许还不只是我。我看见，就连那位成天笑眯乐呵的直苴人殷必聪，不知在什么时候，也已是满脸泪水，甚至失声痛哭——以至

很久以后，我依然能从他译成汉语的歌词中，听到他悲恸的哭声。

事后我突然有个疑问，抖勾若毕摩为什么选唱了那一段？那是梅葛吗？问了问殷必聪，他说，老毕摩的妻子因病故世，转眼已经十年。而几年前，殷必聪的妻子也因一场病痛倏忽离世，自然情同此心，感同身受。这样说来，那只是毕摩借梅葛演唱的，一段有关他个人情感的宣泄？我突然陷入了困惑：梅葛也能这样唱？或者，梅葛本来就是这样唱？

八

音乐，从来都该是歌唱者、演奏者生命内心的情感律动。按照法国哲学家米歇尔·亨利的研究，作为文化形态存在的诸如《梅葛》这样的彝族典籍，它本身就是生命知识，是生命的启示，甚至就是生命本身，无关于科学知识和意识知识；而艺术、道德和宗教作为高级的文化形态，更与生命完全交融。梅葛乃楚雄彝族民间曲调的总称，始于汉，兴于唐，主要流传在姚安、大姚、永仁等县的彝族地区——20 世纪 50 年代搜集整理的《梅葛》，也正好出于这些地区。梅葛天生具有的强烈的现场性、即时性，让它时时、事事、处处可唱。如是，一个毕摩的演唱，虽有前人的口传心授，也必有承接者个人生命与当下情境的渗入与创造。一部史诗，正是由千万个那样的歌者，以他们的心灵、情感与智慧，在漫长的历史中逐渐丰润起来的。由此，不唯任一演唱者的每一次演唱，都不可能是前一次的简单重复，而是他以他个人的崭新理解进行的又一次重写，每个具体、鲜活的演唱者也以他的个体生命丰富了梅葛，使之有了更为强大的生命力；反之亦同，即演唱者的个体生命，也会在梅葛的世代传承中得到意想不到的延续。就每次具体的演唱来说，演唱者个体生命的当时的状态，会在极大程度上制约演唱的水平高低，甚至关乎成败。在这个意义上，卷帙浩繁的《梅葛》，只存在于一个又一个毕摩的个体生命之中，存在于一个又一个毕摩的独特演唱之中，而非一种通用的、唯一的、仅供阅读的、一成不变的印刷体文本，那样的文本即便有，也只是一种纸面内容，而非演唱本身。也就是说，梅葛那样的史诗，千百年来，一直都处于一个不间断的生长过程之中，就像一棵大树，看起来似乎一直没变，其实今天和昨天不一样，明天和今天也不一样。

读读美国诗人杰克·吉尔伯特（Jack Gilbert）的一首诗，或许能更为精准地理解个体生命与某种文化现象间的关系。依照杰克·吉尔伯特的描述，音乐从来都不仅仅是曲谱所标明的旋律与节奏，恰恰相反,《只有在弹奏时，音乐才在钢琴中》。

我们是风在枝叶间穿行时
制造的一种形状。我们不是火
更不是木，而是二者结合
所产生的热。我们当然不是湖
也不是湖里的鱼，而是被它们
愉悦的某物。我们是那寂静
当浩大的地中海正午甚至削弱了
坍塌的农舍边昆虫的鸣叫。我们变得清晰
当管弦乐队开始演奏，但还不是
弦或管的一部分。像歌曲
并不是歌者，它只在歌唱中存在。
上帝并不住在教堂的钟里面，
只在那儿短暂停驻。我们也是转瞬即逝，
与它一样。
……

生命个体的意识和感受是“世界上唯一真实的东西，也是最神秘的东西”，而经抽象而成的某种观念，却常常会糟蹋生命个体的魅力，辜负甚至抹杀它的独特和美。毕摩不是一个空洞的概念，而是一个具体的既有欢乐又有忧愁的人；犹如康德绝非是一堆和生活没有什么关系的抽象哲学概念，而是一个有血有肉的思想者。毕摩演唱的梅葛，从来没有统一的风格，有的只是某个毕摩在演唱中的具体表达。

九

人的表情与灵魂有关，而人的灵魂当然与历史有关。表情既是灵魂气质的外在显露，也必是历史影像在生命中的深厚沉淀。面部表情和语言声调表情，还多属个人，那种与历史关联的灵魂的表情，在哪里呢？在前两次与抖勾若的接触中，我暂时没能看到。只有等待。耐心等待。就那样，一等数月，直到第二年元宵节那天，终于等来了中国直苴彝族赛装节——听说，每年赛装节开幕时，都会有毕摩庄重地祭祀。事前得知，那已是这个传统节日的第一千三百四十八届——听到这个数字，我真吃惊得倒抽了一口气：那就是说，早在一个多世纪前，直苴就开始有了赛装节。其中，还不包括诸如战乱、“文化大革命”之类浩劫造成的停顿。至少我不知道，还有什么样的民俗活动，有长达一千多年的时间纪录。如此漫长的时间岁月中，该有多少位毕摩，为那场绵延千年、远近闻名的赛装盛事做过法事？

幸运在，我终于碰到了一次。

一路奔向直苴时，三道以松枝搭就的迎宾彩门，远从五公里之外开始，就已在向人投来拥抱式的欢迎与致意。大红的横幅，大红的对联，让人心一下子就热得有些发烫。即便新修过却依然狭窄的那条乡村道路，也无法阻止从四面八方涌向直苴的人流。一路上，能不停地看到以各种方式去往直苴的人：开汽车的，骑摩托车的，一家老小、三五成群说说笑笑徒步行走的……等我们到达赛装节赛场时，那里早已是彩旗飞扬，人头攒动。

头一次听抖勾若唱罢《梅葛》后，我和几个朋友曾去那个赛装场看过一眼。赛装屋下面是道缓坡，赛装场就在那道缓坡下面。深秋，那片不足一个足球场大小的空地，掩映在十多株高达十余米的大树之中。奇怪的是，那片空地居然寸草不生。我很难想象，那样一片空地，怎么容纳得下每年赛装节时成千上万的人群？听说只有春天，那片场地才会绿意盎然。而赛装节那天，场地上铺了厚厚一层松针，犹如一方绿地毯。

我在人群里找来找去，都没找到抖勾若毕摩。我想，哎呀糟了，我会不会因为老毕摩换了一套装束认不出他来？一个参与祭祀活动、准备做法事的毕摩，肯定不会是蹲在厨房里的那份家常打扮！他可能会穿上一套毕摩的专用服装，以我完全无法辨认的模样，走进那个赛装场。就像他在不同的场合，会用不同的名字一样。

直苴彝族，据说通常都有三个名字：乳名、汉名和彝名。抖勾若是那位老毕摩的彝名。他的乳名叫黎宝元，那是小时候用的；而他的汉名亦即学名，叫李清元，是上学读书前取的。许久之后我偶然想起，他那三个名字，倒跟我见过的他的三种表情十分般配；都是“三”，简直有点儿好玩。甚至还有一个“三”，是将近三十年前，他便开始跟着他的老祖、直苴那时最老的毕摩李月生颇研习毕摩祭祀。掐指一算，抖勾若那时年近四十，学做毕摩似乎太晚了点。细想不然，其实，那样的研习远非从那时才开始，一个孩子，从他老祖那里看到、听到的，耳濡目染中，都是修行；甚或可以叫作童子功。就像直苴的许多绣花女、绣娘，打小就跟着母亲学绣花一样，母亲忙着绣花，便扯一小块布，给她一枚针，让她自己闹着玩。技艺便在那样漫不经心的游戏与玩耍中慢慢养成。我们常说的某人在某个方面有童子功，大约也不外如此。说抖勾若开始学习，不过是说他直到那时才正儿八经地开始给他的老祖李月生颇打帮手，直接参与做各种祭祀活动。但即便从那时起，到老祖李月生颇过世，抖勾若本人独立主持祭祀活动，迄今也已有 26 年。

近些年，每年直苴赛装节开始前的祭祀活动，都由抖勾若毕摩主持。今年也一样。这事我早有听闻，刚才又从戴一顶宽边草帽的中和镇那位女镇长那里得到确认。开头我甚至没认出她来。人山人海中，远远地，只见那片铺满翠绿松针的赛装场中央，站着一个女郎，一身浅蓝的绣花衣衫，戴一顶宽檐草帽。那时我想到的，是一幅西洋画，画中是个站在自家花园里的，某个戴着宽檐帽的女郎。她的脸整个地躲藏在那顶草帽下的阴影里，认人无法看得真切。我以为那是某个慕名前来参加直苴赛装节的游人，事实上，那天，整个赛装场周围，有的是来自中外各地、穿着各式服装的游人，聚集了不下几百个摄影爱好者的长枪短炮。后来我才发现，那位女郎穿的同样也是一套彝绣女装，却非通常所见的黑底或蓝底，而是浅蓝，凸显出某种现代感。直到她走到离我不远的地方，才发现原来是中和镇那位精干的女镇长。我对她印象深刻。记得第一次去中和镇，跟她一起吃饭，她提议她每唱一首彝歌，我便喝一小杯酒；我想以我尽管不是太大的酒量，应付这个挑战或已足够，殊不知那天，她一连唱了十多首彝歌，硬是叫我喝多了——其实她并非彝族人，父母都来自中原，倒嫁了彝族汉子，有个擅长彝绣的彝族婆婆——她孩子穿过的那双彝绣花鞋，至今她都当宝贝放在她书柜里。后来我告诉她，你等着，我会报复的！她淡然一笑说，真的吗，那我等着！其实，说是让她等着，倒是让我自己等着，等她下辈子变成了一个男人，再议不迟。

她告诉我，老毕摩早来了，正在为做法事做准备。

我这才放下心来。

只有等待，像曹操那样等待："青青子衿，悠悠我心。但为君故，沉吟至今。"

十

一年一度的直苴赛装节终于开始了。

抖勾若毕摩和他的一个助手或是同伴，终于走进了赛装场。

果然是不同的装扮！直苴的冬日，竟然大热，抖勾若披的倒是一件地道的黑羊皮坎肩，那种有光泽的黝黑，闪耀的无疑是神圣与庄严。

阳光下，那张有些瘦削的脸似乎更加瘦削，脸色却比我初次所见更加黝黑。其实， 在彝族人中，抖勾若的个子算不得高，但他的身份和那身装扮，却让他浑身透出一股英武之气，甚至某种顶天立地之感。

仪式比我想象的简洁得多，或说那只是一场复杂祭祀的现代版。抖勾若毕摩与助手一起，先是宰了一只公鸡，以敬奉列祖列宗。我没听见鸡的叫声，或许是赛场太过嘈杂，而我又离得太远。即便在阳光下，我仍能看见那些洒在赛场上的鸡血耀眼的红艳。那个似乎有点儿血腥的瞬间，或许只是远古彝族以各种祭牲奉献天神的一个小小象征。比起几年前我在沧源佤族聚居的翁丁寨看到的剽牛仪式，简直是小巫见大巫。歃血为盟，表达从来都是某种至信至诚——无论对人，还是神。以某种现代卫道者的口吻斥责那些举动“迷信”“残忍”者，不是故意装佯，便属无知。君不见，当今多少号称国际化的大型活动，不也非要选择什么吉辰吉日吗？

接着，祭颂的吟唱，随着抖勾若与他助手的舞蹈性动作，响了起来。

喔——喔给——给——
今天是个好日子，
祭祖日子是今天，
祈求拜神是今天……

他没用话筒，只任他本真的嗓音，在整个赛装场，甚至整个直苴的山山岭岭间回旋。那吟唱不像上次他唱《梅葛》，显得更恢宏、更苍茫。作为神人之间的忠诚使者，他的吟唱当然不止属于他个人，而是整个直苴的男男女女、老老少少。

不懂彝话，想听懂他究竟唱了些什么，依然困难。后经殷必聪翻译才知道，那段吟唱大体可分为两大部分：一是敬奉直苴的开山祖先朝理诺、朝立诺，正是他们兄弟二人，最早来到直苴种下三粒谷种并喜得丰收，方开创了直苴彝乡世世代代的繁衍；而一年一度的赛装节，正是直苴的父老乡亲们为给朝理诺、朝立诺兄弟择妻，按照他们自己提出的条件举行的刺绣服饰比赛：他们最爱这片大地的山水花木，哪家姑娘能把这里的山水花木绣在衣裳上，就娶哪家姑娘做媳妇。[①] 二是乞神，乞请天上地下各路神灵保佑今年的直苴赛装顺顺当当，圆满成功；乞请各路神灵保佑直苴来年风调雨顺，五谷丰登，人畜兴旺，富裕安康。

我无法走近他，只能远远凝望。抖勾若的神情，显然有别于他给我们吟唱《梅葛》那天的悲伤。他是庄重的、圣洁的，也是欢乐的、兴奋的。抖勾若的舞姿，只比通常的彝族左脚舞略显复杂，却已足够表达那样的心情。但一个已然七十多岁的老人，还能那样吟唱，那样舞蹈，已让我五体投地——在城市，许多那样的老人，已经离不开他人的照顾甚至侍候。几个月后，临近端午的某一天，当我因一点小事与殷必聪电话联系，他又打电话给老毕摩确认，然后告诉我说，老毕摩正在地里薅包谷。我知道，那些日子，永仁的气温已高达三十多度，一个正在地里干活的老人，该是怎样的挥汗如雨？接到老殷的电话，老毕摩说，接到电话，他还以为是让他去楚雄或是昆明参加火把节呢，这辈子，他还从来没去过……

我听了，不知怎么的，突然有点儿心酸。想象着老毕摩说那话时的神情，不知是失望，还是遗憾？抖勾若只是众多毕摩中的一个。随着现代化进程的日益加快，一个又一个地方的古老习俗、古老文化，正日显衰落。一旦真的消失，我们将永远无法再听到老毕摩们亲口演唱的历史……该怎么办？老毕摩给了我许多，我却不知道，我能为这位老毕摩做点什么……

十一

至此，我终于“完整”地看到了抖勾若毕摩的三种表情。那或只

① 参见殷必聪、肖朝发著《神秘的直苴》，云南民族出版社 2009 年版。

是他人生心绪中几次有限的表达，对我，却构成了一个完整的人生。

凝视一个人的表情，如同凝视一个民族的表情，是趣事，却非易事。

一个地方的气候、地理，一定会塑造当地人的性情与气质，直至他们的表情；而一方大地的历史与文化，当然也会凝缩在他们的表情之中。宋代的郭熙《山水画论》有云："春见山容，夏见山气，秋见山情，冬见山骨。"而我，头次看到老毕摩的面部表情，第二次听到他的语音声调表情，都是在秋天，在室内；只有第三次，也就是见到他在赛装场的肢体表情，却是在冬天，在室外。而最后一次，在打完那个电话后想象抖勾若毕摩的表情，已是初夏。那个可敬可爱的老毕摩抖勾若，此刻正在直苴的山地里薅包谷。按老殷的说法，老毕摩还是他家的"强劳力"。正午的阳光，定然猛烈。他戴草帽了吗？有空伸手抹一把头上的汗水吗？直苴的风，是不是能带给他一点清凉？满眼的春绿，是不是能抚平他心头的那些忧伤？他心里，还有多少情感不为外人知？还有多少种表情，未为外人见？

凝思良久，突然想起的，是后人解读宋郭熙《山水画论》的一段今悟：春水清气，夏水爽气，秋水浩气，冬水静气。一个人，即便是位毕摩，亦有他的冷暖人生。人生总要攀山涉水，走过春夏秋冬。山之高，移步换景，巅处为胜。水之长，岁月如流，觉处为岸。宋代诗人释如珙亦云："门内天地阔，门外山水长。"走过山高水长，方见人生广阔。

释如珙《寒山赞》一诗写道：

做诗无题目，只要写心源。
心源虽难构，浅深在目前。
白云抱幽石，藤花树上纡。
丰干不识你，道你是文殊。

史料记载：丰干，唐代高僧，又作封干，生卒年不详，约生活于公元七八世纪，唐玄宗开元初前后在世。剪发齐眉，衣布袋，居天台山国清寺。昼则舂米供僧，夜则扃房吟咏，或骑虎巡廊唱道。人或借问，只对“随时”而已，更无他语。尝于京师为闾丘胤治疾。胤牧台州，乞丰干一言。丰干曰：“到任后谒文殊、普贤，在清国寺执受涤器，名寒山、拾得者是也。”胤往访之，二人笑曰：“丰干饶舌。”遂走出不见。更访丰干禅院所在，云：“在经藏后，无人住得，每有一虎，时来此吼。”胤开房而视，唯见虎迹。

而虎，正是彝族的图腾。

——好歹，就算是我回应抖勾若老毕摩那些表情的一种表情吧。

爨碑的闪回

一

时光无形却锋刃凌厉，轻舞之间，便于无声中将世事人生消磨得个七零八落。来云南五十年一晃而过，转眼老去，早已从盛世俗世落荒而逃。孰知初来云南见过的那块碑石，虽经千年风雨阅世无数，但依旧年轻，巍巍立于人世——我说的是那块爨碑，小爨，爨宝子碑。

世界大到难以想象。冥冥中与一人一地一物有无相识的机缘，谁能预料？心仪多年至死缘悭一面者有之，眼睁睁错过失之交臂者有之，金风玉露一相逢从此天人两隔者有之，“梦里寻他千百度，蓦然回首，那人却在灯火阑珊处”者有之，而一朝相识便与之淡淡相处牵挂终生者亦有之。快乐与忧伤，尽皆生活的密谋。如我，近五十年岁月，虽非朝朝暮暮，竟得以三次拜访俗称“小爨”的爨宝子碑——相比那些慕名此碑却终生不得一见者，怎么都是运气与缘分。

如此，小爨于我，已不纯是一块刻有汉字的石头，而是一个老友了。

二

五十年前，一叶扁舟从楚地顺长江而下，再坐上因武斗刚刚通车，车头架着机枪的火车到云南时，孤零零的昆明火车站，尚被大片田野包围着，满脸怆然如同遗孤。穿过田野，塘子巷一带街楼外墙上，大小枪眼望之让人惊心，黑暗的子弹似乎随时会呼啸而来。更仓皇的，是茫然不知未来究在何方。混沌世事，于一个懵懂学子，无异于溺水者浮于茫茫大海，连抱得一块救生木板的机会都没有。当一周时日终在揪心的等待中逝去，一个陌生地名骤然扑到了面前：曲靖。

此前的云南于我已是天边，曲靖似还在天外。于是再次搭乘一趟慢车，向着与来时相反的方向，去曲靖。一路想象曲靖的模样——其实又无由想象，再丰润的想象亦无法抵达那片真实。终于到了，眼前是座比昆明火车站更显孤凄的简陋站房，曲靖城则还在四五公里外。

又一次等待，等待又一次分配。那时的人命，庶几如当今的包裹，须经层层交接多次转运，才能抵达无常指定的位置。听说我真能去的，无非一个比曲靖更僻远的地方，日后也许连再到曲靖也是奢望？无所事事中，问一位早我两年来此的上海大学生，曲靖有无好看好玩去处，回说是什么都没有——两条小街，十分钟便可从头走到尾。问该怎么去，他说走路，或坐马车。我选择了走路，省钱，临出门他又叫住我说，对了，有块碑你可以去看看。一块碑？对，爨宝子碑。他以手为笔在灰扑扑的桌面上，画出了那个“爨”字。爨，他说，是个古老姓氏，爨宝子是个人，官至将军，生卒年代相当于中原的两晋，这些都无关紧要，倒是那碑上的字刻得不错。

于我，爨碑乃是无明之物。走路前往，荒野杳寂，尘土飞扬。随口问过几个路人，倒找到了。那碑很随意地立于曲靖一中校园，一个简陋的风雨亭，四周空空荡荡。秋日午后，斜阳枯黄，爨宝子碑落寞亦自在，如在庆幸它命大福大，没在惨烈世事中像内地无数名碑一样被砸碎。可惜我并不了然碑上那些刀劈斧凿般的文字的价值——除了幼时作为功课描过几天红，我对整个汉字书写史几乎一无所知。那碑够大，够巍然，于我却仍是无明。

三

年轻的好处，在有的是了无深意的激情。原只为打发时光随便去看看玩玩。默然凝视间，却隐隐觉出它正以它低调的华丽尊严，鄙视我的无知。那是以它的简洁素朴呈现出来的。一块碑高大如此，却并无繁复装饰。一千多年前边地古爨人的智慧，让人震慑折服。它素简如初，何需繁复？是了，素简是通行中国的古老美学，春秋、汉、两晋、唐，《诗经》《史记》《汉书》，都是素简的。花梢繁复是后来的事，时至今日，已成膏肓之疾。每天，我们都会遭遇海量的新名词、新术语，不知来处，如从天降，生硬、干涩，从没在文明的泥土中自然生长过。优雅素简的汉语，被弃之如敝屣。每时每刻，我们都在遭遇文字与语言的灾难，文明的灾难。

而爨与我无关。一方那样的碑，原先与我全然无关。身在荆楚，我不知有爨。在遥远的长江边家乡小城，我只知道一个叫“乌龟碑”的地名，碑和龟早已不存，那方碑只是个没有内容的传说。爨碑不是。它突然出现在我眼前——突然缘于我的冒昧与无知。

回去后我问那个老大学生，你练书法吗？他说不，就喜欢点旧东西、老东西。那你怎么知道那块碑？他说是听人讲的——民间传说，那碑的发现，是当地一官员见家里食用的豆腐上有字迹，寻迹而去找到的——其实，一件旧东西、老东西，时间久了，便已成了神明。想象那些印有爨字的豆腐如传单一般撒遍曲靖乡野，倒也有趣。

与爨宝子碑的初识到此戛然而止。后来我会偶尔想起那块石碑，像想起一个相忘于江湖的友人。所谓的碑，作为石艺、书法、篆刻等等艺术的集大成者，无非一块刻上文字画图，以纪念某项事业、功勋或作为标记的石头，初意实为让其所记人事万古流传，但最终流传下来的，倒是那块石头，以及石头上的文字和画图。真与那块巨石相知相亲的，不是碑石文字记叙的人事，倒是隐身于历史暗处的石匠，及碑文的书写者与篆刻者。他们从不在石碑上留名，却已无形地留在了碑上。如今想来，当初面对那种无形无明，我怎么会思绪浩然？如今方知，土耳其伊斯坦布尔广场上两方巨大的方尖碑如此，巴黎的埃菲尔铁塔亦是如此。林徽因的侄女、美籍华裔建筑师林璎 21 岁时设计的越战纪念碑，最终也成了她本人的纪念碑。头一次见到的爨宝子碑，告诉我的就是那块碑本身、镌文及所记人事，看了一眼，仍不了了之。无明。

四

在离那块碑一个多小时车程的铁路小站工区，我一待数年。工余得闲，跟着工友四处瞎逛。某日在车站附近一个小村子里，偶遇一个邋遢无行的乡人。喝酒聊天，聊着聊着，他便聊起了小爨。我大吃一惊，断定他或是个隐士。十多年后，当我尝试把爨碑和那隐士般的老头请进文字时，又去看过一次小爨。初识时的些许感慨已风消云散，那次我在意的，是它的来龙去脉，方知其全称为“晋故振威将军建宁太守爨府君墓碑”，东晋安帝乙巳年（405 年）刻，用笔结体与《中岳嵩高灵庙碑》极相似，在隶楷之间，康有为评其“端朴若古佛之容”“朴厚古茂，奇姿百出”“已冠古今”，堪称东晋碑版书法中的明珠星辰。自 1778 年出土于云南南宁（今曲靖市）后，即为世所重。碑之正文计 13 行，每行 30 字，后列官职题名 13 行，每行 4 字。

其时我已听说，在云南，无数人正以爨碑为帖，研习书艺。他们醉心的，是碑上那不知出于何人之手的字。镌刻着那些字的石碑，已然成了他们的神明。

五

五十年后，又是秋日，再去曲靖。面对爨碑，感觉如野石上的枯苔遇雨复活。以为爨碑于我已不再是无明，然日新月异的曲靖已变得我无从辨认，欢喜又心疼。记得当年有一次我路过曲靖车站，一列运送上海知青的客车刚好停在站上。一个知青迎面走来问我：进城坐哪趟公交车？我说哪趟都可以。他说你什么意思？我说没什么意思，没有公交，只有马车。现在我跟那个知青一样，休说公交车，连东南西北都分辨不清。

那里已不是一所学校，成了一个爨碑园，如同当今所有的园林，林木整齐干净，建筑焕然一新。简陋的风雨亭早已不知去向，面前是一座四周封围得严丝合缝的碑阁。当拆迁横行中国大街小巷时，围堵正在对中国的文物古建施行合围。我心有恐惧焉：小爨变成什么模样了呢？给古建刷上通红油漆的事屡有发生，那是曾覆盖过整个中国的红油漆。雕花门终于打开。万幸那样的油漆只刷在碑阁的廊柱门窗上，没让小爨变成个古怪的大花脸。

面对它我依然如对神明。它当然只是一块石头，一块一千多年前被打凿出来，刻了几百个爨体字的石头，往早里说，也只是一块上千万年前已存在于世的石头。一块那样的石头，粗粝、笨拙、沉重，左下角略有残损，暗示着它历经苦难。而碑外不知何时出现的那个油漆通红的碑阁，仍让爨碑陷于无明。原意或是要保护那块碑，可惜那风格形制与爨宝子碑完全不搭界。小爨无须那样的碑阁。逼仄的空间，俗气的装饰，外加几道钢箍，让人难受得紧。那当然不止是曲靖之错。时代浅薄，世界浅薄，我们浅薄。相比于爨宝子碑们，那样的园、阁、亭、楼，宽而无当的马路，怪模怪样的城楼，各式星级酒店，各种洋盘住宅区，都太幼稚、太浅薄！我和小爨一起迷失在那样光滑的“新”里。建筑学家黑川纪章就说：“建筑是一本历史书，我们在城市中漫步，阅读它的历史。把古代建筑遗留下来，才便于阅读这个城市，如果旧建筑都拆光了，那我们就读不懂了，就觉得没有读头，这座城市就索然无味了。”刻制爨宝子碑的艺术家如果还在，眼见那块石碑被关在那里，会不会气得唾咳成血？

这次我请人给我跟小爨拍了张合影。不是要跟那个碑阁合影，不是要跟爨宝子合影，是要跟那位工匠，那位书写者、篆刻者合影。可能是一个人，或许多人。他们就在那里。我知道，隔着一千多年时光，我知道我身边站着许多人，宽袍博带，头冠高耸，穿着晋朝的衣服。别处已碰不到他们。他们中的许多人都姓爨，一个南中大姓。虽说那些石匠的名字一个都没留下，但他们的生命已嵌进石头的纹络，嵌进碑上一笔一画的凿刻之中。

可怜的是我们。

六

五十年一晃而过，小爨依然。我们呢，看似生活平静，亦日渐富足。当年在曲靖百无聊赖的日子已一去不返。初次见识的边地文明，让我此后一直怀着虔诚之心，怀想黯然与落寞中的微光。可真能心安理得吗？我们的内心，仍一直处于某种紧张不安之中——一种看不见却能感受得到的不安——像来自天空深处，或某种华丽如丝绒的幽暗。运动，革命，拆迁，重建，保护……我们似乎做了很多，但真关乎它本身的，却又少得可怜。我说的是一种氛围，一种精神环境，一种从根子上对那种文明的敬重。那无关园林，无关廊柱，无关碑阁，而是一种发自内心的虔诚。君不见，不时地，我们还会受到一些惊吓。幸好爨碑依然平静，默然相对世事风云。十多个世纪过去，爨碑比一块普通的石头更加平静。它不应只是一处地方文化的装饰点缀，倒是我们不可稍可忘怀的生命原初。从哪里来，向哪里去，我们或该不时地回头看看它，想想一路走到今天，丢失了些什么，承续了些什么。

——时光无形却锋刃凌厉，轻舞几下，便会于无声之中，把世事人生消磨得七零八落。在世间兜了一圈，我们自以为成就了些什么，其实也就白白耗费了几十年光阴，转眼我们都已老去。生命落荒而逃，而那块爨碑倒依旧年轻。那石头是大地的纸张，是大地留给我们的信札，须细读、慢品、深味——千万别等到了天堂门口，才想起去探究一个老友的内心。

羽部

石榴的心

总是这样：蓦然到来的旧地重游，让人既心怀温润的期盼，又叫人担心一切都已变成了华丽的陌生，任归来的心像惊飞的小鸟，再也找不到歇脚之处，只能被置于尴尬与不堪的位置。不堪在既非时光的流逝叫人有如对荒野残梦的恍惚，也非曾经的沧桑履痕竟至无处捡拾的隐隐伤痛。都不是。最不堪倒是原先设想的轻松惬意还没寻到，却一脚跨进那些斑斑驳驳带着丝丝血痕的日子，深陷进看似早已愈合实则仍未复原依然湿软的记忆沼泽，怎么都拔不出脚来。尽管极力地挣扎，到底也只能任自己无可救药地往下沉、往下陷……

怎么看，生命对往昔都有一种依赖。人，其实永远都无可救药地要在新境遇中回味旧梦的凌厉与荒谬，去从过眼烟云般的经历中，品尝人生的酸甜苦辣，去汲取些即便不能让人高歌猛进，也独自背负着生命的行囊，继续前行的力量吧。

——真不相信，人到了蒙自，又怎么绕得开那片石榴林呢？

四十年前，我正好就在蒙自，待了整整半年。那里自古是出石榴的地方，但那整整半年里，我从没吃过一个石榴，甚至也没听人说石榴——那是大砍什么尾巴的年代，里面的艰辛，你懂的，不说也罢。而现在，那里几乎年年都在办石榴节，你愿意怎么吃就怎么吃，有的是。

说起来，在林林总总形形色色的水果中，早先最让我没放在眼里的，就是石榴。吃起来太麻烦，有如一项国家重点工程：先得用劲儿地，有时甚至得借助小刀，才能剥开那层厚厚的壳；然后，对不起，别以为你就能能狼吞虎咽大快朵颐了，千万着不得急，须得小心翼翼地，一颗一颗地，把那些密密麻麻、让人眼花缭乱、像粒粒钻石一样的石榴籽拣出来——石榴奉献于人的，或许正是那些石榴籽。

每拿到一个石榴，我都有种无从归类的困惑。事物都是要归类的，人从生下来学着识事识人，靠的就是归类。归类是人认识事物最好的方法。牛、马、羊是动物一类，小猫、小狗、小兔子是宠物一类，桌、椅、板凳是家具一类，米、麦、粟面是粮食一类——不能混淆，混淆了就会出错。你不能把属于建筑一类的某座大楼归类为时装，也决不能把那些个不学无术的混蛋、小人归入专家学者、正人君子一类，哪怕他有大得吓人的头衔或官职，使不尽的阴谋手段。归类一旦出错，就会失之万里，贻害终生。面对一个石榴，我的困惑恰恰是无法归类。

石榴据说是水果，但它真是水果吗？是，又不是。把石榴归入水果似乎是牵强的，它与别的水果大不一样：水果通常都可以削皮吃，即便按最时尚的办法，也可以洗干净后连皮带肉一起吃，大口地咬、啃，然后咀嚼、吞咽。可你倒试试，能拿起一个石榴洗洗就大口地啃、咬、嚼吗？不行，从来没人这样吃石榴。

石榴或许更像核桃或花生，核桃要敲，花生要剥，石榴也一样，得先剥开它的外壳，然后才能从里面掏出它可吃的那一部分。我们从来不会把核桃和花生归入水果，它们是干果或坚果，由此看来，石榴似乎不属于水果，但它同样也不是干果或坚果。坚果或干果，核桃、杏仁、白果、开心果等等，内里都不再含有水分，即便是新鲜的、刚摘下的核桃一类，剥开后也不会汁水盈盈，你能干净利索地把那些果仁丢进嘴里。可剥开一个石榴，去掉硬壳，里面的每粒石榴籽都汁水丰盈；即便放置了许久的石榴，剥开后密密麻麻的籽粒依然饱含着水汁——你不能去碰，一碰就汁液四溢。剥石榴总是弄得我满手是黏糊糊的液汁。

我的困惑就在这里：石榴，外表坚韧的石榴，内里却柔嫩得像一团凝聚的水滴！在单一、完整的外表下，一个石榴的内里，却是多元的——千千万万颗石榴籽，都小心地掩隐在它的外壳里。我的结论是：

在所有的水果中，石榴是最为大有深意的一种。它既不是普通的水果，也不是一般的坚果。石榴就是石榴，就是它本身，无法类比和归类。实在要说，那也只是一种果子，带有某种让人目眩的哲学意味。

如是，剥开了一个石榴，你仍然不能像吞咽一块西瓜、一个梨、一个苹果那样狼吞虎咽。石榴的每颗籽粒都很小，像一些小粒的玛瑙。你就慢慢地剥、慢慢地拣吧。直到手里已攒了一大把石榴籽，可以一整把地丢进嘴里，也不能放肆地咀嚼，只能抿、吮。你不可能吃到大块的果肉，能吞咽的只有一点儿水汁，不多，最终，嘴里剩下许多无法吞咽的籽。

真的，石榴十足是果子中的另类。一个放在各色瓜果中间的石榴，外壳坚硬粗粝，色彩黯淡，既没有苹果的滋润光鲜，也无梨、桃的浑圆细腻，甚至没有樱桃小家碧玉般的乖巧诱人，杧果皇妃贵人似的丰满华贵，葡萄珠串玉琢般的玲珑剔透，香蕉象牙骨雕般的美轮美奂，它简直是最不入时、最下里巴人，也最不能登大雅之堂的！而当我多次尝试之后，才终于发现，一不小心，我就掉进了陆游的《钗头凤》：错，错，错！

吃石榴，天生是个诗性的过程。这个诗性的“另类”，自有它的非同凡响之处：剥开一个石榴，当密密麻麻的石榴籽突然出现在眼前，面对它的晶莹、红亮与璀燦，你不免会感到吃惊，它激起的是你的一番诗意的想象：千房同膜，万粒如一，像一个人丁兴旺的大家庭，它自古就象征着子孙满堂，和睦吉祥；如此，它被当作古典中国常见喜庆馈赠之物，或许正好是它的题中之义。甚至，你会想到浩瀚的宇宙，夏夜的星空，想到家族的绵延，亲友的聚合，想到生活在地球上的人类和民族……世上几无任何别的水果，会像石榴那样，在一个坚硬的外壳里面，包含着一个如此柔弱多汁的内核；在那里，成千上万个半透明的、玛瑙般的籽实，既紧紧地挤靠在那个狭小的空间，又井然有序地排列得如此整齐。一个石榴，简直就是一个小小的宇宙。剥开一个石榴，它那看似简单却又复杂得要命的内部结构，总让我想入非非：那成千上万颗

甜蜜的籽实，到底是依了一种什么样的方式，把自己结构起来，安排停当，既各就各位，又相亲相爱，俨然一体的呢？我断定：石榴或许是上帝思考哲学问题时创造的，要不，它怎么会充满了如此丰盈的哲学意味？

打开石榴那个既哲学又诗性的世界，我们面对的是一个令人惊艳的、奇异万分的世界，一如一个一朝敞开的宝石库；一旦凝视良久，它的每一颗籽实，都像一颗颗鲜活的、有生命的心，在向你诉说，向你致意，向你坦露和奉献……石榴把它真实无邪的心，毫无保留地奉献给每一个钟情于它的人，献给每一个不辞辛苦种植它打开它的人。石榴把一切都藏在里面，在内心之中，在灵魂之中，无须借助任何华丽的包装。没有任何一种瓜果会像石榴那样，在粗粝、黯淡、绝非时髦的外表下，有着那样的丰盈，那样的细润，那样的密实，又那样的柔嫩，那样的甜蜜，那样的让人回味！石榴总是把自己的心掰开，分成千份万份，让你慢慢地品味，慢慢地咀嚼。它从不企求你的一口接纳，也不指望有人会爱它爱得像荔枝，以至诗人只好感叹："长安回望绣成堆，山顶千门次第开。一骑红尘妃子笑，无人知是荔枝来"，那样的迢遥，那样的费事。有人把石榴叫作"多籽丽人"，诚然如是。

那就是石榴的心——一种果子的内里，一种果子的哲学与诗性。而真正懂得石榴之心，在我，一晃就花了四十年。

界河记

界河突然变得不那么神圣了，它几乎成了一条任何一个旅游者都可以随意跨过去的小河沟——当然你得花几个钱。在我的感觉中，从昨晚听说今天要做跨境游时起，那种神圣就已不复存在。早就多次参加过边境一日游，只有南溪河会让我如此辗转反侧，整整一夜，我都没睡好。我对自己的失眠感到奇怪。还是清晨，亚热带的阳光便凶狠地洒落下来。南溪河桥头排队办理出境手续的人多得让我吃惊，从离桥头很远的地方，一直排到桥头边的边境检查站，就像流入南溪河的另一条小溪。他们的影子排成了另一支队伍。边境检查站那幢小楼的正面墙上，挂着一块大牌子，威严，神圣，与在它下面熙熙攘攘人头攒动的人群相比，反差强烈。我突然感到，成千上万的人跑到这个叫河口的边境小镇来，为的都是要越过界河，到对岸看看，到异国看看，想一想，这事儿本身就有点儿荒谬，有点儿不可思议。长长的队伍弯过来绕过去，蛇一样地蠕动着。人是那条蠕动着的大蛇的一只脚、一个鳞片。听说，有时你得在桥头排上几十分钟甚至一个钟头的队，才能办好手续。那句带有预警性质的话，对人们看来不会有任何影响——对习惯了不久前还得排队凭票买任何一件生活必需品的人来说，那又算得了什么呢？曾经沧海难为水。人们在那样的年代培养出来的韧性和耐力，足够他们用来应付眼前这不算太长的等待，尽管等待的性质的确有点儿不一样：那时为的是要买一样紧缺商品，现在要买的是什么？快乐？轻松？新奇？说不清楚。想到这一点时，我不禁暗自在心里笑了笑。世界不同了。亚热带早上的太阳在头顶照耀着，把一切都晒得暖洋洋的。天气热了起来。人们被那样晒着烤着等待出境时，举止近乎失常。几对年轻的情侣勾肩搭背，夸张的，比赛似的，当着所有的人相抱相拥甚至频频亲吻，仿佛他们花上几百上千元钱来到那个与异国一江之隔的小镇，只是为了在那里尝尝爱情的甜蜜——或许，爱情也只有在亚热带那样的地方，才会快速生长，流淌出黏糊糊的，让人终生难忘的蜜汁。更多的人，似乎也无法在跨过界河之前保持某种神圣庄严，他们一边焦躁地等着，一边做着与“出国”这个字眼毫不相干甚至决不相称的事情——喝水，抽烟，啃甘蔗，嗑瓜子，吃刚刚在路上买的“越南小卷粉”，聊天，咳嗽，吐痰，擤鼻子，嘻嘻哈哈，打打闹闹，大呼小叫。那是一个充满了矛盾的地方。跨越界河这一曾经非常神圣的举动，正在被彻底地世俗化、日常化。他们为越过界河而来，原本应该为界河而兴奋而疯狂，可事实上他们却对那条就在他们眼前流淌的界河视而不见，平静如初。不管怎么样，看上去，即将越过界河这件事对所有那些正在等待越过界河的人们，都不过是小事一桩，他们不过是在家里待得闷了，出来随便走走散散心而已，就像他们在内地等候进入某个风景区，随便走走看看一样。界河的价值不复存在。界河的神圣，正无情地被后现代消解。

不幸的是，我也在那个队伍之中。与他们不同，我并非头一次来到南溪河边。看着手里那个花几十元钱办来的临时旅游护照，我几乎没有任何兴奋。类似的跨过界河的边境一日游，在西双版纳的打洛，在瑞丽的弄岛，我早就领教过。我甚至知道，即便过去了，也就是那么回事：到那边空荡荡的街道上随便逛逛，看看那些从中国运过去的大大小小的商品，吃上一顿饭（六菜一汤或八菜一汤），然后有些勉强地买上一点什么东西作为纪念，买什么与不买什么，完全不是出于某种需要，而是一个人人都得经过的程序；然后，打道回府——一次边境一日游就算完成了。就像许多人说过的，那无非一次国际下乡。

但界河毕竟是界河。尽管二十多年来我曾几次来到界河边，但越过南溪河去到对岸，仍是头一次。第一次永远是吸引人的，尽管我知道，最终也不会有什么真正值得回味的东西。

就那样，跟着那支长长的队伍，每隔几分钟甚至更长一点时间，我就向前挪动那么一步两步——走向边境的步子，事实上是相当缓慢的，如果算上其间经历的，充满风风雨雨的漫长岁月的话。不断有异国的男人或女人从对岸走过来，带着某种我们熟悉的日常生活的气息，轻轻松松地走了过来，就像我们在内地的某个早晨看到的，那些去某个集镇做买卖看热闹的人一样。他们挑着，或用背篓背着，或用单车推着大筐大筐的蔬菜、瓜果或土特产品，从界河的那边走了过来，步子或沉重或轻松，脸上都带着一个为日子日夜操劳的人通常都有的那种神色，呆滞、木然，或者无所谓。那个瘦削的，穿一身黑衣的越南女人正从我面前走过，她胸前那个用一块蓝布兜着的婴儿，正抓着她袒露的、大得惊人的乳房拼命地吮吸；背上则背着一大背篓什么东西，一路东张西望地走着。她到边境这边来干什么呢？或许她唯一的希望，是傍晚返回对岸时，让那满满一大背篓木瓜什么的变成一叠人民币——那是一种在对岸也照样敢用的硬通货——装在她贴身的衣袋里，回家去。或者，用那些钱在这边买上她需要的东西，背回去，与她的家人分享。那让我再次想起云南山民在某个乡镇上“赶街”的情景。那些山民从很远很远的山里走出来，背着一大堆东西和一个简单的梦想，来到集镇上，回去时就或大或小地成了一个富翁。

二十多年后再次来到界河，感觉是奇异的。我终于明白，跨越界河为什么会让我整整一夜辗转反侧了。在即将徒步跨过南溪河之前，界河对我一直是形而上的，甚至是虚幻的，一如高天流云，似乎在我头顶流淌，甚至带有某种乌托邦的意味。当它此刻以一种日常不过的方式出现在我眼前时，我几乎有点儿认不出它了。一个奇怪的旅游者。我无所事事地张望着，到底想看到些什么，连我自己也不大明白。异国的阳光迎面照过来，异国的风迎面吹过来。界河就在我脚下。在20世纪末一个寻常的日子，上午，那条界河就在我的脚下流淌。即将开始的这次徒步越过界河大桥，让我多少有点儿兴奋，我想，那与从空中飞越边境完全是两码事。从空中飞越边境，只是几秒钟的事，你连边境都还没看见，就已经身在异国。走路就不同了。走路有个过程，不长，也不短，能让你一步步地品尝越过界河、越过边境的滋味。滋味都是品出来的，“品尝”是个慢动作，通常用舌头，现在我将用目光，加上双脚。目光和脚一起，将在那次几分钟的徒步行走中品尝那段距离、那座大桥，它的长度、形状、结构方式、体温以及沉积在桥面的百年时光。那时，界河和界河大桥既不在我的头顶，也不是云雾，它就在我的脚下。界河作为一条河，就像所有的河一样，它总在比我低的地方，一如山总在比我高的地方一样。永远如此。看一条河流时，我们都要垂下眼睛。与仰望不同，垂下眼睛那样的动作，带有某种轻慢的意味，即便看的是一条伟大的河流。河流与人永远不在一个层面上。人的目光，永远不可能在跟河流同样高的水平线上看它，即便是一条小溪。那样看到的是水，不是河流。只能在河岸上看，在河的上空看，俯视。“黄河之水天上来”纯粹出于诗人的浪漫，是那个爱喝酒的诗人站在下游看上游的黄河时，因河流的巨大落差造成的视角错误。其实，就在他站的那个地方，黄河依然在比他低的位置。当然那并不能说明什么问题，比如你似乎比河流伟大。河流摆出的尽管永远都是一副谦恭卑下的架势，哪怕是一条小河、一条小溪，却无一例外地总让人感到自己的渺小、浅薄与卑微，那正是任何一个站在河流边的人都无法自命为伟大的原因。

南溪河同样如此。此刻，我站在边境小镇河口看到南溪河时，它同样在我脚下。也就是说，南溪河就在我的“下面”。不管我身边那些人是疯狂还是无动于衷，同样都不能改变那件事的本质，何况河口已是云南高原的坡脚。横断山，怒山，哀牢山，从青藏高原喜马拉雅山东麓，从梅里雪山经过长途跋涉，逐渐低矮下来，到这里似已是强弩之末，海拔从六七千米骤降到只有几十米。细细一想想，云南高原竟然最终变成了一个由西北向东南方倾斜的大斜坡。那样的大斜坡当然存不住水，云南所有的水，都顺着所有的河流那样流走了。河水成了云南最大宗的出口物资，尽管河水换不来外汇。河口已经够低了，南溪河比河口还要低，它在河口的下面。那时我站在河岸上，“河岸”作为高出水面的陆地，同时又是河流的宿命与规定，不管河流愿意不愿意都要认命、都要遵守。河岸就那样规定着河流的形状与走向。没有河岸就没有河流，它们永远无法分离。世界上没有一条没有河岸的河流。谈论一条河流，势必谈到河岸。南溪河的不同之处在于它的南北两岸分属两个国家。

在漫长的等待中，我就那样站在南溪河的北岸，眼睁睁地看着异国。那已是河口的边缘。我的身后，是如今喧闹繁华得让人有些吃惊的河口，街道、房屋和与此相关联的，河口人的日常生活，炎热，繁忙。作为一座边境小城，河口与 1910 年滇越铁路通车时第一趟小火车开来时相比，早已变得面目全非。即便与二十多年前相比，河口也变得让人难以辨认。我已想不起二十多年前第一次到河口时的情景，只记得四个字：瘦骨嶙峋。河口的小街和满街的行人，都一样。丰腴的只有南溪河水，在裸露的、光秃秃的河岸上，河水的充沛与丰腴让瘦骨嶙峋的人们感到羞愧。现在，河口长胖了、长高了，在高楼大厦的映衬下，南溪河似乎变窄了、变小了。城市在膨胀。就像那些发育得有些过分的孩子，几天不见就长成了大人。我的眼前，正是南溪河越来越窄窄到几至于无的河岸。河岸上有临时搭建起来的街市。昨晚我们刚到河口，就在朋友的怂恿下去逛过那条街。铺面和小摊。灯光明灭，红红绿绿。招呼和吆喝。手势和媚眼。飞吻在空中散发出让人惊骇的异国情味。来自异国的生意人在那里出售各式各样的东西，有形的或无形的，该卖的或不该卖的，五花八门。那些到边境旅游的男人和女人，就在那里买一些该买或不该买的东西，同样五花八门。那条街叫越南街。与其说是要去买点什么，不如说是想去尽早地领略一下那种异国情调——朋友说，不去逛逛越南街，你就不知道今天的河口。于是我们去了。货品琳琅满目。几乎每个店铺门口，都有人在招徕顾客——或男或女，或坐或站，笑容可掬，热情有加。整个河口都在繁忙的交易之中。挑选。问价。砍价。扬长而去或成交。付款。提货。……不同的人处在不同的交易环节之中。

事实上，那个边界小镇，从它出现于世的第一天起，就因那样的交流、交易、来往、衔接而形成，而存在。它就在那样的交易与交流中长大。那是中国近代最早出现的商贸口岸之一。从第一桩交易做成到现在，经过了一个漫长的年代。一百年，或者更长。河口依然在忙碌着，挥汗如雨。于是河口总是赤裸着。亚热带，天气很热，忙忙碌碌的人们都穿得很少。当我穿得整整齐齐地进入河口时，简直像个另类。对河口人来说，一条短裤，一件背心，一双拖鞋，已是一个男人的全部行头，有的索性光着上身，赤膊上阵。女人似乎没有男人那样的自由，尽管她们脚上照样是一双拖鞋，穿戴完整，但衣裙之薄之透仍让人不敢多看。道德让位于生存。在河口，我们经常能看到人的身体：腿、脚、胳膊、肩头，以及其他在别的地方并不总是露在外面的部分，在阳光下，在风中。在河口，身体即使被衣服遮挡，仍能让人看出一个人身体的形状、胖瘦与起伏。一个物质的人。人当然首先是一堆物质，水、碳、铁和其他一些什么东西。人首先是由那些没有生命的东西构成的，而不是精神。在别的地方，我们经常能看见的只是人的手和脸，别的部分都被衣服遮盖得严严实实。在有的地方比如新疆，看见一个人时，看到的只是一堆衣服，不仅肌肤，连脸也被面纱遮挡着。在另一些地方，代替面纱的是身份、地位、荣誉。可在河口，我们看见的首先是一个人的肉体，真实的、活生生的、散发着生命气息的肉体。那才是真实的生命。与河口到处都能看见的芭蕉、香蕉、橡胶和各种亚热带树木花草一样，他们都在生长着，生长得蓬蓬勃勃。生命就是那些生长着的物质。河口叫我懂得了这一点。那得益于河口生来就有的品格——热情，开放——对另外的国度，对另外的一些人。

而那一切，都因为它依傍着那条界河。界河流不停。

亚热带给人的感觉通常总是急急慌慌、匆匆忙忙的，土地、花草、树木、江流、空气、云彩甚至风雨，都处在分分秒秒的剧烈变化之中，仿佛都在争先恐后地去赶一个什么展示会，树木赶着长高，花草赶着开花吐艳，果子赶着成熟，蝴蝶赶着孵化，江水赶着奔流。你争我夺，快速短暂，是亚热带生命共有的特点，孕育、萌发、生长、成熟、繁衍、凋谢、衰老、死亡直至腐烂……生命过程被浓缩在极短的时间里，飞快地进行。它们都是智者、哲学家。老的生命还没完结，新的生命便呼啸着一拥而上，挤挤攘攘地，逼迫它们的前辈退出这个世界。死乞白赖与它无缘。在这里，任何生命都是匆匆过客，任何生命都只能炫耀一时，任何生命都只能在那样短暂的时光里，尽快地、拼着命地把生命调整到高潮状态，然后了其一生。生命飞速流转。腐烂加速进行。无数的生命过客，组成了亚热带那个花花绿绿、斑斓炫目的世界。所谓不朽，在这里从来都是一句空话。一切都是急急慌慌的、匆匆忙忙的，最灿烂的个体生命，在这里都是短暂的、昙花一现的，甚至越是灿烂的生命就越是短暂，而那片一年四季都浓得化不开的不朽的绿，正是那些看似短暂的、昙花一现的生命组成的。

与那一切不同，亚热带的河流却是永恒的。我的目光也就在那时被它牵起，转向了对岸，转向了远方。

当我就要越过南溪河，抵达异国时，当然会自然而然地想起曾经越过的另外一些界河。我突然感到了神圣。

在另一条界河边，比如畹町桥头，界河与边境大桥给人的印象同样如此。那是一条更窄更小的界河，界河上的桥比我现在看到的南溪河大桥更小、更窄，也更短，走过去只要一两分钟。记得那一年，同去的一个身材矮小的青年诗人走着走着，无意中就那样越过了大桥中间那条看不见的边境线，他在那里站了一会儿。不到一分钟，等他转身返回来时，理所当然地受到了边防战士的盘问。边防战士向他行了一个礼，很正规的军礼，然后说，对不起，请出示护照。青年诗人吃了一惊：我没有护照，我是中国人，你不是看见我从这边走过去的吗？刚才，我还跟你说过话，你看看我的笔记本，青年诗人把他的笔记本递到边防战士面前，这里还写着你的名字。战士说，是的，我看见了，但你已经越过了边境线，按照规定，任何从边境那边过来的人，都必须出示护照。就在那一刻，我们突然间意识到了那条事实上根本看不见的边境线的神圣。

青年诗人与那个边防战士僵持着。我们七嘴八舌地为青年诗人辩护着，却无可奈何。在那短短的几分钟里，青年诗人暂时成了一个没有国籍的人，那时他肯定无法找到诗意，后来我也没有读到他有关那件事的诗。诗人的浪漫在界河的威严面前一片尴尬。直到当地负责接待的朋友出面为他作证，证明他的确是中国人，刚才只是随随便便地走了走便走了过去，他才得以作为一个中国公民返回。事后人们问青年诗人，你不知道那是边境线吗，为什么随随便便就走过去了？他说，我当然知道，但我莫名其妙地突然就有了那种冲动，那种越过边境，走过去看看的冲动，于是我走了过去……

在江河纵横的云南，能成为一条界河，依然是河流的幸运。比如现在，我面前的那条南溪河，如果它只是一条远离边界的小河，显然不会有几个人知道它，它只存在于那些熟悉它的人心中。南溪河却是幸运的，它是一条界河。成为界河的幸运，从来都伴随着一种无可奈何。世事古难全，好处从来不会被某个人全部占尽。上帝在某种意义上是公正的。巨富者拥有挥之不尽的财产，心灵中却很可能缺少温馨的感情；清贫者或许没有香车、美女、豪宅，却会有一份宁静而又清洁的心境。江河因成为界河而扬名天下，但有些时候，也会因成为界河引来麻烦与纷争。能够成为界河的江河总是为数甚少，至少在云南，那样的河流并不太多。人总是择水而居。水是人类赖以生存的重要资源。一条江河能够成为一条界河，除了它天然具有的分隔作用之外，除了人们最终无法找到一个别的分隔办法之外，还在于生活在界河两岸的人们，最终都不可能离开那条河。那条河是两岸的人共同的母亲。可以说，一条河流在成为一条界河之前，存在着事实上的公共性、共有性，它是不同国度、不同民族共同拥有也共同吮吸的大自然母亲的乳汁。江河之所以成为界河，其实是某种妥协的结果——谁也不愿意轻言放弃，放弃一条养育过他们先祖以及他们自己、儿孙的河流，于是，最后只能资源共享，让那条河流既不属于你也不属于我，成为一条界河。

“你的护照？！”

我从遥远的遐思中惊醒过来，把护照递了过去。

验证。

“这是你吗？”

审讯似的、不信任的目光在问。

我突然有点儿忐忑不安，仿佛真是一个偷渡者。

“是我。”

“怎么不像你？”

他说得不错，照片上的我的确不像我。

但那不能怪我。护照上的照片，是一个钟头前在河口一个指定的照相馆照的。十元钱，快相。面目全非。能怪我吗？任何人匆匆忙忙在那里照出的像，都像个即将被执刑的囚犯：紧张，恐怖，睁着一双大而无神的眼睛。

他审视着。

我极目远望，一边想象着界河那边的异国，一边在那种尴尬中品味着界河依然拥有的威严。

异国在望。隔着界河，它近在咫尺。异国的山，异国的河，异国掩映在那片树林里的城镇——所有那些，我都既熟悉又陌生。阳光下的树林，几乎能看得见蒙蒙雾气一团团地升腾而起，那给异国蒙上了一层让人随时都想窥视的神秘。山不怎么高，就像个小山包。各种说不出名字的树木花草，在那里蓬蓬勃勃地生长。南溪河，那条既从我脚下的土地流过也从异国的土地上流过的小河，从对岸稍稍有些陡峭的山脚流过。南溪河在那里转了一个湾，我们可以把那个湾看成一个大弧，从内地流来的南溪河，只在那段“弧”上才是界河，然后，它很快就汇入了红河。同样临江而建的河口与老街，一个在弧里，在那个大弧的怀抱之中，一个在弧外，仿佛被放置在某个圆形器皿的顶部，总给人以某种不稳定的感觉。两岸的城镇，原来都不大，如今却都人群熙攘。

跟着，我看到的是南溪河上的两座大桥，一座老桥，它建于世纪之初，后来几经关闭、毁坏与重建，却一直就在那个位置；一座新桥正在修建之中，那将是边境上的又一个通道，暗示着边境的繁忙。在整整一个20世纪的两头，在世纪初和世纪末建成的两座桥，相距只有几百米，整整一个世纪的漫长时光，统统压缩在那几百米的距离之中。那似乎说明了什么，有一种形而上的意味。人们先以界河为界，把两个国家分开，再建起一座大桥，让界河两岸相连。大桥否定着界河，界河的存在反过来又否定了大桥。它们互相矛盾着，又互相依存着。人也一样。边境是神圣的，不可随意跨越的。界河让人望而止步。反过来，作为一种人为的划分，界河在给出了边境两边的人们都必须遵守的某些规定之后，同时也会给人某种冲动，那就是越过边境，去了解那一边的种种情况。那显然是人们事先没有想到的。同样作为一种人工的存在，划在界河中间的那条看不见的边境线，目的显然在于分隔，而架于界河上的那座桥，其功用却在于联结，正是它，把人们越过边界的梦想变成了现实。实现那种梦想永远是一种隐秘的冲动。但是，与陆地上人为划分的，以界桩标志出来，事实上并不存在的边界线不同，任何一条界河作为一道事实上存在的“线”，在成为界河之前，就已天然地具有一种分隔的性质。当人们站在界河之滨，像看待任何一条他曾经遇到过的小河那样看待一条界河时，他已经犯了错误——比如那个在畹町桥头遭遇尴尬的年轻诗人。

此刻，南溪河上的界河大桥车来车去，人来人往。在南溪河，如今，界河两边或说大桥两边的人，差不多可以自由自在地来来往往了，通行无阻。一些人走了过去，再返回来；一些人走了过来，过些时候再返回去。界河上的那座大桥，功用就在于此。在内地，人们肯定不会对这种司空见惯的情景感到有什么奇怪，桥的功用就在于此。边境上就不同了。像我一样，一个初来乍到的内地人，站在大桥桥头，不可能不对那些从对岸过来的异国男女感到好奇。他们看上去跟我们没有多大差别，但对我们来说，他们永远是神秘的一群，属于异国。在我的印象中，边境那边的人，只是肤色要黑一点，也瘦一点——不知道那到底是因人种的不同，还是后天生长带来的差异。除此之外，他们和我们并没有什么大的区别。他们就住在界河的对岸，从此刻我能看见或看不见的那些异国的房子里走了出来，那些房子大多有一种浪漫的法国情调，黄，白或者灰，浅色，都不那么高，两层，或者三层，与我身后的河口近几年才盖起来的高楼大厦形成了鲜明的对比。细细一想，隔着一条小河，一条只有一两百米宽，一个稍识水性者便能只身横渡的小河，一片相连的土地就已分属两个国家，这多少有点儿让人不可思议。但那就是事实，就是历史。我不知道，在那些久居边境的人心里，那条朝夕相见的界河究竟意味着什么，但我知道，那条如果身处内地，看上去明明白白的小河，除了在夏日引来一些光着屁股的孩子的玩耍，除了供给长期生活在那里的人们须臾不可缺少的水，除了在人生之秋引发一些在那里长大的人日后无尽的回想之外，它是平常的，很少有人会真正知道它的名字。一条普普通通的小河，通常都会引发无数故事，从我学会阅读那天起，已不知读过多少以“家乡门前那条小河”为题的短文，关于故乡，关于亲人，关于故乡的某个清晨或黄昏，阳光或月色，河滩上的卵石，河边的树，一座木桥，关于河边的小屋，关于在那条小河边上演的种种人生故事，从嬉戏、爱恋，到离别、死亡……一条界河能够给予人们的，或许就更多。眼前，同样是一条小河的界河却是神秘的，难以捉摸的，就像它的每道浪花、每个漩涡、每道回流，都来无踪去无影一样……

我更喜欢看的，是那座老桥。它静静地横卧在南溪河上。不久之前，老桥还是车与人共同的通道，车走桥的中间，人走桥的两边。通常，界河两边的两座小镇都很难看到人。印象中，两岸的人都挤在大桥两边的桥头，那些被严格划定为某国公民的人们，在等待着出境或入境。界河大桥于是成了与南溪河立体交叉的另一条河流，一年四季都在流动着。流动着生活。流动着梦想。铁轨两边，紧靠着桥的护栏，有两条狭窄的人行通道。这个世界，真正留给人的地方总是窄小的，其他的都是“物”。两岸的边民，不时从大桥上走过，更多的是从对岸过来的人，有的挑着担子，有的背着一个如同小山似的大背篓，有的用一辆自行车驮着两大筐蔬菜、热带水果和各式各样的山货——如果你不知道自行车除了骑人还有什么别的用途，不懂得怎样用一辆自行车装运堆积如山的货物，把它的功用发挥到极致，只要在河口界河大桥上站上一会儿，就一清二楚了。不管用什么工具，里面装的东西，都远远超出了那些工具的容积，以至你难以相信如此巨大的体积，怎么能被人如此轻易地操纵。“物”总是比人大，它们永远都在挤压着人。界河就那样被他们轻而易举地跨过，就像跨过自家门前的门槛。门槛作为一条界线，作为某个家庭某座房屋的边界，其实是既存在又不存在的，它几乎只是一种象征、一种标志，提醒你已经进入了另一个地界。在某种意义上，界河也是如此。由于桥的存在，眼下，对那些来来往往的人来说，南溪河几乎就不存在了，并不构成一种真正的分隔，更多的是标识着一种分离，而绝非阻隔。

一列小火车从对岸缓缓开过来了，沿着那条米轨铁路，由一台内燃机车牵引着，很快就从我面前开了过去——亚热带的一切几乎都有些异样，与内地铁路 1435 厘米宽的标准轨距不同，米轨铁路的轨距只有 1000 厘米。当亚热带的树木花草都比内地大得多时，那里一些人造的东西似乎都比内地要小一号。油绿色的内燃机车漂亮醒目。与二十多年前我第一次到河口看到过的蒸汽机车相比，它当然轻巧得多、自如得多，却似乎少了一点历史前行的豪迈气势。多少年前，当我头一次站在界河桥头，看着小号的蒸汽机车牵引着一列火车通过界河大桥时，我简直就像看到沉重的历史到底是如何运转的。黑乎乎的蒸汽机车，同样黑乎乎的冒着黑烟的烟囱，油腻腻的大车轮——它们统统被涂成血红色的曲柄推动着，一圈又一圈。那是个只有黑与红两种颜色组成的钢铁怪物。所有粗大笨重的钢铁部件，都在相互撞击、相互摩擦、相互牵引，咣当咣当咣当，那种响声沉重、野蛮、惊心动魄，仿佛历史在挣扎，在奔命、呼救、喘息。当一切都过去之后，越过千山万水，从 1910 年的

巴黎、河内铺过来的两条铁轨，再一次静静地躺在大桥中央，从河的那头一直伸展到我的眼前，与横陈着的枕木一起，将那座大桥分隔成许多小小的四边形。那是一架铁梯子，在将近一个世纪之前，从海边一直搭向还没有从皇帝手里逃脱出来的中国。法兰西就从那架铁梯子上爬上来，大模大样，毫无阻拦地地走进了中国。世纪之初的法国人，压根儿就没把南溪河当作什么界河。他们一抬脚就跨了过来。他们身后就是那架铁梯子。界河的神圣感从那时起就开始动摇。也是从那时起，作为中国第二条铁路的起点，小小的河口已无可避免也毋庸置疑地写进了中国铁路史。

如今，将近一个世纪过去了，铁轨已不知换了多少次，仍被磨得闪闪发亮。整整一个世纪的岁月被轰隆轰隆的火车轮子碾得粉碎，枕木上大块大块的油污，一如岁月的残片。在那座新桥建成之前，任何时候，每当火车通过，人们都像一块烧饼那样紧紧地贴在大桥两边的栏杆上，侧着身子，让黑乎乎的小火车通过。呼啸着的列车带起一阵阵大风，带着阳光与风沙，吹乱了大桥两边行人的头发和衣服。人，随时都在受到物的挤压。小火车当然同样也是“物”。怪物。钢铁怪物。被挤在栏杆上的人们，脸上满是惊惧，生怕火车突然出轨，把他们撞到南溪河里。惊恐，惶惑，不安，正是世纪之初那段历史的表情，正是1910年小火车第一次从对岸开过来时人们的表情。

在土著的云南，在崇奉万物有灵的云南，世纪之初的人们相信他们看到的火车一定是个魔怪，然而，不管他们在自己的神灵世界里如何拼命搜寻，也找不到可资借鉴的参照，查不出祖先留下的任何与这个怪物相关的记载。他们对它既陌生好奇又惊恐害怕，不知道该亲近它，还是该拒绝它。只有一点可以肯定，那就是不管他们愿意不愿意、喜欢不喜欢，他们都无法避让，只能站在火车两边，眼睁睁地看着它从自己身边风驰电掣地开过去。他们从此必须与一个由洋鬼子带进来的魔怪共处于同一个世界。那个魔怪正是西方工业文明，它有钢铁的牙齿，以煤炭为食物，以石油为饮料。素食的中国对此闻所未闻。从那一天起，南溪河作为界河事实上已不再存在。在作为边境、作为分隔的意义上，它似乎从此就只是一种象征，而不是实质。实质是在中国的云南，法国人搭起了一架长长的铁梯子，沿着那架梯子，他们可以由此一直走进中国皇帝高高在上的金銮宝殿。有红葡萄酒、有香水、有巴黎浪漫女郎的法兰西，也有铁血的拿破仑。从那以后，一批又一批法国殖民政府或别的什么国家的官员、传教士、记者、探险家，以及所有那些怀着某种新奇、怀着某种探险渴望的人们，都能方便地越过界河，进入中国——他们乘坐的，正是那条从河口开往昆明的小火车。60年代中期，当我作为一个攻读铁路新线设计与施工专业的大学生，要从昆明前往正在施工的成昆铁路工地实习时，乘坐的同样是小火车。就在那时，我听说了河口，听说了界河与那条米轨铁路。河口与界河从此成了一个深藏在我心头的悬想，一个总想去破译的谜，一直在我心中喧嚣。那时我还完全无法想象南溪河，不知道作为一条界河，南溪河到底是什么模样。在我心中，那条界河既是神秘的、神圣的，也是难于理喻、难于想象的，就像那段历史。

滇越铁路通车后将近百年，法国驻云南府（昆明）第一任总领事方苏雅留下的几百幅老照片，让昆明人惊叹不已，那个第一次从广东经广西、贵州进入云南的法国人，若干年后在惊惶中离任回国时，坐的正是从昆明到河口再到河内的小火车，他正是负责勘测、修建那条铁路，引来那个钢铁怪物的总指挥。方苏雅的心中显然没有那条界河，他很可能把中国当作了法国在海外的一个区。在他之后，两个美国人一起，从河口进入了中国，一个是美国人类学家兼植物学家洛克，一个是大名鼎鼎的埃德加·斯诺。埃德加·斯诺最早的中国之旅，正是从河口开始的。在被红色延安了解之前，在成为著名记者之前，埃德加·斯诺从越南坐小火车经边境小城河口进入了云南。遗憾的是，他没有在他那本并不像《西行漫记》那样有名的《南行漫记》中，记下他越过界河时的感受。那时他还是个不为人知的小记者，初出茅庐，原打算与大名鼎鼎的美国人类学家兼植物学家洛克一起前往丽江，却因一路与得到美国农业部和美国《国家地理杂志》资助的洛克相处不大愉快，终于与洛克在大理分手，洛克依然去了丽江，埃德加·斯诺则去了保山、腾冲之外的野人山，那正是中国远征军在滇西抗日前线的一个重要战场。埃德加·斯诺那时显然也没有意识到，他跨过了那条界河。越过南溪河进入中国的外国人和越过南溪河离开中国的中国人，当然远远不止这些。有时我想，法国女作家玛格丽特·杜拉斯在《情人》那部小说中写到的，那个让她直到晚年仍念念不忘的中国情人，至少他的祖先，会不会也是在某个时候越过这条界河的？杜拉斯没有写到那条界河，但界河仍是那部小说中一个让人可以想象的隐秘背景。当我每次翻开那部小说时，仿佛都能看见南溪河在《情人》中流淌。那时，南溪河成了一条情爱之河。

对云南人来说，界河的名存实亡带来的痛苦当然是巨大的、深刻的，它表明偌大一个中国，已无力阻止那些金发碧眼的洋人的进入。门槛没有了，门当然也从此就无法关上。他们，当然包括我们，都可以“自由”地出出进进。从那时起，南溪河作为界河事实上就已不复存在。我们只是习惯性地继续把它叫作界河，真正的界河，那种神圣不可侵犯的、任何人都无权在得到允许之前越过它的分隔，事实上已不复存在。至少对方苏雅是那样，对那些去去来来的外国传教士、探险家也是那样。那是令人痛苦的。

奇怪的是，若干年后，人们对那头钢铁怪物便有些见惯不惊了。他们甚至有点儿离不开它了。他们突然发现，与内地相距遥远的云南，由于那条铁路的出现，从此有了一条方便快捷的出海通道。人们可以凭借那个喷吐着白烟的钢铁魔怪，从昆明一直去到河口，再从那里去到越南，然后转向世界的任何地方。那种潜藏着深深忧虑的惊喜，被他们以风趣、怪异的方式表达出来。“火车不通国内通国外”，“云南十八怪”中的这一“怪”，指的正是这个怪异的事实。“怪”显然包含着对某种潜在的分离危险的忧虑。60年代末我初初进入云南后不久，听云南人说到这一“怪”，我断定他们的心情是复杂的，惶惑与自傲兼有，惭愧与夸赞参半。将它归之为“怪”，正好可以掩盖那种矛盾心情。那是云南人的幽默。幽默的一个法则是在被他人取笑之前，先自已笑笑自己，免去别人笑时那突如其来的尴尬。在将近半个世纪中，那个钢铁魔怪一直沿着那条铁路，在滇中、滇南那片赤红的山地间蹒跚而行，联结着云南南部最好的几个地区和城市：昆明、个旧、开远、蒙自与建水。在那片赤红色的阔大背景上，黑乎乎的小火车就像一个蠕动着的巨大爬虫。但它不时发出的是一声声令人惊悚的吼叫。那叫声响彻山野。它不仅从法国运来了传教士、葡萄和红酒，从德国西门子公司为昆明运来了至今还在发电的、装载在石龙坝水电站的水轮机，也运来了许多肉眼看不见的东西，比如某种悠闲的、耽于享乐的生活方式。到昆明的头几年，我所感到的昆明的悠闲、懒散、自由与浪漫，或许正是来自巴黎，是越过界河经河口进来的。那让我大吃一惊，让我感到，孤零零地耸立在海拔1800米高原上的昆明这座城市，绝不是一个封闭的内陆城市，早在100年前，它就开始染上那种风靡世界的巴黎的时髦。我不知道，在抗日战争的年代，西南联大的先生们与学子们享有的那种自由与浪漫的空气，是不是多少与此有关。

与此同时，许多谋求进步的云南人，也选择了从昆明先到河口，再经越南绕道香港前往广州、上海，去见识整个世界的方式。音乐家聂耳，作家李乔，当年正是经过这样一条道路，经河口到河内、海防、香港再去到上海。另一些人，当他们无法从内地直接进入云南时，往往先从内地乘船到越南，再沿那条铁路进入云南。他们来来去去，都要越过那条界河。当年从袁世凯眼皮下脱身潜进云南发动护国起义的蔡锷，抗日战争中那些向往西南联大的教授和文化人，中山大学的部分女生，为了进入云南，走的也是同样一条路。河口以及那条小小的南溪河，因而活在无数名人的记忆之中。从那条铁路通车之后，整个20世纪上半叶，边地云南一直坐着那趟小火车，在高原的大山间缓慢地、曲曲弯弯地前行。当我作为一个后之来者，站在南溪河边，看着又一趟火车驰过那座大桥时，想起这一点，我有一种怪异的感觉。我知道，在某些时候，我们自己同样也没把那条界河当作界河。我们甚至把对岸的人们当作我们

的兄弟，在最艰难的时候，勒紧自己的腰带，省下粮食，去支援他们。我们说那是我们的义务，直到突然响起的枪炮声把我们从梦中惊醒。

既是界河，它就永远是一片土地与另一片土地之间最为敏锐的神经。它可以被跨越，却不可以被亵渎、被侵扰。那天，看着南溪河对岸的老街，想起的是那些枪炮声，是成群结队、拖儿带女、被迫返回故园的侨民。界河作为一种神圣不可侵犯的分隔，曾经被淡忘，那时再一次被凸显出来，就像某幅古画上被岁月磨洗得渐渐暗淡的线条，被重新描摹涂抹出来一样。那种描摹是粗暴的、不由分说的，用的不是画笔，而是炮声与枪弹。1979 年 3 月，就在战事最紧张的时候，我赶到了河口。河口像座空城。界河一片死寂。心惊胆战地走近界河大桥桥头，我还不得不时时提防从对岸射过来的子弹，以至压根儿没有注意到南溪河大桥是不是还在。几年后，当界河边的枪炮声刚刚停息不久，南溪河两岸依然一片沉寂时，我又一次来到河口。到处是荒草瓦砾。南溪河无声地从断为两截的铁路大桥中间流过。大桥巨大的钢筋混凝土茬口，在阳光下像是一些砸断的骨头，让人多少有些恐怖。对岸，那些被炮弹摧毁的房屋，张着黑乎乎的大口，像一些阴森的野兽。我们沿着南溪河岸踽踽而行，小心翼翼地走向大桥桥头，随时都在担心突然从某个看不见的地方飞出一梭子弹。远远地，就在河口大桥的北岸桥头，有一座临时搭建的窝棚。硝烟早已散去，走近它时，闻到的是一股腥骚的马厩味儿。那让我非常诧异。一个男人就在那时从那个窝棚里走了出来，牵着一匹黑马。他牵着他的马走到河边，用河水涮洗他的马。夕阳把他和那匹马长长的影子，远远地投射到南溪河的北岸。远远看去，在那幅满目疮痍的背景上，那幅深黑的、剪纸般的洗马图却让人如有所悟。那匹马很健康，膘肥体壮，皮毛像缎子，在阳光下闪闪发亮。宁静。光彩流溢。问他，你怎么会在这里养马，不害怕吗？他说，怕什么？那句话让我们顿时从紧张甚至恐怖中解脱出来。许久之后，我才从那句话中听到了正在生长着的和平的声音，闻到了正在迫近的宁静安谧的气息。养马人和他的那匹黑马，或许早就听到了那种声音，闻到了那种气息吧……

远处，从老街越过一座架设在红河上的钢筋混凝土大桥，便进入了越南的谷柳市。事实上，老街正是谷柳市的一个区。现在，我眼前的老街同样很静，这里那里，又长出了那种异国风格的红墙红瓦的小楼，在一片翠绿之中，那样的红格外显眼。从世纪之初开始开行而来的小火车，至今还在开行。一百年来，河口并没有从根本上改变模样。南溪河依然谦卑地在河口的脚下，日日夜夜地流着，流进红河，流进异国，最后流进东京湾，流成了一条国际性河流，尽管它并不大。人世沧桑，老街与河口间的那条界河，似乎从来就没有什么变化，一年又一年，它总是那样既匆匆忙忙又从容不迫地流着。此刻，它是宁静的、和平的，有时甚至是充满了诗情画意的。就在离河口不远的地方，南溪河以它的清澈汇入了红河——那是一条真正的界河，沿着两国边界，流了几百公里。南溪河与红河在那里形成了一个“入”字。河口，就在南溪河那一撇与红河那长长的一捺的交汇点上。河口或许正是因此而得名。一个“入”字，或许就是河口的宿命——口岸也罢，开放也罢，都是“入”的同义词。

边境检查官继续审视着。审视再审视。

啪！盖章。

他挥挥手说：“好了，你可以走了。”

我迟疑着。

“你怎么啦？快走啊！”

突然从某种浑浑噩噩的遐想中清醒过来，向对岸走去，走向异国。徒步。越过南溪河，一步，又一步……越过一条界河，看来非常平常，没有我想象的那样神圣，那样让人心情激荡。越过界河就是这么回事。出国就是这么回事。非常简单。复杂的只是那些手续，那些人为规定的手续。我希望我的感觉，正是所有现在正在界河上去去来来的人的感觉。但愿这种感觉是永远的，永远这样平静，这样平和，这样安全——在我们越过每条界河的时候。拂去飘荡在界河上的重重烟云，那才是界河的

本质。

小小的南溪河，负担着太多的历史。更多时候，我宁愿拂去飘荡在南溪河上的历史烟云，看到那条河本身，看到那条赤裸的河。从本质上说，南溪河正是一条普普通通的亚热带河流。然而，春二三月的南溪河澄静如练，看上去完全不像一条亚热带河流，比如像亚马孙河那样，宽阔，汹涌，不可一世，似乎整个世界都在随它一起流淌，它也几乎能够裹挟整个世界，浩浩荡荡地朝大海奔去；甚至也不像同样位于边境附近的别的河流，看似平缓、散淡，一场暴雨掠过，马上就会露出本相。二十多年前我初次看到的南溪河几乎波浪不兴，它缓缓而流，多少有点儿不慌不忙。在亚热带世界里，那显然是个例外。世界上并不存在一条所谓的“亚热带河流”，就像世界并不存在一个无名无姓的人一样。人们在把所有位于亚热带附近的河流统统叫作“亚热带河流”时，实际上是从所有那些河流中抽象出了一个特点，那就是它们都位于亚热带。除此之外，这个名字几乎不说明任何问题。谈论任何一个话题，都要受到一些附加条件的限制。南溪河当然也是一条位于亚热带的小河，它同时也是一条边境河流。边境成了我们谈论的那个话题的一个附加条件。范围缩小了。我们不再谈论所有的亚热带河流，而是位于边境附近的某条亚热带河流——南溪河。边境河流最不可思议的地方，正是它的外表。它时而宁静如同处子，时而暴躁得像一头发情的母狮，不同的边境河流，甚至同一条界河在不同的季节，脾性也会南辕北辙，判若两人——如果它真是一个人，我们定然很难与它相处。

上一次看到南溪河已是二十多年前。到达河口之前，我先去的是离边境不太远的一个铁路小站。那一带的铁路小站都有一个奇怪的或是好听的，充满异域色彩的站名，腊哈地、蚂蟥堡、碧色寨、波渡箐，等等。前方正在打仗，蚂蟥堡是战时一个普通人可以到达的最后一个车站。即便如此，南溪河那时也显出了它的诗情画意。记得那一次，一个喜欢写诗的年轻朋友，路上曾兴致勃勃地向我夸起过界河。在他的记忆里——在我的记忆里也一样，界河是一条温柔、多情的山溪，还会唱歌呢。河水通常总是绿莹莹的，清澈透底。当你拨开密不透风的亚热带丛林，拨开龙竹、野芭蕉、臭梧桐、木瓜、杧果浓密的枝叶，撩起东盘西绕的山藤，顺着陡峭的河岸走向界河时，你会听到树林的低吟、唧唧的虫鸣；当你踏着河边那或卧或立、半隐半露在河水里，被磨洗得浑圆、铮亮的山石，沿着蜿蜒陡峭的河岸追逐亮晶晶的浪花时，你会听见河水的欢歌、山风的浅唱；甚至，当你经受了亚热带炽热的阳光整整一个白天的熏烤，傍晚来到河边，把双脚泡进清冽的河水，任凉爽的河风带着一丁点儿、一丁点儿的水星，向你脸上、身上轻轻拂来时，你还会听到一支夜雾般缭绕在水面和山间的无声的歌……这时，你才能领略到界河两岸特有的静谧和神奇，才能品味出界河那诗一样的优美和深情。你会赞叹，你会陶醉，会说多美的界河呵！

他说的不错。天气太热，为等待被允许去往前线的通知，我和那位朋友一起，在小站后面的南溪河里泡过很长时间。那里有几块半截子浸泡在南溪河水中的大青石。水流飞溅，水声清凉，我们就在一块大青石上躺着，任凭南溪河冲洗。周围树木掩映，阳光在林子外面闪烁。那是一幅充满了亚热带情调的清凉画面。那里离边境还有一段不短的路程，在我的想象中，真正的界河不可能是那种模样。那时，我对界河，尤其是对位于亚热带的某条界河，有许多想象。世界那时正在对峙之中。想到一条界河，我想到的当然是铁丝网，钢筋水泥的碉堡、岗哨，荷枪实弹的巡逻兵，随时可能击发的枪弹，想起在某些看不见的地方，用树木花草掩饰着的窥视的眼睛。结果，在河口，我没看到所有那些我想到过的东西，看到的只是一派宁静，就像现在。长达十个月的雨季的到来还需要一些时日，眼下的南溪河水清澈如镜。有自高空飘落的白云在河水中洗濯，有树木倒映在水中的枝叶在河水中摇曳。偶尔，会有一群水鸟，比如鸬鹚、白鹇什么的，从水面优雅地掠过，在绿得化不开的、如同油彩太厚的油画一般的背景上，飘忽得像一行白色的精灵。它们通常都顺着河的流向飞去飞来，偶尔发现了什么，比如鱼呀什么的，雪白的身影便在一个迅疾的俯冲后又矫健地飞起，翅膀上淋漓的水滴便如珠玉撒落，在阳光下闪闪烁烁。黄昏时候，河口和异国的那个边境小镇都阴了下来。太阳在远处，还没完全落下。朋友告诉我，过去，傍晚时常常有一些人在南溪河里游泳——游泳这个字眼或许太文雅了，事实上应该说那是洗澡。北岸，南岸，都有洗澡的人。天太热，只有界河水能给人们带来清凉。不知你是不是能够想象那种情景：在一条界河的两边，那些几乎赤裸着的男人和穿得不能再少的女人，同在一条河里洗澡。有时，对岸会有两三个女人一起游了过来，游到离这边的人只有一两米的地方，甚至会到这边的岸上待上一会儿，再游回去。她们完全不在乎南溪河江心那条肉眼看不见的分界线，凭着她们优雅的泳姿，三下两下，便突破了那条界线。她们会在北岸的沙滩上坐上一会儿，仿佛就在自己家的游泳池边。笑声飞扬。晚霞惊散。然后歌声响起。她们重新投入南溪河水的那一刹那，夕阳把她们淋漓的身子照得闪闪发亮。夕阳穿透她们的薄薄的衣衫，勾勒出一道道曲线，几乎能让人看清她们的身子。异国女人的大胆、泼辣和美丽，我就是那一次看到的。他说。他描绘的那幅充满了异国情调的晚浴图，让我多少有点儿意外，那是和平、宁静与美的象征，绝无挑逗的意味，与色相无涉——尽管你差不多能清晰地看到她们裸露的肌肤、窈窕的体态。

我不知道，当年那些在南溪河里洗澡的越南女人，是不是昨天晚上我在中方一侧，在南溪河边的越南街上看到的那些女人的母亲，或是祖母。想起这一点，我的内心某处，感到了异样的疼痛。回想起来，那幅瑰丽的，有着雕塑效果的晚浴图，才是南溪河作为一条界河的本质，而昨晚我在“越南街”上看到的，只是一种扭曲。道德让位于生存，是个世界性话题。我希望看到的，是本质的界河，是界河的原初。这有些难，至少在眼下。界河作为远离人群的河流，通常都在两个国家最为边缘的交界处，那里人迹罕至，宁静理所当然是它最令人羡慕的财富。它最后被确定为界河，正是两岸之间的人们的一种默契、妥协和互谅。在那个意义上，界河再一次显示出了它的乌托邦性质。边境的每条亚热带河流，都有自己的个性，或汹涌湍急，或开阔迂缓，就像亚热带的花花草草，它们总把自己弄得与众不同，要么鲜艳，要么怪异。我们对亚热带河流的谈论，跟着还有一些别的附加条件，比如云南等等字眼。那些条件给出了我们谈论的那条河流的具体性，它在使谈论受到限制也变得具体的同时，也让那条被谈论的河流显出了它的立体性，它的各个轮廓。南溪河正好满足了那些条件，位于亚热带，就在边境，甚至它恰好就是一条界河。那也是一条亚热带常见的小河，却因身在边境而显得有些异乎寻常：河道陡峭，水流湍急，河面常常因有不知名的花花草草飘荡沉浮而显得斑斓多姿。你会以为那是一条花的河流。尽管若干年前，南溪河也曾躁动过，甚至哭泣过、愤懑过，如今终于大彻大大悟，重归于宁静。

然而，界河并非永远都是如此。任何时候，即便在耀眼炫目的阳光下，一条亚热带河流也会显出几分森严、神秘、阴险与狡狯。它们乖戾无常，桀骜不驯，让人难以捉摸。十年前，在西双版纳的打洛附近，我曾在雨季的 8 月跨过一条小河，去拜访江对岸的一块“飞地”。边境线就是那条小河的中心线，作为界河的小河却在那块“飞地”附近绕了一个弯，凸向了界河以南。我的意思是说那段边境线在那里突然南移，移到了那块“飞地”以南，伸入了邻国的土地。也就是说，那块“飞地”被界河整个地包围着。尽管“飞地”以北的那段小河已不再是界河，我在跨过它时，仍有一种强烈的越境的感觉。我是踩着一道临时搭建的藤索桥去的，去时那条小河还像个腼腆羞涩的少女，脚踩摇摇晃晃的藤索桥，让人多少还感到了一点诗意，回来时就不同了，一场暴雨过后，它竟成了一个脾气很坏的问题少年。水流转眼间便鼓突起来，如同一个发怒的汉子血红的、高高鼓胀起来的筋脉。风雨中的藤索桥那天带给我的头晕目眩，心翻作呕，直到今天想起来仍让我难以忍受。南溪河从来没有给过我那样的感觉。而在另一条界河，在瑞丽江边，我看到的却是几乎一眼看不到边的浩茫江水，它们发源于高黎贡山西麓，汇集了千百条溪流，一直流到那里，浩浩荡荡，恣肆汪洋。从瑞丽的弄岛到缅甸的南坎，通常都要坐船。瑞丽江的两岸，是一望无际的平畴。与南溪河不同，瑞丽江的河岸是一片宽阔的沙滩。偶尔，会有几丛凤尾竹，在宽阔的河滩上迎风摇曳，露出竹楼宽阔的大屋顶。即便在那里，瑞丽江仍在我的脚下。相比之下，南溪河则从来没有那样的宽阔与浩瀚。它几乎永远是平静的，即使在边境上不安宁的年代。

——在即将进入又一个新世纪的今天，人类或许有义务也有责任，小心地维护界河和平、宁静、友好的本质。

当我从谷柳市经老街跨过界河大桥回来时，我又一次看见了南溪河。它依旧在我的“下面”，在我们的“下面”。温驯。平和。自然。湿润。我在界河大桥上停留了一会儿——据说那是不允许的——体味着河流特别是界河的某种真谛。恍惚间，流淌的好像不是界河，而是大桥和大桥两岸的一切，不仅是我，连同那座大桥，连同大桥两边的城市。我想那就是历史，只有历史才能那样流淌。界河本身没有流淌，真的。我只是觉得它已竖立起来，升腾起来，在我的头顶，我必须仰起头来才能看到。无论何时何地，河流在让我们垂下眼睛的同时，总在精神上让我们抬起头来，让我们灵魂的眼睛向着高处、向着远方。界河终归也只是一条河流。于是那样的感觉几乎就有些奇妙，奇妙得无以言传，你得亲自去试试，才能尝到在界河上走上那么一遭的全部滋味：酸、甜、苦、辣、麻，甚至神圣与寻常、平静与喧嚣……

竹楼记

一

闲来翻书，偶见宋人王禹偁所作《黄州新建小竹楼记》，眼前忽然一亮，想起了傣族的竹楼——尽管此竹楼非彼竹楼，但既然都叫竹楼，想必是有相通之处的吧。于是读了下去。

> 黄冈之地多竹，大者如椽。竹工破之，刳去其节，用代陶瓦。比屋皆然，以其价廉而工省也。

那样一座“价廉而工省”的小楼，在苦中作乐的王禹偁眼里，却有无尽的妙处。王禹偁被贬的黄冈一带，虽地连云梦，城倚大江，那时却还是个荒僻之地，城楼颓坏，林木荒芜，加之人烟稀少，坐在那座小楼里，眼前显得幽寂杳渺，便是必然的了。陪伴他的，只是那一片山光水色。然而，小小的竹楼却——

> 夏宜急雨，有瀑布声；冬宜密雪，有碎玉声；宜鼓琴，琴调和畅；宜咏诗，诗韵清绝；宜围棋，子声丁丁然；宜投壶，矢声铮铮然；皆竹楼之所助也。

如此看来，即便是在贬谪之地，王禹偁过的倒也是神仙般的日子。

事实上，那时的王禹偁已穿上了道装，曾有“老为儒术误，瘦爱道装轻”的诗句，果不其然——

公退之暇，被鹤氅衣，戴华阳巾，手执《周易》一卷，焚香默坐，消遣世虑。江山之外，第见风帆沙鸟、烟云竹林而已。待其酒力醒，茶烟歇，送夕阳，迎素月，亦谪居之胜概也。

说真的，尽管行文之中隐隐有股掩饰不住的落寞之感，文章倒是写得真漂亮——有时读古人诗文，常常惊诧于他们哪来的那些神来之笔。王禹偁只活了四十八岁，生性倔强，仕途坎坷；从太宗至道元年（995年）乙未到真宗咸平二年（999年）已亥，短短几年间，王禹偁三次遭贬，“四年之间，奔走不暇”，先是商州，继而滁州，最后是黄州。咸平元年，参与预修《太祖实录》的王禹偁，因直书其事而与当朝宰相张齐贤、李沆不相和谐，于次年被黜，出知黄州。临行之前，除了个别同僚，当时竟然没人敢去见他。官是越做越小，也越做越令人心寒了，以致他不能不感叹“未知明年又在何处”。然而天心公道，没有那样的坎坷遭际，深居于华府豪宅的王禹偁，怎么会想到要在“雉堞圮毁，榛莽荒秽”之处去建一座竹楼，独自欣赏那“远吞山光，平挹江濑”的山光水色，又哪来的好心情，去做一篇好文章呢？人道“赌场得意，情场失意”，或反过来。王禹偁却是“官场失意，文场得意”。看来在古代，即便是政治上失宠，横遭贬谪的文人，倒也还有写作的余地。王禹偁每遭贬谪，都会在诗文上留下一两篇佳作。逆境能使文士的文笔更加警炼超拔，更有胆识，此即一例。

王禹偁文中言及的“竹楼”，据云建于宋真宗咸平二年夏秋之间，《黄州新建小竹楼记》则写于那年的中秋节。如果那晚有一轮满满的秋月临照黄州的江山，从他眼前流去的浩浩江水，一定会勾起他的许多感慨。在京城做官时，此公从没购置过田宅，大约属于清明廉洁一类；据说因为家贫，被贬到黄州时，只能靠翰林学士毕士安送给他的白银三百两，权充一家老小的安家费。到了黄州，见漫山遍野都是竹子，只要请工匠将竹子破开，削去竹节，就可以代替砖瓦，便因地制宜，在原有的月波楼附近的荒地上，盖了两间竹楼。在我看来，王禹偁此举显然并非纯粹出于文人向来都有的所谓“居无竹，令人俗”的附庸风雅，更多倒是出于竹楼“价廉而工省”的考虑，说的是实话。有了这间竹楼，王禹偁自然喜出望外。季节是那样美好，心绪又是那样落寞，无怪乎王老先生要提起笔来，写下这篇让人耳目一新的文章了。王禹偁不搞建筑，所谓竹楼记，写的不过是他自己的身世与性情，并不涉及对竹楼的研究，可字里行间多少透露出的那一点对黄州竹楼的喜爱，却是迷人而又感人的——其中隐隐约约让人感到了几许悲楚与凄凉，间或还有一点文人的强打精神，自得其乐。中国文人在仕途失意后，往往容易陷入道学，王禹偁自不例外。他焚香默坐，看风帆沙鸟之飞动，烟云竹林之摇曳，读读《周易》，甚至抚琴、下棋、投壶，“以消世虑”，正是一位企图超然于红尘世外的落魄书生的真实写照。而他能够逍遥于红尘之外，有一个好心情，得以读诗著文，正如他自己所说，“皆竹楼之所助也”。

这么说来，那间小小的竹楼，不说对身在黄州的王禹偁有知遇之恩，也堪称困顿中的王老先生的知音了。一座简陋如斯的小小竹楼，对一个失意文人竟有如此之大的调适之功，带给他的竟是如此深沉的感悟，人在回归自然，与自然和谐相处时的种种妙处，便也跃然纸上了。

历来的中国文人，对一时一地的宏大建筑，甚或一般的亭台楼阁，偶一登临，便多有为之纪兴的奇妙诗文。大约，或因仕途坎坷，比之往日，审世的目光更入木三分，或因有山水自然的激发，而有了超越平时的艺术心态，那时作出的诗文，往往能将一已之感慨，化作天地之浓情，读来令人为之动容。杜牧的《阿房宫赋》，陈子昂的《登幽州台歌》，王之涣的《登鹳雀楼》，甚至雨果的《巴黎圣母院》，皆莫不如此。龟山上的黄鹤楼，自有了崔颢的《黄鹤楼》诗，便与“黄鹤一去不复返，白云千载空悠悠”的诗句一起名垂千古；洞庭湖边的岳阳楼，打从范仲淹的《岳阳楼记》问世，便在历经了世世代代的烟波风雨之后，与“先天下之忧而忧，后天下之乐而乐”的豪迈吟唱一道，一直在中国有良知的人们心中震响。诸如此类。历经千百年的岁月淘洗，建筑与诗文已情景交融、浑然一体，诗文以建筑为依托，建筑则以诗文为魂魄，及至今日，究竟是楼因文存，还是文因楼传，委实已然叫人难以分辨。

王禹偁似乎有些不幸，他写的，只是一幢小小的竹楼，难说是什么名楼宏建。黄州竹楼既非名楼，所处的位置，也无甚典籍可依，要为竹楼作记，看来并不容易。加之竹楼显然不及砖石结构的房子那么坚固——王禹偁当时就听竹工告诉他，“竹之为瓦，仅十稔。若重覆之，得二十稔。”一稔就是一年。王禹偁听了，则大发感慨，说既然他四年之间被贬谪了三次，哪能知道明年又在哪里呢——如此，哪还用得着害怕竹楼的容易朽烂！竹楼之毁已不在话下，遑论为竹楼写的诗文。那么，他为一幢十年左右就会衰颓的小房子作传，显然不是想以楼传文，一切都只是出于性情，这就要些勇气了。而正是那种宁静平和的心境，造就了这篇流传至今的美文。

从王禹偁作《黄州新建小竹楼记》至今，已一千年，整整是十个世纪。千年后的黄州，料想王禹偁所赞之竹楼早已颓圮不存，也不知他那“幸后之人与我同志，嗣而葺之，庶斯楼之不朽也”的祈愿，是否有人响应，甚或留下了遗址或“后代”？ 所幸楼虽不存，文却流传至今。千年后的今天，读罢《黄州新建小竹楼记》，我突然想到，若九泉有知的王禹偁，以及所有读过《黄州新建小竹楼记》的人们，能以此公对黄州竹楼的那份钟情，到云南边境一带傣家人居住的地方看看傣家竹楼，不知该要如何击节赞赏了。

二

一个普普通通的内地人对云南的了解，莫过于西双版纳了，以为只有西双版纳才有傣族，其实不然。云南的傣族，不仅聚居于西双版纳，也还住在德宏州的芒市与瑞丽；前者叫西傣，后者叫德傣。

不管是到了西双版纳，还是德宏的芒市、瑞丽，当然都不可不看竹楼。

将竹楼当作一片风景去看，最好是远眺。我头一次见到成片的傣家竹楼，是在西双版纳，从允景洪去边境小镇打洛的路上。现在想起来，那个傣族寨子已十分的苍老，敝旧、森黑的竹楼群，密密实实地挤在一片葱绿的森林边缘，高耸的竹楼屋顶，从一片苍绿之中浮现出来时，人的心情，也随之缓缓飘升。绿梢轻拂屋面，白云凝停山墙。顷刻间，世事飘忽于视线之外。寨子在一个不大的山坡上，小路峭陵窄狭，印象中迎面扑来的，是竹楼一根根粗大的楼柱，凌空而起，一如象腿，以致我对竹楼的第一印象中，竟有一种粗壮敦实的感觉。那种感觉似乎有些沉重，而且染上了腐坏的时光的颜色。直到后来到了瑞丽，在与缅甸仅一江之隔的弄岛，才看到竹楼那种轻盈的姿态。所谓的“岛”，自然不是一片海边或江湾中，被一片盈盈之水包围的陆地，可傣族人叫它岛，却有十足的根据。那是一片平畴，阔野千里，绿浪凝波。星星点点般的寨子，星星点点般的竹楼，就隐没在那片绿得醉人的波涛之中。有和风吹拂。有炊烟袅袅。阳光下，千万种树木、荆丛与藤蔓，都被亚热带丰沛的阳光与雨水浇灌得鼓鼓胀胀，一律在那里闪闪发光。世界是晃动的。而人心却在那一刻，感受到了某种宁静，轻盈的，带着抒情的意味。稍许，随着一阵似有若无的旋律，心便如一叶轻舟，在那片平整如镜的阔野上轻荡而去。

自那以后，每次去瑞丽，或是西双版纳的景洪、打洛，我都忍不住要远远地、独自静静地看上几眼竹楼。当然，偶尔也会想起王禹偁的黄州竹楼，想起他为竹楼留下的文字——尽管黄州竹楼与傣家竹楼相去甚远，几乎完全不是一回事。王禹偁的黄州竹楼，只是遭受贬谪的文人雅士的休闲小筑，傣家竹楼则是温良恭俭的傣族百姓的世居之所。前者或许是精致的，却也是萧瑟的，作为文人雅士排遣寂寞的把玩对象和心态象征，在一片方方正正的汉式民居中，那样的竹楼很难避免因刻意营造，而外露出来的对世相的藐视、对世人的轻慢。居于那座竹楼中的，是一个不能见容于世的灵魂，孤傲而又冷清，一如夏夜，一个独卧竹箪、面对星空的人，难免会遭遇些风寒和夜露般的冷眼。后者虽然是粗拙的、朴实无华的，却是随时都充满温情的，作为一个民族经世世代代的摸索创造出的一种居住方式，那样的竹楼里跳动的，无疑是傣家人那一颗颗倾心自然、热爱生活的心。可以说，傣民族之魂，也就是傣家竹楼之魂。

傣族聚居区多属亚热带，地处北回归线附近，常年阳光灿烂，雨水丰润，加上土地肥美，因而林木葱郁，四季常绿。远眺傣寨，常有读诗之感——当然是散文诗。在如同绿云涌动的大榕树、凤尾竹的掩映下，一幢幢竹楼如大海轻舟，在涌动的绿潮与弥漫的雾霭中时隐时现，那份灵动飘逸，那种非人间的自由浪漫的气韵，叫人不由得不轻叹一声相见恨晚。及至缓缓走近，便得以亲近竹楼的娟娟芳容，和那玲珑而宁静的神态。晨昏之际，或雾霭轻拂，或霞光斜射，置身于竹楼，更是宛若仙境。品读竹楼的种种细节，你对傣族精细的心灵、巧妙的营造，更会佩服得五体投地。那时，我就要在心里笑道：王禹偁先生也真是少见多怪了！他所津津乐道的黄州竹楼，在云南傣族地方，却是普普通通的民居，随处可见，简直多得很！

西双版纳的竹楼，傣话称为“很”，据说，“很”系由傣话的“哄哼”一语演变而来，意为“凤凰展翅”。流传至今的傣族歌谣《造房记》，记录的正是部落首领雅桑目蒂带领人们搬出山洞、盖房定居的故事。传说远古时候，傣人无房可住，只能择树而居。部落首领雅桑目蒂见树能挡雨，便用树叶、山草盖屋。最初那是一间平顶草房，一遇下雨，漏得无以住人。后雅桑目蒂见一狗前腿直立后腿匍匐斜坐于地，雨水顺着狗的脊背流于地，身下竟干爽如初，于是雅桑目蒂仿照狗的坐姿，盖成了一间“玛杜些”，即“狗头窝铺”，但斜风歪雨仍能飘进来。俄尔，天王帕雅英化作一只凤凰落在雅桑目蒂面前。凤凰伸开双翅，示意屋顶应是人字形；凤凰低头垂尾，示意应是蒙住两侧以挡风雨；凤凰双脚立地托起身子，示意应屋分两层，下有立柱。雅桑目蒂模仿雨中凤凰之姿，终于盖成了挡风挡雨、防潮敌害的高脚竹楼。《造房记》还叙述了洪水如何冲垮了竹楼，雅桑目蒂如何从洪水中救出了许多小动物，小动物又如何为他献出自己的生命，帮他重新建起竹楼的故事。至今，傣家的竹楼仍有各种动物的图标和名称。后人将“哄哼”改称“很雅桑目蒂”，意即“雅桑目蒂的房子”，以资纪念。

传说浓缩的，正是傣族在长期生活实践中，依照自然启示，逐步改进自己的居住条件以臻完善的事实。一部“傣族竹楼史”，或许正是一部傣族向大自然的学习史，也是一部傣民族的生产发展史。

大自然永远是人类的老师。事实上，远古人类的居所，大抵可分为“巢居”与“穴居”两类，属于壮侗语族百越族群的傣族先民，就其所处的自然环境来看，当属“巢居”无疑：傣家竹楼的前身，正是由“巢居”演变而来的原始干栏式建筑，是古代百濮、百越两大族群就地取材，为适应潮湿多雨的亚热带气候、防止蛇虫侵害所创造的一种建筑形式。原始竹楼的屋面，多为简单的两面坡形，楼层离地较低；随着家庭畜牧业的发展，楼层才逐渐升高，以便有更大的空间，利于大牲畜的圈养。相传三国时期，诸葛亮进军西南，带来了中原先进的技术，在其指导下，傣族先民才学会了构筑歇山式屋顶。至今，傣族还把歇山式屋顶叫作“孔明帽”，盖二者外形酷肖耳。边地的人们，对诸葛亮象征的中原文明，似乎一直有一种说不清道不明的亲近之感。他们把一切原本不属于他们自己的中原文明，统统划拨到了犹如神明的诸葛亮身上。每年的泼水节或重大节日，傣家人都要燃放“孔明灯”。所谓“孔明灯”，其实相当于当今的热气球，只是规格稍小而已。那年秋天，在德宏傣族自治州建州四十周年的节日里，在其首府芒市，我曾亲见燃放“孔明灯”的壮观场面。偌大的广场，人头攒动。夜空澄明。当一盏又一盏“孔明灯”在成千上万双眼睛的注视下悠然升上天空时，信佛的傣家那崇尚神明、崇尚美好的心绪，也一起升上了暗蓝色的夜空。其时，众首翘望，千万双眼睛都聚焦于那盏缓缓飘升的灯火——那是智慧的象征，也是心境的物化。当夜空中的孔明灯越来越多时，人造的星星似乎让自然的星星也失去了光泽。那情景让人悠然想起远古，想起傣族先民的草创时期，人们对于先进生产技术的渴望，想起傣家人是如何善于吸纳。至于所谓诸葛亮曾掷帽于地，让傣家人依帽造屋一说，如果不是穿凿附会，大约也只是一种遥远的寄托吧。

正如美国人类学家弗朗兹·博厄斯在其《原始艺术》一书中所说的：“当工艺达到一定卓越的程度，经过加工过程能够产生某种特点的形式时，我们把这种工艺制作过程称之为艺术。”一座漂亮的竹楼，首先是因为它很实用。传统的竹楼，或说原始的竹楼，其大小梁柱、墙体、楼板，都是就地取材，用亚热带取之不尽的竹子做成。上下两层，底层悬空，离地约两米，一则便于圈养牲畜，一则用以防潮去湿、避虫敌害，也便于保存火种——在火柴未传入之前，在潮湿的雨季，常常暴雨倾盆，保存火种显得至关重要。一座典型的竹楼，有着鲜明的空间层次。一般都有一个由环绕于户外的竹篱围成的半开放式庭院，与竹楼主体构成一种虚实相映的空间。由篱门进入庭院后，可由屋顶披檐下的木楼梯登上竹楼，以达前廊。前廊宽敞，明亮风凉，那是一户傣族人家白天家务活动、纺织、休息及待客的理想场所——每次我去拜访一座竹楼，最先到达的，就是前廊。廊外有露天晒台，设栏杆，农忙时为晒谷用，平时置有盛水的坛罐器皿，供家人洗漱沐浴——远看，那一溜造型古朴、大小不一的坛坛罐罐，亦不啻为一种艺术的点缀，可入画，亦可入诗。站在竹楼的前廊上环顾四周，视线越过菩提树、大榕树、摇头摆尾的凤尾竹和密不透风的亚热带丛林，可一直达到很远的地方——一幢傣家竹楼，总是与大自然融为一体的。由前廊入门即至屋内，室内由隔墙分为两半，外侧称“那晃”，为堂屋兼厨房，设火塘，可炊饮，阴雨天亦在此起居活动，晚间供客人留宿；内侧称“黄暖”，为家人卧室，外客一般不可进入。由篱门进入庭院，再由庭院经楼梯登至前廊，再由前廊进入内室，竹楼在十分有限的空间中，给人造成的那种逐步深入的、丰富的层次感，显然是黄州竹楼难以比拟的——在我的想象中，黄州竹楼很可能只是一座亭子式的建筑，其空间结构要简单得多。从本质上说，所谓住房，其实就是与大自然的隔离，竹楼的空间感，却在隔离中让人想到与自然的联系。如此，傣族在竹楼那样的民居建筑中处理人与自然关系时所显示的这种超常的智慧，就不能不让人由衷赞叹了。

傣家竹楼自然也是傣民族长期形成的自然环境观念的具体体现，暗喻着傣民族平和、柔美的民族性格，也昭示着傣民族崇尚自然和谐、宁静优雅的审美理想。一幢竹楼，无论从其外观造型、平面布局，还是从其装修、色泽来看，都与其所处的亚热带环境形成了优美的对比和统一，不由得让人对傣民族的艺术创造力发出由衷的赞叹。竹楼的平面布局，大多为开放式的不规则形式，充满着浪漫情味，宛若现代园林；在一座傣族村寨里，常见的平面布局有方形、矩形、曲尺形、T 字形等，给人以流动感和亲切感。传统竹楼，墙体为竹编，通风散热，即便酷热的夏日，室内也一片阴凉。竹笆墙面本身，则利用竹篾正反两面不同的色泽和质地，编制出各种朴素大方、简单而又漂亮的花纹，如同大幅的素色织锦；整个建筑物多为竹木本色，浅淡自然，素雅古朴。在这里，简单和繁复、淡雅与浓密形成了对比的统一，竹楼从亚热带繁茂、浓郁的林木那苍翠欲滴的色彩环境中被格外地凸显出来，平添了几分质朴、清新和恬静。由此，当人们在酷暑烈日之下、汗流浃背之中一眼看到竹楼，油然而生一份清凉、宁静之感，便是自然不过的了。所谓“家”，当然就该是那样的。

不独如此。在很大程度上，屋居本身也是民族性格一时一地的某种物化与外现。竹楼的外观既朴实无华又优美动人，一如一位倩兮靓兮的傣家少女。竹楼上覆轮廓丰富的歇山式屋顶，坡陡脊短，屋面起伏有致，灵活多变，让人想起傣家少女的头饰；前廊、堂屋、卧室三屋顶相互穿插，静中有动，让人想起傣家少女姣好的面容；从远处看去，竹楼四面那略略向外倾斜、上宽下窄的竹笆墙，一如傣家少女袅娜窈窕、风姿绰约的身段。四面竹笆墙，不仅支撑着宽大的屋檐，对墙体起到了遮护作用，还形成了深浓的阴影，有如傣女浓密睫毛下深深的眼黛，顾盼之间，传递出的是傣家少女温润的浓情。底层那开敞的屋柱，将整个屋舍高高撑起，既避潮通风，又与大块面的屋顶形成了鲜明的横直呼应、虚实对比——那样的对比，无不让人联想起行走在田埂小路上的傣家少女。当朝阳初升或夕阳西下，透过浓艳的霞光，我们看到的，恰是一幅线条简捷流畅的剪纸。整个竹楼的楼体在数根立柱的支撑下，配以起伏的屋面、宽大的屋檐，既显得轻盈飘逸、灵动飞扬，又不失其稳定舒展，难怪有“凤凰展翅”的传说。面对竹楼，人们会想起鸟们构筑于大树枝丫上的那精致的巢——大约，这正是竹楼这种干栏式建筑所要达到的艺术效果吧。

傣族是个十分崇尚艺术的民族。仅从傣族历史产生过的数十部抒情长诗和叙事长诗，就能窥其一斑。《召树屯》《娥并与桑洛》《松帕敏与嘎西娜》《朗琼布》《苏文纳和她的儿子》《线秀》《三只鹦哥》《三牙象》《七头七尾象》《九颗珍珠》《缅桂花》《叶罕佐与冒弄养》《宛纳帕丽》等等，如此众多的长诗，不仅汉族，就是在云南各个少数民族的长诗艺术中，也很少见。20世纪50年代至60年代，被称为“赞哈”的傣族民间歌手康朗甩、康朗英等，都是国内著名的民间诗人。那数不尽的傣族歌谣和民间长诗，或许正是从一座座傣家竹楼传唱出去的——与之相伴的，很可能是竹楼前廊上一辆嗡嗡作响的纺车，或是竹林深处一只千回百转的葫芦笙，一只如泣如诉的巴乌。静夜，那样的乐声在竹楼四周起伏如波，又如月光一般荡漾开去时，整个村寨，每幢竹楼便都深深地沉入了梦中。

那年泼水节，在芒市，入夜的广场上上演傣戏。我和一个来自北京的诗人朋友就站在台下看。我发觉我们根本听不懂。朋友说，真美。我说，你能听懂？他说，听不懂。我说，我去找个朋友来当翻译吧。他说，算了，美是不用翻译的。月光很好。我们像沉落在一个深而透明的大湖。我们完全能在月光里游动。戏要散了，朋友突然看见了两个小卜哨——两个傣族小姑娘。月光下，她们的身影有如一杆翠竹，袅袅娜娜。而她们的筒裙就像一片月光，在她们身上缠绕、飘荡——那韵致、那情境，让人魂魄飞动。朋友看着她们，简直是目不转睛。两个小卜哨转身要走了，一路走一路笑。朋友突然有些茫然，他说，我们跟着她们走一段好吗？

我说，好的，可谁知道她们要去哪里呢？朋友说，管它呢，她们到哪里，我们就到哪里。于是我们小心地尾随那两个小卜哨，一直进到一个傣寨。梦幻似乎终止在一幢竹楼前——我们无法再向前了。而两个小卜哨的歌声却在那时响起。我们便再一次深深地沉浸到了幻梦之中……

顺便说一句，傣族的歌声，傣族的诗意，也曾喂养了唐诗宋词。李白生平创制过两首著名的曲子词，《菩萨蛮》与《清平调》。后者来自当时的南诏国，南诏国有“清平官”；而那首被称为“历来名作最多”的唐代著名曲牌《菩萨蛮》，正是因为李白最早以《菩萨蛮》曲调所填的那首“平林漠漠烟如织，寒山一带伤心碧”，成了“百代词曲之祖”。但很少有人知道，《菩萨蛮》正是当年流传在今傣族地区的一首民间曲调。在西双版纳以及德宏的芒市、瑞丽，傣族至今仍称年轻女子为“卜哨”，而“卜哨”“菩萨”同音同义。其时，住在云南与四川交界一带的李白，显然聆听过傣族的音乐，因为，那正是云南音乐传进四川的必经之路。盛名之下的李白，在某个时候以一首傣族曲调填写的歌词，将之命名为《菩萨蛮》，从而成为“百代词曲之祖”，是完全可以想见的。

傣族竹楼作为傣族这样一个诗化民族的伟大创造，显然是王禹偁的黄州竹楼无法相比的——无论是建造者那雍容大度的宽阔视野，还是居住者那优雅闲适的俗常心态。这样的竹楼，王禹偁先生是无法想象、也无缘看到的。不然，他或许会新建一座仿傣式竹楼，并以更为警炼峭拔的文笔，再写一篇《傣家竹楼记》。

三

事实上，在原始和前工业化文明里，屋居本身便是一个缩小了的宇宙，反映的是先民对宇宙的认识。一座竹楼，就是一个小小的宇宙。正像开放的宇宙没有边际，竹楼最大的优点，也是它的开放性和包容性。

竹楼前面的竹篱笆，是开放的，与内地随处可见的围墙，全然是两码事。它既是隔离，又是连接，既是遮蔽，也是诱惑，看到它，你想到的并非离去，而是进入——一座竹楼，似乎随时都在等候着你的光临。

竹楼屋檐下的前廊，是开放的，日月星辰，风雨阳光，都能自由地进入。人立其上，视线穿过辽阔的旷野，不仅能一无遮挡地观赏到四周的景色，还能注目日升日落，月圆月缺。紧靠堂屋的竹笆墙上，常常挂有家人的照片，不管是这个家庭的成员，还是远道而来的客人，置身于此，看到的不仅是这个家庭的现在，还有这个家庭的过去——它是那么坦然地呈现在你的眼前。

竹楼的四周以竹篾编织而成的墙壁，也是开放的，甚至是透光、透风的。坐在竹楼的堂屋里，透过竹篱笆筛进来的斑斑点点的阳光，一如似有却无的花毯，为竹楼增添了许多的亮色与妩媚。即便是在中午，亚热带炽热的阳光在被竹笆与篾片过滤之后，似乎也带着几丝翠竹的清香——大自然从来就不会与傣家人生分隔离。固然，那与傣族大多居住在亚热带地区，天气炎热有关，但那无疑正是傣族人开放心态的写照。傣族从来就不是一个封闭自锁的民族。不仅在地缘上，傣族聚居区早就与东南亚相邻，历史上早就开始了与邻国的交往。在比王禹偁作《黄州新建小竹楼记》更早的年代，傣族居住地区之北正是强大的南诏国、大理国。当时的傣族地区，农业、手工业和商业就已相当发达。据唐《蛮书》卷四记载：

茫蛮部落，……楼居，无城郭。……孔雀巢人家树上，象大如水牛，土俗养以耕田，仍烧其粪。

文中所说的“茫蛮部落”，即指如今的水傣，而旱傣则叫金齿族，居住在今云南保山地区南部、临沧地区、思茅地区（今普洱地区）西南部、德宏州南部边境、缅甸掸邦，并往北散及克钦邦境内。所谓“楼居”，所指当是竹楼无疑。

唐朝时的“茫蛮”（即傣族人）不仅已能用牛耕田，而且所居地区水资源十分丰富，种的是水稻；与此同时，手工业也已相当发达，傣族人既能把金、银冶铸成薄片用以装饰牙齿（“金齿”正是由此得名），冶炼其他金属自然已不成问题。比如既已采用牛耕，犁头当是金属制品无疑。傣族人那时还有不错的手工纺织业，织物叫“五色娑罗笼段”，汉名则为“帛叠”或“桐花布”。娑罗树即木棉树，用木棉织成的布就叫作“娑罗笼段”。至今傣族的织物如“筒帕”等，依然是畅销的旅游工艺品。当然，最为著名的还是茶叶。那时，傣族聚居区已漫山遍野都是茶树。《蛮书》卷七说：

茶出银生城界诸山，散收无采造法，……

这里的“银生城界诸山”，“银生城”故址在今云南普洱市景东，南诏时筑，曾置银生节度于此，为南诏南方重镇和对婆罗门、波斯、阇婆、勃泥、昆仑等处贸易之所。“诸山”即近代有名的普洱、西双版纳一带的六大茶山，至今还有树龄数百甚至上千年的茶树王。若干年后，著名的茶马古道，就将从这里不远的普洱出发，经大理、丽江、中甸，进入西藏，并一直延伸到尼泊尔、印度甚至西亚。这大约是关于普洱茶的最早记载——人们不知道茶的真正产地，才把作为茶叶交易中心的普洱当作了原产地，就像远在西藏的藏族，把从西双版纳经大理、丽江、中甸最后抵达金沙江边小镇奔子栏的茶叶叫作“奔子栏茶”一样。

于是，地处边境的西双版纳及其他傣族地区，与外界开展贸易也就是顺理成章了。《蛮书》卷六记载说，从银生城往东南“至大银孔，又南有娑罗门、波斯、阇婆、勃泥、昆仑数种外通交易之处，多诸珍宝，以黄金、麝香为贵货”。或谓当时的交易场所“大银孔”，就在现今的暹罗湾。如真是这样，那么，当时南诏的白族、彝族商人，很可能已通过“银生节度使”辖境的“茫蛮”地区（今西双版纳）南下，一直到达了暹罗湾，与东南亚各国开始了商业贸易往来。虽然交易的商品如珍宝、黄金、麝香等物品，并不直接产自西双版纳和当今的德宏一带，但商业活动毕竟给当地带来了文化的交流与融合。

可见，地处西南一隅的云南省傣族地区，自古就不是一块封闭的土地，它早就被卷入了与外部世界的交往之中。由此，东南亚各国的宗教、文化，与来自南诏国以及更远的中原内地的汉文化，就已经开始在这片土地上交汇融合。后来盛行于西双版纳和整个傣族地区的南传上座部佛教，并非来自中原，而是从印度经东南亚直接传入的。著名的傣族英雄史诗《兰嘎西贺》，即渊源于印度英雄史诗《罗摩衍那》，尽管前者并非后者的翻译本，但两相比较，主题、人物、基本情节以及一些重要地名都相同或是相近，傣族在把它移植过来时，不仅已让它完全傣族化，吸收了许多傣族传说故事、谚语格言，甚至汉族的《西游记》中孙悟空的某些内容，思想内涵上也发生了重大改变。在漫长的历史发展过程中，这种文化交融，无疑给傣族人民带来各种先进的文化，从而造就了一种开放的心态。

对一幢竹楼，你似乎能一眼就把它看透——人的视线，似乎能穿越那薄薄的墙体，一直深入它的内里。但要真正感悟傣家的生活，进入他们的灵魂深处，就不那么容易了。在人们的印象中，傣族性格温婉柔和，在许多时候、许多地方显现出来的，似乎那是一个崇尚阴柔之美的民族。与傣家人聊天，款款的话语是柔软的，听得出叮叮咚咚的脆响，一如深谷之泉的吟唱；走在田埂上的傣族少女，腰肢是柔弱的，水一般地流动着；放眼绿畴平野，摇曳在风中的凤尾竹是柔嫩的，甚至有人告诉我，连傣族的男性也多少有些绵柔——据说，由于傣族女性自古就吃苦耐劳，承担了全部农事和家务，傣族男人一般除了在外面做做生意，更多的时候，只是在竹楼上抽烟喝茶。

但在参加过几次傣族的泼水节后，我才发现我的看法实在过于浅薄。初，我当然没能把竹楼与泼水节联系起来——每年傣历四月十二，当勾人魂魄的铓锣在村村寨寨敲响，当沉郁的象脚鼓声推开了幢幢竹楼的篱门，傣族人一年一度的泼水节便如期而至。关于泼水节的传说，早已被无数的学者写进了他们的专著，也被多情的艺术家们编成了舞蹈。

然而在我看来，泼水节在某种意义上，也可以说是傣家人开放心态的外化，是他们浪漫的空间意识与宇宙观念的反映。在明丽的阳光下，从千百人手中飞溅而出的水柱，在空中构成了一道道拱形建筑，美丽，而又转瞬即逝，那优雅的造型，热烈的喷洒，透明的水的珠串，都会让一个个初到傣寨的外地来客心旷神怡。

泼水节，那是一个开放的节日、狂欢的节日。

第一次面对泼水节那飞溅的水花，我曾激动得热泪盈眶。我的眼泪，跟泼洒向我的晶莹的水在一起流淌。事实上，那是另一种典雅而又俗常的建筑，属于看不见却确实存在的人的精神层面，在它的最顶层耸立的，正是傣族人的理想。

一个长期被现代文明的礼教桎梏着的灵魂，初来乍到，常常会对那样的狂放感到手足无措，继而就会在水的祝福下，让心灵得到最大的释放，一如禁锢已久的种子，在得到适度的水分之后的绽放。

汪曾祺老先生在瑞丽参加过泼水节后，回来有人问他感觉如何，他说，我被泼得淋漓尽致！不久之后，他在《泼水节印象》中写道："泼水，并不是整桶地往你身上泼，只是用花枝蘸水，在你的肩膀上掸两下，一面用傣语说：'好吃好在。'……但是少男少女互泼，常常就不那么文雅了。越是漂亮的，挨泼的越多。"他说："泼水节是少女的节日，是她们炫耀青春、比赛娇美的节日。正是由于这些着意打扮，到处活跃的少女，才把节日衬托得华丽缤纷，充满活力。"

20世纪80年代中期，我第一次在德宏的瑞丽过泼水节。那是旱季，天气燠热。同行的几个来自重庆的年轻女士，身着薄薄的浅色连衣裙，款款走上了长街。不料一路走去，被傣族青年男女泼了个透湿。欢乐骤然消失，她们蹲在地上再也不敢站起来。问为何故？衣服湿了，紧紧贴在身上，近乎原形毕露，羞死了。可比起穿着紧身衣裙的傣族卜哨来，那算得了什么呢？忸怩的内地女士们却哭了起来，说我的天哪，这让我怎么见人？只好由几个男士遮挡着，护送回到住地，换了衣服，在屋子里干坐。然而，那样的闲坐无异于监禁，内心受着煎熬，过了一会儿，然虔和的底色，显得更为飘逸。傣族的每一个村落，都一无例外地属于宗教聚落，悬浮于那种浓郁的宗教氛围之中。一个没有佛寺耸峙的傣寨，是不可想象的，而一个没有竹楼簇拥的寺庙，简直就是可怕的——竹楼与寺庙所代表的，正是傣家人的物质欲望与精神向往的两极。竹楼给人们提供的，是肉体的居所，只有寺庙，才能为他们提供精神的家园。

于是外来者随意走去，便能在浓荫匝地的菩提树下，既看到傣家做生意的小摊小贩——那里出售的凉粉、凉茶和鲜柠檬水，会带给每个旅人一份清凉——也能同时看到正在树下嬉戏玩耍的小和尚，他们的玄黄色袈裟飘飘荡荡，如一道吉祥的云，顿时就能把你带进某种神圣的思绪。高大宽敞的佛寺就在路边，或是紧靠着竹楼，不仅随时都可进去领受佛教的教诲，就连那些正在地里耕种或是收割的农人，只要直起身来，就能任随风飘来的悠远缥缈的梵音，把书写在古老的贝叶经上的佛教经典，变成他们可知可感的吟咏，浇灌他们的灵魂。

与低矮、平实的傣家竹楼相比，傣族的宗教建筑，就要宏伟、华丽得多。如果竹楼显示的，是傣家人适应环境的能力，是他们追求平和柔美、崇尚自然天成的世俗审美心理，那么，遍布傣族地区的色彩浓艳的佛寺，洁白端庄的佛塔，则充分表现了他们对美好来世的向往和惊人的艺术禀赋。

在西双版纳，佛寺通称“缅寺”，为落地式土木结构，而德宏州境内的佛寺则通称“奘房”，仍为干栏式建筑。南传上座部佛教的佛寺规模，尽管大多不及居于大山上的藏传佛教喇嘛寺那般雄伟，须得你仰起头来，才能加以朝拜，但其高超娴熟的建筑造型艺术，往往有过之而无不及。傣族地区的佛教显然是由外部传入的。由于受印度、缅甸、泰国佛教艺术的影响，傣族佛寺的屋顶都富于变化，庞大陡峻的屋顶，轮廓丰富的屋面，成了其造型艺术的重要部分。如西双版纳景真八角亭、沧源广允佛寺，其分段举析、重叠递升的歇山式屋顶，凹曲成弧、柔和优雅的屋面，斜撑挑出、如举欲飞的重檐，装饰华美、错落如鳞的屋脊，即使庞大的屋顶摆脱了僵硬刻板，显得活跃壮观，又造成佛寺向上升腾的动势，事实上，那正是傣家人某种超越凡俗、弃绝尘世的宗教意念的反映。可见，佛寺、佛塔那样的宗教建筑尽管源于民居，其艺术造诣又远远高于民居。而那精美的装饰、丰富的色彩，又体现了近乎世俗的、感性的色彩美，让人产生一种人和神的亲近感。对此，只要看看傣族地区常见的佛塔，就会一目了然。

80 年代末在景洪，当我第一次看到曼飞龙佛塔时，我的惊异是巨大的。那是中午，虽然已是内地的岁末，西双版纳依然阳光如瀑。白得耀眼的佛塔在阳光下熠熠闪烁。环绕于母塔四周的八个小塔，势若绽开的梅花花瓣，俨然一组雕塑。浑圆的经幢，流畅柔顺的线条，叫人无法不想起那些性情温和的傣家人——同是佛塔，傣族佛塔的造型因受外域影响而与内地佛塔甚至云南其他地区的佛塔皆风格迥异。一位傣族朋友告诉我，曼飞龙佛塔建于 1204 年，距今已有数百年历史，虽历经风雨，却依然圣洁如初。傣族佛塔一般由塔基、塔身和塔刹三部分组成，但上下贯通，浑然一体。我看到，曼飞龙佛塔塔基为正方形，高约一米，四周建佛龛，内供小型佛像；葫芦状的塔身，刻饰着精美的浮雕、彩画；塔刹由逐级变小的相轮堆积而成，最上为塔针；金色的塔刹与洁白的塔身相映，显得既金碧辉煌，又圣洁肃穆。傣话中称曼飞龙佛塔为“塔诺”，意为竹笋；远远看去，那塔也确如一丛破土而出的新笋，给人一种勃勃向上的动感，仿佛就要穿破云天，直达神明的居所。

瑞丽的姐勒佛塔和盈江的允燕塔，虽然造型各有特点，却都有鲜明的佛教主题，宣扬寂灭无为的宗教教义。但宗教建筑在发射出神的光辉的同时，也多少透露出某种世俗人情的温暖色彩。巨大的方形塔基象征着佛法的四相，也给人以坚实厚重之感；浑圆的塔身象征着佛法的圆满、圆通、圆融、圆寂等，又给人以晶莹圆润的艺术美感。傣族佛塔形体均衡，色彩调和，比例得当，无不唤起人对自然美的丰富联想。塔的高大挺拔及其飞腾向上的动势，除使人们油然而生对佛的尊崇及飞升佛国的愿望外，也让人由此生出一种巨大的、撼人心魄的艺术魅力，是傣民族极其珍贵的建筑艺术遗产。

我不由得想到，傣族是如此的富于艺术感，如此的崇尚美。作为人类最为久远的稻作文化区，傣族竹楼及其宗教建筑作为傣族建筑艺术的结晶，也已引起越来越多的关注。日本学者鸟越宪三郎就认为，傣族族源与百越有关。借助考古发现的日本古建筑、绘画可以看出，其住房、谷仓都是下边架空的干栏式建筑，而山墙开门、登梯而上、正房外有晒台、经晒台入室内等等特征，与傣家竹楼这一干栏式建筑也极其相似。佛教的传播，使日本的佛寺建筑无论是和式（日本式）、唐式（禅宗式）、大佛式（天竺式），都既受到汉族建筑的影响，也保留着一些包括傣族在内的百越民族建筑的特色。如此，一些日本学者千方百计地到傣族地区“寻根”，就不是没有道理的了。

五

写到这里，我的忧虑却无法掩饰。

当越来越多的人慕名来到西双版纳，来到芒市、瑞丽时，他们会惊异地发现，美丽的竹楼正在迅速消失。现代化正在向傣族地区大步走来。从根本上说，所谓的“现代化”，伴随着生产方式的改变，无疑也是对传统文化的一次大规模的颠覆，它的一个基本特征，是强求世界的一统。早在许多年前，基于某些建筑材料的匮乏，一些竹楼已开始用木材代替竹子。到了80年代，传统的、让人叹为观止的傣家竹楼的草顶，正在被代之以波形石棉瓦，甚至竹楼的篾笆墙也开始使用砖石。如果那还不是彻底的颠覆，那么，当越来越多的钢筋混凝土建筑开始挤占傣家人传统的家园时，竹楼的命运已变得岌岌可危。随着形式单一的现代楼房的出现，具有民族和地域特色的传统傣式建筑越来越少，令人有逐步消失之忧。我们当然不会为了维护传统，而让傣族人民永远生活在原初，何况傣族从来就是一个开放的民族。就其物质功用来说，傣族传统的竹楼或许不及现代建筑，但它所包含的丰富的文化内容、浓郁的乡土气息，它所象征的世俗的人情意味和与大自然密不可分的自由、浪漫精神，既是现代建筑所缺乏的，也是现代建筑物无可比拟的。竹楼的逐渐消失，只不过是多种民族文化正在逐渐消失的一个显例。竹楼不仅是一种建筑形式，更是一种生活方式，犹如北京的四合院不仅是一种建筑形式，还是一种生活方式一样。很难想象，住在高楼大厦里的傣族人，还会是一个真正的傣族人，还会有一个真正的傣族人的文化心态。与此同时，一旦与修建傣族竹楼相关的各种行业丧失了其存在的基础，一旦各种行业所包容的文化基因在那种替代中无情地丢失，傣族又还是傣族么？以建筑形式为例，现代化建筑的强势入侵，不仅造成了对傣族以传统竹楼为代表的建筑形式的破坏，更是对傣族有关屋居以及与屋居相关的所有非现代知识系统的破坏。比如，关于竹编的工艺与知识，关于竹林的种植、保护，以及傣族所有与竹子相关的优雅美丽的话语、传说、故事与人文心态，都将不复存在，而这一切，都属于傣族的非现代的传统文化和知识系统。因而，保护竹楼，进而保护傣族传统的非现代知识系统，并非仅仅出自某种怀旧的浪漫情怀，为的是，提供某种知识和文化生活的多种选择性。文化是没有高低贵贱之分的，何况，即使人类已经面临即将到来的21世纪，究竟哪种文化和知识系统更适于人类的未来，也至今尚无定论。

在国外，一些早已意识到这一点的先进建筑理论，正在探索既具有民族特色又适应现代生活要求的新型建筑，以把人类从冷漠、单调的钢筋混凝土“怪物”中解放出来。傣族竹楼以及与它相适应的傣式建筑，其最终命运又会如何呢？一千多年前，并非建筑师的王禹偁看到“竹楼之易朽”，曾寄语后人“与我同志，嗣而葺之，庶斯楼之不朽也”。王禹偁说的，看起来是针对竹楼这一物体，其实更多的倒是属于精神层面，是他企望的那种“远吞山光，平挹江濑”的悠然。倘若我们不是仅将他所谓的“易朽”狭义地理解为自然的风化，其中也包括了人为的毁坏与弃绝，倘若对他的“嗣而葺之”不仅理解为修修补补，还有继承与创新，那么，或许我们能从《黄州新建小竹楼记》那篇千字短文中读出些新意吧！